Luigi Malerba

Römische Gespenster

Aus dem Italienischen von
Iris Schnebel-Kaschnitz

Verlag Klaus Wagenbach Berlin

Meine Herren, seien Sie unbesorgt,
die Bourgeoisie ist unsterblich.

Joseph Roth

CLARISSA

Ein Adlerhorst an einer hohen Felswand.

Kommt ein Adler mit zwei Köpfen geflogen und erregt Erstaunen bei der kleinen Gemeinde. Schließlich nähert sich ihm einer aus der Gruppe und fragt:

»Gentechnik?«

»Nein – Habsburg.«

Dieses so schmucklose und krude Geschichtchen hat uns ein Freund, ein Journalist der *Frankfurter Allgemeinen* erzählt, als er im Auftrag seiner Zeitung nach Italien gekommen war, um in Spoleto eine Tagung über Biotechnologien zu besuchen. Während seines Aufenthalts war er zwei Tage lang in unserem Landhaus in Casole unweit von Todi unser Gast. Bevor er nach Deutschland zurückkehrte, sagte Johannes Westerhoff scherzend, er würde uns sein Geschichtchen überlassen – zum exklusiven Gebrauch.

Seit damals versäumt Giano keine Gelegenheit, seinen Freunden den doppelköpfigen Adler vorzuführen, womit er aus zwei Gründen Erfolg hat: er zitiert ein modisches wissenschaftliches Thema und schmeichelt zugleich dem historischen Snobismus seiner Zuhörer. Jedes Mal, wenn Giano es erzählt, fügt er irgendeine neue Variante hinzu, nicht so sehr dem ursprünglichen Geschichtchen, das einfach und streng bleibt, als vielmehr den jeweiligen Nebengeschichten. Zum Beispiel der vom Regen. Da erwartet der Zuhörer natürlich eine Abweichung in Richtung Regen, aber nein, es folgt – trocken wie ein Peitschenhieb – die entscheidende Pointe.

Dann ist Giano aufgefallen, daß auf dieser Höhe Schnee natürlicher wirkt als Regen. Also nimmt er den Schnee. Andere Male erzählt er, daß der Adler, (von dem wir noch nicht wissen, daß er zwei Köpfe hat, denn er fliegt in der Erzählung Gleitflug), aus einem fernen Land kommt (Österreich?). Das Geheimnis besteht darin, sagt Giano, daß man eine Erwartung aufbaut, die sich von derjenigen, mit der die kurze Geschichte endet, unterscheidet. Die »Peripetie« bei Aristoteles, d.h. der Ablauf einer Szene in entgegengesetzter Richtung der erwarteten. Von der mutmaßlichen Gentechnik zu Aristoteles, um schließlich bei einem Witzchen zu landen (aber Giano hat mir verboten, es Witzchen zu nennen).

Vier Tage nach seiner Abreise erreichte uns die Nachricht vom Tod unseres deutschen Freundes bei einem Autounfall auf der Strecke zwischen Frankfurt – wo er wohnte – und Duisburg, wohin er unterwegs war, um an der gestrengen, nach Gerhard Merkator benannten Universität einen Informationsvortrag über den Kongreß in Spoleto zu halten. Allgemeine Bestürzung über diesen Tod – dümmer als dumm, wie alle durch Autounfälle verursachten Tode. Armer Johannes, mußtest sterben nach siebenundvierzig Jahren Erdenwandel, ausgerechnet in dem Augenblick deiner größten Aktivität und deines größten beruflichen Erfolgs. Wir haben zunächst ein Telegramm geschickt und dann einen kurzen Brief an seine Frau, von der wir wußten, daß sie unendlich verzweifelt war.

Wie lange währt die Trauer nach dem Tod eines Freundes? Dieser sympathische deutsche Journalist war für uns mehr ein Bekannter als ein richtiger Freund, aber sein Tod traf uns ganz unerwartet und wir haben uns nicht dazu geäußert, weil uns das Schweigen als bester Ausdruck unseres Schmerzes erschien. Der Tod hatte ihn in den Rang eines Freundes erhoben.

Giano erzählte weiterhin das Geschichtchen vom doppelköpfigen Adler, aber mit einem unbewußten Unbehagen, denn die Quelle des Geschichtchens war ja mit dem Tod unseres Freundes versiegt. Wenn Giano mit seinem doppelköpfigen Adler auftrat, hörte ich ihm zu und spürte dabei, daß jetzt ein anderer Wind wehte – in meinen Ohren dröhnte jetzt der lärmende Tod des armen Johannes, ein blechernes Scheppern auf dem nächtlichen Asphalt und die verzweifelte Stimme eines sterbenden Mannes. Ich hätte Giano so gern gesagt, daß er aufhören solle mit dem doppelköpfigen Adler, aber ich hatte Angst ihn zu kränken, so als wolle ich ihm einen Mangel an Gefühl vorwerfen. Giano hat das Geschichtchen dann noch ein paar Mal erzählt, und jedes Mal habe ich hinter seinen Worten das ferne Scheppern von Blech auf der Strecke zwischen Frankfurt und Duisburg gehört. Um ihn nicht zu kränken, tat ich dann immer so, als hätte ich mich wieder gut unterhalten.

Giano, der sehr konzentriert ist, wenn es sich um Fragen der Urbanistik handelt – das Fach, das er an der Fakultät für Architektur im Valle Giulia lehrt – ist äußerst naiv in seinen menschlichen und mondänen Beziehungen. Die Gelegenheit, diese oder andere Geschichtchen zu erzählen, oder Paradoxa, wie Giano sie beharrlich nennt, gestattet ihm, an den Tischgesprächen bei Freunden oder bei uns zu Hause teilzunehmen und ermöglicht ihm vor allem, die vier Arschgesichter zu vermeiden, wenn sie im Fernsehen oder in der Tagespresse erscheinen, und die bei ihm jedes Mal schwere allergische Reaktionen verursachen – Stickhusten und asthmatische Atemnot – weshalb ich auf Anraten unseres Arztes zu Hause, oder wenn wir verreisen, in meiner Handtasche stets ein Fläschchen Bentelan griffbereit habe. Kortison und Adrenalin sind die einzigen Mittel im Falle eines anaphylaktischen Schocks, wie es Giano eines Abends geschah, als plötzlich der Erste von den Vieren mit aufgeblähter Brust wie ein Truthahn im Fernsehen auftrat, überzeugt davon, daß er sich »in der Geschichte bewegte und nicht in der Scheiße«, wie Giano es in einer gewagten Synthese ausdrückte, bevor er in Ohnmacht fiel.

Ich muß noch hinzufügen, daß Giano in allen Versionen – der mit dem Regen oder der mit dem Schnee – das Geschichtchen, das ich zu Anfang in wenigen Zeilen wiedergegeben habe, mit Eleganz zu erzählen wußte. Auch gelang es ihm immer, eine Atmosphäre der Erwartung zu schaffen, indem er die kleine Gemeinde der noblen Raubvögel so beschrieb, als wäre er selbst dabeigewesen und hätte das Staunen der seßhaften Adler miterlebt, als der vagabundierende Adler mit den zwei Köpfen ankam. Unlängst, während eines Essens mit befreundeten Architekten, gab er sogar

Aufschluß über die Flügelspannweite des doppelköpfigen Adlers: zwei Meter zwanzig. Nach den ornithologischen Handbüchern ist dies das Maß des Königsadlers, dem unter diesem besonderen Umstand (Habsburg) das Recht auf den Titel eines Kaiserlichen Adlers gebührt.

Bereits vergessen von Giano: der arme Johannes Westerhoff und der entsetzliche Unfall, bei dem er das Leben verlor. Nicht vergessen von mir, die das blecherne Scheppern noch immer zwanghaft verfolgt. Und die betrübt ist von der Erinnerung an unnötige Vorwürfe wegen der Zigaretten, die er unaufhörlich rauchte, zwei Päckchen tödliche Marlboros am Tag. Ich war beunruhigt wegen deiner Lunge – armer lieber Johannes.

Giano ist auf glückliche Weise zerstreut, und damit meine ich, daß er mit seiner Zerstreutheit noch nie Schaden angerichtet hat, weder an der eigenen Person noch an den Menschen, die mit ihm verkehren. Vor zwei Tagen, im Haus von Freunden – fanatisch talibanischen Architekten (die ich genauso hasse wie sie alles Antike hassen) – war er bereits im Begriff sein Adlergeschichtchen ein zweites Mal zu erzählen. Ich gab ihm eine stumme Warnung – gerunzelte Stirn, Augen zum Boden. Giano hat es sofort gemerkt und hat das Thema gewechselt. Und jetzt glaubt bitte nicht, daß Giano ein Idiot ist. Er ist nur ein unverbesserlicher Naivling, das stimmt.

Ich nenne ihn Giano statt Gianantonio, schon seit wir vor etwa zwei Jahrzehnten geheiratet haben, genauer gesagt vor zweiundzwanzig Jahren, und inzwischen nennen ihn alle Giano, auch in der Universität. Die Boshaften sagen, daß ich meinem Mann unbewußt den Namen des janusköpfigen römischen Gottes angehängt habe, wegen seiner mutmaßlichen Ambivalenz in Charakter und Verhalten. Um Himmels willen! Der Kosename ist ganz harmlos und zufällig und beruht auf einer Zusammenziehung des Namens Gianantonio, den er seit seiner Geburt auf die Stirn geschrieben trägt. Wieviele Mutmaßungen über einen Namen! Nenn ihn einfach Giano, habe ich mir gesagt – ohne groß nachzudenken.

Doch sieh da, das Geschichtchen vom doppelköpfigen Adler hat sich als eiserner Nagel in das labile Gleichgewicht geschlagen, auf dem unsere Ehe beruht. Ich sage mit Absicht labil, weil wir beide, sowohl Giano als ich, es vermeiden, die Geheimnisse und fixen Ideen zu erkunden, die jeder von uns beiden hat und sorgfältig hütet, und die, kämen sie einmal ans Licht, Katastrophen bewirken könnten. Unsere Rettung ist die Lüge – eine einfache Bewahrung unserer Ehe. Manchmal belüge ich mich auch selbst, das ist dann wie eine Zen-Übung, die mich aus der rohen und bedrückenden Realität heraushebt.

Ich habe zum Beispiel alles darangesetzt, ein Verhältnis von Giano mit Patrizia aus meinem Gedächtnis zu löschen – der gierigen Witwe eines Kollegen, die einige Zeichnungen und Dokumente ihres Mannes aufbewahrt. Sie wollte wissen, ob es möglich wäre, sie irgendwo zu veröffentlichen, zum Beispiel in der von der Fakultät für Architektur herausgegebenen Zeitschrift »Diagonale« – und ob Giano ihr helfen könne, sie zu katalogisieren. Giano hat sich bei mir über diese Belästigung beklagt, aber er konnte es der armen Witwe nicht abschlagen. Inzwischen holte die arme Patrizia ihn zu sich ins Bett, wie ich dann von einer Freundin erfuhr, welche die Vertraulichkeiten dieses großen Ferkels gesammelt hatte. Zwei Monate nachmittäglicher Sex, von drei bis fünf. Dann noch einmal zwei Monate, aber statt in der Bibliothek, Piazza Venezia, erneut in Patrizias Wohnung in Trastevere, Piazza dei Mercanti, im dritten Stock eines alten, gänzlich heruntergekommenen Hauses. Tagtägliche Hörner, ein richtiges Füllhorn voller Sex. Aber wer weiß, es könnte ja auch alles erfunden sein – ein gehässiger Tratsch. Nicht nachforschen, sagte ich mir, laß die Dinge wie sie sind – eher schlecht.

Die Tage, an denen Giano mit seinem Unterricht im Valle Giulia beschäftigt ist, verbringe ich gewiß nicht wie ein Murmeltier zu Hause. Zuerst spüre ich in meinen Schuhen einen Schubs in Richtung Straße, dann schleppen sie mich zum Haustor. Ich gehe hinaus und schlendere ziellos durch die Stadt. Eine Ausstellung, ein Schaufensterbummel durch die Via Frattina, ein Supermarkt, manchmal ein Film im Zentrum, im Capranica oder im Quirinetta, ein Eis an der Piazza Navona oder beim Pantheon. Es gefällt mir auch, ganz ziellos durch die Stadt zu laufen, ich bewege mich dann mit raschen und leichten Schritten, wobei ich im Sommer schattige Viertel suche und das lockere Kopfsteinpflaster meide, um meine Absätze zu schonen. Ich kenne den Zustand des Kopfsteinpflasters im gesamten Historischen Zentrum in- und auswendig. Absolut zu vermeiden: Via Giustiniani, Piazza dei Caprettari, Via Tor Millina und Via Arco della Pace. Einen ganzen Absatz habe ich in Trastevere verloren, zwischen zwei lockeren Kopfsteinen in der Via San Francesco a Ripa. Ich sollte mich endlich entschließen, die ganz und gar flachen gelben Superga anzuziehen, die Architekt Zandel mir geschenkt hat (mit einigem Zögern wegen meiner eher mittelmäßigen Körpergröße (ein Meter zweiundsechzig), die aber für gewöhnlich durch meine täglichen sechs Zentimeter hohen Absätze ausgeglichen wird).

Ich bin dann in die Via San Francesco a Ripa zurückgekehrt – für mich die schönste Straße in Trastevere, mit ihrer wunderbaren kleinen Piazzetta und einer Kirche am Ende, wie eine Theaterkulisse – um einen bestimmten Naturkostladen zu finden. Ich wollte dort eine biologische Sojasoße kaufen, statt der gewohnten Kikkoman-Soße, die ganz sicher mit gentechnisch verändertem Soja hergestellt wurde. Den Naturkostladen habe ich nicht gefunden, aber meinen Absatz habe ich wiedergefunden, der dort immer noch zwischen den zwei Kopfsteinen steckte, mehr als einen Monat später. Ich erinnere mich, daß ich an jenem Tag, lahm wie ich war, meinen Bummel durch den Teil von Trastevere, bei dem mir klar wurde, daß ich dort wohnen möchte, durch die Suche nach einem Taxi unterbrochen habe. Welche Fülle von Luft in dieser Straße, wieviel Licht. Es gibt auch bereits ein Projekt für eine neue Straßendecke, da müßte ich dann nicht mehr für meine Absätze fürchten. Meine Wohnung in der Via del Governo Vecchio bin ich inzwischen leid, seit rings um das ehrwürdige Caffè della Pace ein ganzer Dschungel von Lokalen übelster und lärmendster Sorte entstanden ist. Aber der Absatz – der Absatz, der noch immer zwischen den beiden Pflastersteinen in der Via San Francesco a Ripa steckt – er könnte ja auch ein Wink des Schicksals sein, das mich in dieses Viertel ruft. Ich will jetzt anfangen, mit Gianc über meine Idee zu sprechen, in dieses Viertel zu ziehen. Ein Absatz, der ausgerechnet hier steckenbleibt, der will doch etwas sagen, oder?

Zuviel Geschichte hat sich auf unsere Wohnung in der Via del Governo Vecchio gelegt – und soviel Staub. Es kommt der Moment, wo du sagst: Schluß, ich möchte umziehen. Umzüge erfrischen das Leben, durch ein bekömmliches Durchmischen der Neuronen und der Hormone. Ich verlasse immer sehr gern das Haus, zuweilen im Laufschritt, ganz ohne Grund. Wenn ich gutgelaunt bin, meine ich bergab zu laufen, mit leichtem Schritt, als hätte ich Flügel an den Schuhen wie der Gott Merkur. Wenn mein Schritt ermüdet und alle Straßen bergauf gehen, frage ich mich, ob ich schlechter Laune bin und sage mir ja, ich bin allerschlechtester Laune. Gründe gibt es mehr als genug. Glaub mir bitte: wenn ich allerschlechtester Laune sage, übertreibe ich nicht.

Es kommt leicht vor, daß du in den Straßen im Zentrum irgendeiner Freundin begegnest, denn wir, Giano und ich, wohnen schon seit mehr als zwanzig Jahren – zuvielen! – im obersten Stock eines alten Palazzos hier im Parioni-Viertel, das sein mondänes Zentrum auf der Piazza Navona und sein luxuriöses Handelszentrum auf dem Campo dei Fiori hat.

Eine Begegnung *extra moenia.* Also: in einer Ausstellung von Tamara de Lempicka in der Französischen Akademie links von Trinità dei Monti bin ich Valeria begegnet. Wir standen alle beide incognito vor demselben Bild, in entzückter Bewunderung des Mannes mit Mantel und Hut, den Ellbogen auf ein honigfarbenes Auto mit langem Kühler und großen Scheinwerfern gestützt – es mochte eine Isotta-Fraschini sein. Nicht nur das Auto, sondern auch der Kamelhaarmantel, der weiche Borsalino und vor allem das Gesicht dieses Mannes mit dem dichten grauen Schnurrbart verrieten das unverwechselbare Timbre der Zwanziger Jahre.

Dieser Mann gefällt mir, dachte ich gerade, oder besser: er hätte mir gefallen, hätte ich in jenen Jahren gelebt.

Die Augen auf das Bild geheftet träumte ich gerade von einer romantischen Fahrt mit diesem Mann in der donnernden Isotta-Fraschini quer durch die sonnige Toskana mit schnellen italienischen Kilometern über die Weinfelder und durch die Zypressenalleen in der prickelnden Luft, die mein Gesicht liebkost und dann endlich auf einem Hügel die Ankunft bei einer baumumstandenen Villa die uns mit weit geöffnetem Tor empfängt und wir eilen im Laufschritt hinein und die Treppe hinauf von Begierde zerrissen in das große Zimmer und werfen uns auf das Bett und treiben es und brüllen wie zwei losgelassene Säugetiere.

An meiner Seite, Ellbogen an Ellbogen, in der Französischen Akademie stand plötzlich eine junge Frau – auch sie hingerissen von demselben Bild, reglos und schweigsam wie eine Statue, vielleicht in die gleichen verliebten Gedanken versunken wie ich (vor diesem Bild habe ich Giano betrogen mit jenem phantastischen Exemplar eines Zwanziger-Jahre-Mannes, grauer Schnurrbart und Kamelhaarmantel). Plötzlich wende ich ihr mein Gesicht zu und auch sie dreht sich zu mir. Es ist Valeria. Wir kennen uns schon fast ein Jahrhundert, haben aber nie miteinander verkehrt, nur bei zufälligen Begegnungen wie dieser. Nach einem Jahr Ehe geschieden, hat Valeria seitdem ein zügelloses Leben geführt, und noch heute, mit über vierzig Jahren, widmet sie sich gern den gehaltvollen Begegnungen – dem erotischen Recycling alter, längst verbrauchter Geschichten – und es heißt, daß sie mit keinem in ihrer Gegend vorbeikommenden Mann eine Gelegenheit versäumt, ganz gleich ob er frei oder verheiratet ist. Aber am liebsten sind ihr Männer, die jünger sind als sie. Der allgemeinen Meinung nach ist sie ein liebenswertes Flittchen.

Wir haben also ein paar Eindrücke von der Ausstellung ausgetauscht, nicht so sehr von den eher plakativen Bildern als von unserer gemeinsamen Begeisterung für jene Männer der Zwanziger Jahre – von der Lempicka liebevoll poliert. Als das Thema erschöpft war, hatten wir uns nichts mehr zu sagen, bis ich plötzlich – ich weiß nicht, aus welchem dunklen Impuls – Valeria fragte, ob sie das Geschichtchen vom doppelköpfigen Adler kenne: kurz und mit sofortiger Wirkung, perfekt geeignet für einen mondänen Anlaß.

»Ich kenne es«, hat sie geantwortet, »sehr amüsant.«

Komisch, daß sie es kennt, habe ich mir gesagt und sie gefragt, wer es ihr erzählt hat.

Valeria erlebte einen Moment der Panik, hatte sich aber sofort wieder im Griff.

»Ein deutscher Freund, vor ein paar Tagen.«

»Dann«, habe ich zu ihr gesagt, »kanntest du sicher auch Johannes Westerhoff?«

»Nein, wer ist das?«

»Der, der sie uns erzählt hat, ein Journalist von der *Frankfurter Allgemeinen*.«

»Nein, kenn' ich nicht. Mir hat sie ein Beamter der Deutschen Bank erzählt, den ich in Todi im Haus von Freunden kennengelernt habe.«

An Valerias Verlegenheit und ihrer Eile, das Gespräch zu beenden und zu gehen, habe ich gemerkt, daß sie log. Warum log sie? Ganz klar, weil mein Mann ihr das Witzchen erzählt hat, der natürlich nicht im Traum daran gedacht hat, mir zu erzählen, daß er Valeria getroffen hatte. Wenn er mir diese Begegnung mit Valeria verschwiegen hat, was muß ich dann fürchten? Das Schlimmste. Doch halt! Ich darf mich nicht von den schlimmen Gedanken der Eifersucht überwältigen lassen. Es wäre möglich, daß Giano es ihr am Telefon erzählt hat, oder war es sogar der Beamte der Deutschen Bank? Warum nicht?

Ruhig, sage ich mir, ruhig, Clarissa.

GIANO

Blöde Kuh, zehn Mal blöde Kuh! Wer weiß, warum Valeria Clarissa gesagt hat, daß sie das Geschichtchen vom doppelköpfigen Adler kennt. Sie ist in eine gemeine Falle getappt, die Kuh. Und warum hat sie ihr das überhaupt gesagt, daß der Beamte von der Deutschen Bank es ihr erzählt hat? Die zweite Dummheit, habe ich ihr erklärt, ist schlimmer als die erste, weil sie unnötigerweise die deutsche Herkunft des Geschichtchens wieder hervorholt und vor allem, weil es den Beamten von der Deutschen Bank tatsächlich gibt und er ebenfalls ein Haus in der Nähe von Todi hat und deshalb für Clarissa leicht erreichbar ist. In diesem Fall wäre ich also wirklich in der Klemme, aber zum Glück kann ich mit der Faulheit meiner Frau rechnen und womöglich auch mit ihrem Wunsch, nicht zu wissen, was sie schon weiß: ob ich mich mit Valeria treffe oder nicht.

Clarissa hat mir nichts gesagt von ihrer Begegnung mit Valeria in der Französischen Akademie, aber seit sie gemerkt hat, daß ich es war, der ihr das Geschichtchen vom doppelköpfigen Adler erzählt hat, setzt sie mich mit gespielten Eifersüchteleien unter Druck, die aber auch ein Zeichen wahrer Zuneigung sein können. Es handelt sich um Übungen in Unlauterkeit, um eine Inszenierung unseres Ehetheaters, und schließlich auch um eine Liebesübung.

Wenn ich meine Vorlesungen in der Universität halte, bleibt mein Handy ausgeschaltet und sie schickt mir dann kurze Mitteilungen. »Ruf mich an, nach der Vorlesung!« Wenn ich nach der Vorlesung nicht anrufe und dann nach Hause komme, läßt sie mir keine Ruhe. »Warum hast du nicht angerufen?« »Wo warst du?« »Wen hast du getroffen?« »Gibt's irgendeine Studentin an deinem Horizont?« Clarissa zieht dann ein verschmitztes Gesicht, wie eine, die alles verstanden, mir aber auch schon verziehen hat. Die Wahrheit ist einfacher, Clarissa ist sehr intelligent und hat verstanden, daß es in punkto Studentinnen nichts zu verstehen gibt. Auch wegen dieser großzügigen Heucheleien bin ich in sie verliebt, wie langweilig wäre es ohne Clarissa!

»Welcher Horizont und welche Studentinnen, bitte?« Ich weiß, daß es sich bei ihr um eine Inszenierung handelt, etwas zur Vermeidung aufrichtiger Gespräche, denen sich keiner von uns beiden aussetzen möchte – keiner ist bereit, den vier Apokalyptischen Reitern das Tor zu öffnen. Ich antworte zerstreut, und das ist die einfachste Art, ihre gespielte Eifersucht zu vertreiben, hinter der sich vielleicht – wie soll man das wissen – eine wirkliche Eifersucht verbirgt. Wir haben schon immer mit der Täuschung gelebt, und das war richtig so, und zwar für beide – bis zu dem Augenblick, als das verfluchte Witzchen vom doppelköpfigen Adler Clarissa gezwungen hat, meine heimlichen Begegnungen mit Valeria zu argwöhnen. Halt, halt: ich glaube wirklich, daß Clarissa es bereits wußte, aber so tat, als wüßte sie nichts. Jetzt kann sie aber nicht mehr nur so tun als ob, wie früher, und das bedeutet, daß sie im Täuschen die Register gewechselt hat. Clarissa weiß genau, daß Valeria sich nie eine Gelegenheit entgehen läßt, und wenn wir uns einmal getroffen haben, ist der Rest so sicher wie das Amen in der Kirche.

Aber warum hat Clarissa mir nichts von ihrer Begegnung mit Valeria in der Lempicka-Ausstellung erzählt? Sie hat mir begeistert von der Ausstellung erzählt, wie faszinierend sowohl die Männer als auch die Frauen der Zwanziger Jahre gewesen seien, mitsamt ihren Automobilen, aber ganz sicher hätten der Lempicka die Männer sehr gefallen, das sehe man an ihren Bildern, alles wunderschöne Männer und immer elegant. Vielleicht ist es besser für Clarissa, wenn sie glaubt, daß nicht ich es war, der Valeria das Geschichtchen von dem Adler mit zwei Köpfen erzählt hat, sondern wirklich der Beamte von der Deutschen Bank. Deshalb wird sie nie den Beamten von der Deutschen Bank um eine Bestätigung bitten, denn sie weiß, daß die Wahrheit nicht günstig für sie wäre, sie wäre der Anfang einer Trennung, sagen wir ruhig der Anfang der Katastrophe, die keiner von uns beiden will. Wir sind alle beide verliebt, und – so sagt Clarissa – die Erhaltung unserer Ehe ist ein kategorischer Imperativ.

Ich glaube überhaupt nicht, daß Clarissa mich betrügt, das sage ich mir jeden Tag. Ich weiß aber auch, daß hinter jeder Behauptung ein Gegenteil lauert. Oft, wenn Clarissa ausgeht, um zu Fuß ein paar kleine Besorgungen zu machen, bleibt sie viel zu lange weg. Manchmal drei Stunden oder mehr. Ab und zu kommt sie mit einer Ladung überflüssiger Dinge nach Hause wie Sonnencrèmes im Winter, Vetril, Argentil, Dosen mit Bienenwachs, Limongel und einer großen Menge Seifen oder Putzmittel, was sich alles in der Besenkammer anhäuft und für fünf oder sechs Jahre reichen würde. Vor ein paar Tagen kam sie mit einer Unmenge Joghurt nach Hause, den wir beide nicht mögen, aber, hat Clarissa gesagt, es gab das im Sonderangebot und ich habe weniger als die Hälfte bezahlt.

All das, um mir zu beweisen, daß sie im Supermarkt war, dem in der Via Monte della Farina, oder im Coop an der Piazza Cavour. Sie ist süchtig nach Supermärkten, Clarissa. Wenn ich sie frage, warum sie so lange weg war, erzählt sie mir, daß sie im Supermarkt war, aber meistens sagt sie, sie hätte eine Freundin getroffen, und ich tue dann so, als würde ich ihr das glauben. Ist es denn möglich, daß sie jedes Mal wenn sie das Haus verläßt, einer Freundin begegnet? Hm. Wie kommt es dann, daß ich, wenn ich das Haus verlasse, nie jemandem begegne? Meine und Clarissas Straßen sind mehr oder weniger dieselben. Nach der einen Seite in Richtung Pantheon, nach der anderen in Richtung Campo dei Fiori: Via dei Coronari, Via di Panico, Via Tomacelli, Via della Scrofa und Via del Governo Vecchio, wo wir wohnen. Clarissa findet, ich sei zerstreut und auch ziemlich kurzsichtig. Sie spielt die Geistreiche, Clarissa, aber ich bin wirklich zerstreut und meine Dioptrien lassen sehr zu wünschen übrig.

Der Tod von Westerhoff könnte mich auch dazu bewegen, das Geschichtchen vom doppelköpfigen Adler nicht mehr zu erzählen, aber Clarissa findet es offenbar immer noch unterhaltsam, und es könnte deshalb, wenn ich jetzt nach dem Tod des deutschen Journalisten plötzlich aufhören würde, es zu erzählen, auch so aussehen, als wolle ich sie wegen mangelnden Feingefühls tadeln.

CLARISSA

Ist es denn möglich, daß Giano eifersüchtig ist? Und doch – was tat er da ganz allein im Café Pantheon an einem Tischchen in der Sonne – dem Café unter der Gedenktafel am Hotel del Sole, auf der es heißt »Hier wohnte Ludovico Ariosto«? Von dort aus sieht man den Eingang zum Büro des Städtebauers Federico Zandel, einem Freund von uns, den wir oft sehen, und der mir bei jeder Gelegenheit in Gianos Gegenwart übertriebene Komplimente macht, die allerdings harmlos wirken, gerade weil sie so theatralisch sind – ein mondänes Gesellschaftsspiel, das mir schmeichelt, aber Giano allmählich auf die Nerven ging. Und wirklich, eines Abends, nach einem Essen im Garten eines Hauses am Monte Mario, wo wir von einem Journalisten des »Corriere della Sera« eingeladen waren, und wo Giano gegen seinen Willen in ein politisches Gespräch über den Irak verwickelt wurde, hat Zandel meine Hand genommen und sie lange gedrückt. Ein harmloser Liebesbeweis wie zwischen zwei durchtriebenen Ehebrechern.

Fortgesetzte Vorspiegelungen. Eines Tages, auf dem Gianicolo, begleitete mich Zandel die Treppe zur Amerikanischen Akademie hinauf und faßte mich dabei am Arm, während Giano ein paar Stufen weiter unten in Begleitung von Zandels Frau folgte – ein virtueller Partnertausch also. Aber Zandels Frau Irina konnte meine Eifersucht gewiß nicht erregen. Sie ist groß und dünn, und ohne Konturen – eine Bohnenstange in jedem Kleid. Weil sie groß und dünn ist, sagen sie (die Männer!) sie sei schön. Giano hätte ihr gern den Hof gemacht, um wenigstens dem zu entsprechen, was Zandel mit mir machte, aber ihre metallene Stimme klang einfach zu bedrohlich, trotz ihres deutlichen und gleichzeitig pathetischen Hanges zur Frivolität. Sie ist sehr reich – darüber sind sich alle einig (Aktien einer größeren Versicherungsgesellschaft), ein fantastischer Reichtum, den niemand zu schätzen vermag, der aber – so heißt es – aus Ziffern mit vielen Nullen besteht. Man sagt, daß Zandel und Irina von den Zinsen der Zinsen leben. Zandel beschäftigt sich nicht mit diesem Reichtum, den seine Frau verwaltet, und der das Leben des Paares in keiner Weise beeinflußt.

An jenem Tag trug ich einen Übergangsmantel aus indischer Mochtarseide, und Zandel pries diesen Stoff, der sich so sinnlich anfühlte – feiner und weicher als Samt. Ich sagte ihm, daß auch das Blüschen darunter aus der gleichen indischen Seide sei. Er drückte mich fest am Arm, um mir zu bedeuten, daß er verstanden hatte. Nach außen hin war unser Umgang ganz und gar auf diese unschuldigen Anspielungen eingerichtet, die auch ein Vorspiel (wovon?) sein könnten. (Wann höre ich endlich auf, mich selbst zu belügen?). Nein, ich bin Giano treu, auch wenn er mit Valeria ins Bett geht (aber ich bin sicher – gegen besseres Wissen –, daß er nicht geht): Frustration und schläfriger Verdacht.

Wahrscheinlich hat sich Giano absichtlich vor dieses strategische Café am Pantheon gesetzt, um zu kontrollieren, ob ich vielleicht zufällig in dieser Gegend vorbeikomme oder vielleicht ebenso zufällig Architekt Zandels Büro besuche. Ich habe ihn schon von weitem gesehen und bin am Zandelschen Haustor vorbeigegangen ohne ihn eines Blicks zu würdigen, dann weiter in Richtung Corso Rinascimento, um nicht zu nah an dem Café vorbeizukommen, wo Giano wie ein Jäger im Faß auf der Lauer nach Bleßhühnern saß. In diesem Fall war ich das Bleßhuhn. *Depistage en souplesse,* die falsche Spur – und mit leichtem Schritt voran in Richtung Corso Rinascimento.

Seltsames Zusammentreffen: ich entdecke per Zufall, daß Giano sich heimlich mit Valeria getroffen hat, und gleich darauf spioniert Giano mir nach, um zu sehen, ob ich mich heimlich mit Architekt Zandel treffe. Die Symmetrie beunruhigt mich. Aber nicht sehr.

GIANO

Ich möchte wirklich wissen, warum Clarissa an dem Haustor vorbeispaziert, hinter dem Architekt Zandel sein Büro hat. Hofft sie, ihm zu begegnen? Oder geht sie nur zufällig dort vorbei? Ich will keine bösen Vermutungen anstellen, ich bin mir sicher, daß sie sie nicht verdient. Trotzdem wäre ich neugierig zu erfahren, warum sie an dem Tor zu Zandels Büro vorbeigegangen ist, das sich gar nicht auf dem Weg von der Via del Governo Vecchio, in der wir wohnen, bis zum Campo dei Fiori – dem vor dem Ausgehen von Clarissa erklärten Ziel – liegt. Soll ich glauben, daß sie nur zufällig dort vorbeigekommen ist?

Ich weiß nicht, was sie an einem wie Zandel findet, diesem wäßrigen Bleichgesicht, das immer irgendeine Bosheit zu verbergen scheint. Gesicht ohne Falten, Gemüt noch im Kalten. Clarissa definiert es als ein postmodernes Gesicht. Was sie mit dieser Definition meint, weiß ich nicht. Muß ich beunruhigt sein? Sollte ihr aber auch weiterhin etwas an dem Spiel vom schönen Schein liegen, will ich still sein und wir reden nicht mehr darüber.

Gestern war allerdings ich der Dumme, als ich auf dem Display unseres schnurlosen Telefons Valerias Nummer entdeckte (verflixtes Gedächtnis dieser Apparate). Als Clarissa dann zufällig die registrierte Nummer sah, fragte sie mich, mit wem ich telefoniert hätte, während sie in der Apotheke war. Ich zog mich aus der Affäre, indem ich sagte, ich hätte mit einem Studenten gesprochen, der für mich über Architektur und Urbanistik nach der Einheit Italiens, mit der Ankunft der Piemonteser, recherchierte. Einer guten Regel folgend habe ich meine Lüge mit glaubwürdigen Einzelheiten belegt. Eine vortreffliche Improvisation. Zum Glück hat Clarissa Valerias Nummer nicht erkannt, wie sollte sie auch? Aber seit ihrer Entdeckung, daß ich Valeria das Geschichtchen vom doppelköpfigen Adler erzählt habe, ist Clarissa auf der Hut und ich muß vorsichtiger sein.

CLARISSA

Ich habe Giano nie erzählt, daß vor dreiundzwanzig oder vierundzwanzig Jahren etwas zwischen mir und Zandel passiert ist. Ich war mit Giano verlobt, machte aber trotzdem Ferien in Porto Santo Stefano mit einer kleinen Gruppe von Freunden, unter ihnen auch Valeria – schon damals berühmt für ihre griechische Nase und ihren riesigen Hintern. Richtig gefräßig, diese Valeria. Sie schwankte zwischen einem jungen Architekten und einem Journalisten vom *Messagero* und ging schließlich mit beiden ins Bett. Architekt Zandel war unter anderem auch Eigentümer der Wohnung, in der wir untergebracht waren, und er ärgerte sich sehr darüber, daß Valeria mit dem Journalisten vom *Messagero* vögelte. Von Natur aus besitzergreifend fühlte er sich von seinem Gast betrogen und war schon dabei, uns alle aus dem Haus zu werfen und uns so die Ferien zu verderben. Aber gleichzeitig machte er mir ungestüm den Hof. Und ich konnte ihm nicht widerstehen.

Von meiner Seite war es so etwas wie ein übermütiger Abschied vom Zölibat, wie bei den Männern ein paar Tage vor der Hochzeit. Außerdem hatte ich nichts gegen die Idee, Valeria einen Mann abspenstig zu machen und gleichzeitig unsere Ferien am Meer zu retten. Bei dieser Gelegenheit, nachdem wir unsere Befriedigung zwischen den Bettlaken gefunden hatten, erzählte mir Architekt Zandel, daß Valeria auch das »Kondominiums-Flittchen« genannt wurde, wegen ihrer Gewohnheit gleichzeitig mit mehr als einem Mann zusammenzusein, und diese Bezeichnung habe ich nie vergessen. Kurz und gut, sie war, wie ich am eigenen Leib erfahren hatte, eine Frau, die man sich vom Halse halten mußte, auch weil sie wegen ihrer Vorliebe für verheiratete Männer verschrien war. Übrigens: am Ende der Ferien, im Augenblick der Verabschiedungen, geriet ich plötzlich in Verlegenheit, weil ich den Vornamen von Zandel vergessen hatte, dem ich eine angenehme, wenn auch kurze Intimität verdankte. Zu meiner Entschuldigung möchte ich sagen, daß ich während der kurzen Beziehung jener Tage den Nachnamen Zandel spontan als Vornamen gebrauchte.

Ich habe ihn dann viele Jahre später als Kollegen meines Mannes wieder gesehen, und wer weiß, ob er sich noch an das Mädchen erinnerte, das vor vielen Jahren in Porto Santo Stefano etc. etc. Aber was wälze ich da für Gedanken? Der Städtebauer Federico Zandel macht mir akademisch den Hof und hat noch nie eine Andeutung über unsere so weit zurückliegende Begegnung gemacht. Er hat noch immer die Wohnung in Porto Santo Stefano, in die er uns ab und zu einlädt, doch am liebsten vermietet er sie jeden August und sucht sich für die sechstausend Euro Miete dann ein neues Land für eine Ferienreise mit seiner Frau Irina. Sardinien Korsika Griechenland Türkei Rotes Meer.

Giano weiß nichts davon, aber in letzter Zeit widmet Valeria, einer alten Gewohnheit folgend, ihre ganze Aufmerksamkeit solchen Männern, die jünger sind als sie, wie jener Professor an der Sapienza-Universität, der sie um die Übersetzung eines Artikels aus dem Deutschen gebeten hatte und sich am selben Nachmittag nackt über ihr in ihrem Bett wiederfand. Die Sache machte die Runde in der Un iversität, und seit jenem Tag stieg die Nachfrage nach Übersetzungen aus dem Deutschen um das Vielfache. Und jetzt war sie dabei, Giano zu bestricken (oder hatte sie ihn bereits bestrickt?). Für diesen unglückseligen Fall: Schweigen, je nach Laune.

Gestern morgen gegen zehn, als ich mir gerade einen Schal umlegte um auszugehen, sah ich hinter der halboffenen Badezimmertür den Rücken Gianos, der sich mit dem Kopf zwischen beiden Händen über das Waschbecken beugte. Ich blieb ganz still stehen und konnte sehen, daß er weinte, geschüttelt von Schluchzern, die seine Schultern beben ließen.

Einen Moment lang dachte ich daran ihn zu rufen, aber dann

habe ich mich auf Zehenspitzen entfernt, damit er meine Gegenwart nicht bemerkt. Ich war nicht sicher, ob das richtig war, aber mein Instinkt sagte mir, daß es besser wäre mich nicht zu zeigen, weil Giano vielleicht nicht wollte, daß ich an seinen Problemen und Kümmernissen teilnahm, denn sonst hätte er mir davon erzählt. Jedenfalls war ich sehr erstaunt über dieses verzweifelte Weinen, denn ich hatte nicht den Eindruck, daß Giano, soweit ich unterrichtet war, irgendeinen Grund dazu hatte, in der Familie oder außerhalb.

Ein plötzlicher Zweifel: was, wenn diese Schluchzer von einem Lachkrampf kamen? In Bezug auf das Weinen und das Lachen gab es ja immer schon die gleichen Deutungsschwierigkeiten, und so lag mir auch weiter ein schwer verdauliches Fragezeichen im Magen. Jedenfalls konnte ich nicht mit Giano darüber reden, denn dann hätte er mir vorgeworfen, daß ich ihn ausspioniere, die größte aller ehelichen Schanden. Kurz und gut, ich würde das Dilemma dieser plötzlichen und rätselhaften Verschwendung von Neuronen nie in meinem Leben aufklären können. Aber schließlich, sagte ich mir, raufe ich mir auch nicht die Haare aus deswegen.

GIANO

Clarissa und ich, wir waren dabei, eine Liste unserer Bekannten zu machen, die an Aids – der neuen Jahrhundertpest – gestorben waren –, glücklich, daß wir alle beide von diesem Fluch der Erde verschont geblieben waren, der in Wahrheit hauptsächlich die Generation unserer Kinder betrifft. Wir spielen öfter dieses makabre und übersichtliche Spiel mit den letzten todtraurigen Eintragungen, aber seit einiger Zeit betrifft unser Repertoire nicht nur diese Ansteckung und das andere invasive Übel, sondern auch die bunt gescheckten Spezialitäten der menschlichen Gebrechen. Wir unterhalten uns dabei besser als im Kino. Ein paar Stunden sublimer Entspannung. Ich weiß nicht mehr, wie wir darauf gekommen waren, aber an einem bestimmten Punkt hat Clarissa mir erzählt, daß Architekt Zandel wegen einer Operation vor etlichen Jahren nur noch eine Lunge hat. Er steht also auch auf der Kippe.

»Und woher weißt du das?«

»Irgend jemand hat es mir gesagt, ich weiß nicht mehr wer. Vermutlich Valeria, als ich sie einmal in der Französischen Akademie getroffen habe. Ich glaube, sie ist mit ihm ins Bett gegangen oder sie haben immer noch was miteinander, bestimmt was mit Bett, weil es sich ja um Valeria handelt. Genau.

Es war tatsächlich sie, die mir das mit Zandels Lunge erzählt hat.«

Es ist klar, daß Clarissa mir zu verstehen geben wollte, daß es zwischen Valeria und Zandel eine Geschichte gab. Kalt-kalt-warm-heiß. Ich ließ mir meine Erregung nicht anmerken, aber ich wechselte das Thema, denn immer wenn Valeria ins Spiel kommt, wird das Gespräch gleich äußerst riskant.

Aber was wollte Clarissa mir eigentlich mitteilen mit dieser

Nachricht von der amputierten Lunge? Daß der Architekt Zandel kein gefährlicher Konkurrent war? Und daß er wahrscheinlich eine Affäre mit Valeria hat?

»So wie er aussieht, strotzt er vor Gesundheit.«

»Dabei ist er gelb wie eine Zitrone!«

»Er ist blaß, das gebe ich zu, aber das ist er von Natur, das will nichts heißen.«

»Wenn er nur eine Lunge hat, dann bedeutet das etwas. Man sieht das nicht von außen, aber es bedeutet, daß er nur zur Hälfte atmet.«

»Ich kann da kein Mitleid empfinden! Er arbeitet viel im Ausland für die Reparatur der Straßen und Bürgersteige in historischen Städten. Er hat die Bürgersteige in Amsterdam, Hamburg, Köln und Zürich in Ordnung gebracht. Als er sein Projekt für die Erneuerung der Straßen und Bürgersteige im historischen Zentrum von Rom präsentierte, lachten seine Kollegen ihn aus, aber es scheint mittlerweile, als ob die Stadtverwaltung ihm das erste Los für Bürgersteige im Viertel Piazza del Popolo, Via Condotti und Via Ripetta anvertrauen will. Die eleganteste Zone, eine Goldmine.

Als die Stadtverwaltung anläßlich des Heiligen Jahres plante, die Straßenpflaster und Bürgersteige zwischen der Piazza Argentina und der Piazza di Pietra zu erneuern, bat man um eine Beratung von Zandel, der vorschlug, man solle die Basaltplatten und die Kopfsteine aus China kommen lassen, wo sie nur ein Zehntel des italienischen Preises kosteten. Bei der Kommune war man ratlos, weil die Pilger im Heiligen Jahr dann über kommunistisches Pflaster hätten pilgern müssen. Aber schließlich überwogen der günstige Preis und die gute Qualität der chinesischen Manufakturen.

Kurz und gut, Zandel wurde ein internationaler Fachmann für Bürgersteige, und es schien, als wäre der letzte Gegenstand seines Ehrgeizes New York. Die Bürgersteige als letzte Mittel der verirrten und bedrückten Menschheit. Laufen, spazierengehen. Die Bürgersteige als Metapher, eine Metapher, auf der Zandel nebst seinem mit tausenden und abertausenden Euroscheinen vollgestopften Portemonnaie triumphal einherschreitet.

»Du verhöhnst deinen Kollegen und Freund.«

»Nicht doch, die Bürgersteige sind ein Beitrag zu Anstand und Würde einer Stadt, sie erlauben den Bürgern nicht nur zu laufen, sondern auch spazierenzugehen und beim Spaziergang zu denken, wie die Peripathetiker im alten Griechenland, aber vor allem bringen sie Zandel klingende Euromünzen wie dem Pinocchio die Zechinen. Und das ist gut so, denn das Geld ist gut. Noch dazu hat er eine sehr reiche Frau.«

»Ist das ein Vorwurf, weil ich nicht reich bin?«

Ich habe Clarissa umarmt, um mich für meinen unfreiwilligen Fauxpas zu entschuldigen.

»Trotz der halbierten Lunge hat Zandel, wie es scheint, eine Menge Geliebte«, habe ich gesagt.

Ein harter Schlag. Clarissa blieb stumm. Sie barst vor Neugier, aber sie nahm sich zusammen und stellte mir keine Fragen. Alle Achtung.

CLARISSA

Ich verstehe nicht, wo Giano gewisse Nachrichten auffischt. Oder erfindet er sie? Bei der Nachricht von Zandels zahlreichen Geliebten habe ich nicht mit der Wimper gezuckt. Und wenn es stimmt? Und wenn Zandel jedes Mal wenn er behauptet, mich aufgrund von beruflichen Verabredungen nicht empfangen zu können, sich in Wirklichkeit in dem kleinen Raum neben seinem Büro befindet und mit irgendeiner Frau vögelt, die gerade Ausgang hat? Die Sekretärin ist seine Komplizin, solange ich in dem kleinen Zimmer bin (jetzt hab' ich's gesagt), aber sie kann mir ebenso diskret antworten, daß der Architekt ausgegangen sei, wenn ich am Telefon bin. Aber seine minderbemittelte Ehefrau, was tut sie eigentlich, schläft sie? Sie ist schön (so sagt man, aber ich finde sie hölzern), schön, reich und dumm. Doch darüber sollte ich mich nicht beklagen. Hätte ich denn lieber, sie wäre intelligent und schlau? Wichtig ist, daß Zandel mir auch dann den Hof macht, wenn wir mit Giano zusammen sind – eine Verstellung die dazu dient, die Wahrheit zu verbergen. Und ich mache auch weiterhin mit bei diesem gespielten Hofieren, ich scherze und zeige mich geschmeichelt. In einer Woche haben wir drei Tage ganz für uns, weil Giano nach Straßburg zu einem Kongreß über die »Stadt der Zukunft« fährt.

Giano war schon immer sehr aufmerksam, wenn es um die Gifte der Welt ging. Auch die Eifersucht ist ein Gift, aber es gibt Schlimmeres. Als die Vereinigten Staaten das Kyoto-Protokoll ablehnten, bekam er Krämpfe. Verwünschungen, Schmähungen, Verwünschungen. Seither trinkt Giano keine amerikanischen Getränke mehr und Kellogg's Cornflakes wurden vom Frühstückstisch verbannt, weil sie aus genbehandeltem Mais hergestellt werden.

Nach der Erkrankung bei jenen Soldaten, die mit Munition aus abgereichertem Uran in Berührung kamen, ließen die Amerikaner mit ungestrafter Arroganz wissen, daß sie auch im Irak Munition aus abgereichertem Uran verwendet hatten. Bravo! sagt Giano. Und mit zusammengebissenen Zähnen mußten sie dann noch zugeben, daß sie auch Bomben mit weißem Phosphor auf Falludscha geworfen hatten – nach den Zeugenaussagen der Marines und dem Anblick der verkohlten Leichen im Fernsehen. Bravissimo! Dazu kommt noch, daß sie auch weiterhin unbekümmert ihre Spraydosen herstellen, diesen hübschen Beitrag zum Ruin des Himmels.

Im Schlaf knurrt Giano dann noch seltsame und äußerst unanständige Flüche über das Ozonloch.

GIANO

Beim Kongreß über die »Stadt der Zukunft«, als alle von mir einen Vortrag über die Urbanistische Dekonstruktion erwarteten, habe ich in positiver Weise von der Sternförmigen Stadt mit ihren bewohnten Spitzen und den Gärten auf den Leerstellen zwischen einer Spitze und der anderen gesprochen. Die kreisförmigen Verbindungsstraßen führen abwechselnd durch die bewohnten Zonen und die Gärten. Der Raccordo Anulare in Rom, der Ring in Wien, die vier konzentrischen Straßenringe in Peking sind nur Notlösungen für Städte, die nach traditionellen Kriterien gebaut wurden. Die Stadt der Zukunft wird von Anfang an sternförmig gebaut – ganz gleich, ob es sich um den Davidstern mit sechs Spitzen, den von Salomon mit vier Spitzen oder die Windrose mit acht oder beliebig vielen Spitzen handelt – wobei die Spitzen stets miteinander verbunden sein werden, durch konzentrische Ringe, die wiederum alle durch die strahlenförmigen Straßen verbunden sind, die alle Ringe verbinden, die die verschiedenen Stadtzonen bestimmen. Jede Verbindungsstraße wird eine Einbahnstraße sein, abwechselnd vom Zentrum nach außen oder von außen zum Zentrum. Man wird zahlreiche kleine Unregelmäßigkeiten einplanen, um der stets auf der Lauer liegenden städtischen Langeweile zu entgehen. Ein paar Fehler fördern die Gesundheit der Welt. Die Metro durchquert die Stadt in alle vier Himmelsrichtungen – als zweistöckige Panoramabahn auf Schienen, wie die im Disneyland in Los Angeles.

Die Zukunft ist fern, habe ich hinzugefügt, und deshalb kann man vorläufig die traditionellen Städte nur verbessern, indem man die Erneuerungen Schritt für Schritt realisiert. Kurz gesagt, man wird das maximale Programm berücksichtigen und vorläufig ein minimales Programm realisieren. Ich habe meinen Vortrag mit einer Bemerkung über den Wind beschlossen, den man bei der Bestimmung von Höhe, Neigung und Form der Gebäude berücksichtigen sollte, um den beklagenswerten Fehler im Nachkriegs-Rom nicht zu wiederholen, als die zu hohen Gebäude einem kleinen erfrischenden – Ponentino genannten – Windchen vom Meer den Weg in die Stadt versperrten. Kurzum, sie haben das Klima der Hauptstadt verschlechtert, wo sich seitdem im Historischen Zentrum stagnierende Giftwolken aus Kohlenmonoxyd und den schädlichen Arten von Feinstaub bilden: und du stehst da, verzaubert, und blickst auf das Pantheon, während er sich still und leise in deine Lunge einschleicht.

Es wäre leichter, mein Projekt in Afrika zu realisieren, wo die Städte oft unförmige Anhäufungen von Baracken sind, die nur auf die Zerstörung und den Wiederaufbau nach rationalen Modellen warten. Oder in China, wo man die Städte aus dem Nichts erfindet. Zum Kapitel Energie: genauso wie der elektrische Strom und das Gas geliefert werden, wird in der Stadt der Zukunft ein großer, zentraler Betrieb – so etwas wie ein riesiger Badeofen – heißes Wasser in die ganze Stadt liefern. Jede Wohnung kann sich an die Verteilungsrohre des Wasserwerks anschließen.

Ich bekam schließlich einen schönen Applaus für meinen Vortrag, der zum großen Teil mit der Hilfe von aus Rom mitgebrachten Notizen improvisiert war. Doch gleich zu Beginn der Diskussion meldete sich ein junger russischer Stadtplaner zu Wort und sagte, er wolle mich beglückwünschen, weil er nun gelernt habe, daß die Zukunft weit entfernt sei (ist zufällig auch das Morgen weit entfernt?) und vor allem auch weil ich das warme Wasser entdeckt habe, wobei es in Moskau freilich schon eine einzige Zentrale gebe, die das heiße Wasser in alle Häuser liefere, genauso wie ich es für mein Modell Zukunftsstadt vorgeschlagen hätte.

Einen Moment lang war ich sprachlos. Wieso wußte ich nichts von diesem wichtigen Wasserwerk in Moskau? Ich war nur ein einziges Mal in dieser Stadt gewesen und war der Meinung, daß es für uns in Italien von der Moskauer Urbanistik nichts zu lernen gebe. Dem Kollegen, der mich zum Gegenstand seiner Ironie gemacht hatte, habe ich geantwortet, daß ich den Russen selbstverständlich den Primat der Erfindung des heißen Wassers überließe und daß ich auch noch weitere ihrer Primate kenne, zum Beispiel den der stalinistischen Straßen in Moskau, die zwei- oder dreihundert Meter breit seien, daß es aber leider keine querlaufenden Straßenbahnen oder Autobusse gäbe, die es den Bürgern ermöglichten, sie zu überqueren.

Das Streitgespräch ging noch eine kurze Zeit weiter und galt für viele Delegierte als der brillanteste Moment des Treffens und für mich als der vulgärste. Vulgär war die Kritik des russischen Delegierten und ebenso vulgär meine Erwiderung. Noch immer kann ich nicht begreifen, daß ich mich so weit in diesen Abgrund der Vulgarität hinunterziehen ließ, aber das war das beklagenswerte Niveau der berühmten Urbanisten aus allen Teilen unseres Planeten.

Beim Abendessen mit einer kleinen Gruppe von Teilnehmern habe ich mich sogar freundlich mit dem ironischen russischen Delegierten unterhalten und alles verlief ruhig, bis sich ein finsterer italienischer Deputierter, mit einem Bart in Form einer zweischneidigen Axt, zu uns gesellte. In dem Augenblick, als er sich an unseren Tisch setzte, erhob ich mich mit einer Klage über plötzliche Symptome einer allergischen Intoleranz. Ein paar Teilnehmer, die verstanden hatten, welche Art von Allergie meiner Flucht zugrundelag, haben es mir gleichgetan und sind ebenfalls aufgestanden.

Es ist nicht das erste Mal, daß ich unter diesen parapolitischen Störungen leide. Es handelt sich um eine echte Krankheit, über die ich auch mit unserem Arzt gesprochen habe, der mir täglich zwei Tabletten Laroxyl verschrieben hat, ein Antidepressivum, das aber nichts bewirkt hat, weder zum Guten noch zum Schlechten. Gewiß, sagte der Arzt, man müsse die Ursache entfernen. Als sei nicht über die Hälfte der Italiener an einem solchen Unterfangen interessiert. Er hat mir auch gesagt, daß meine quälenden politischen Allergien mit der Zeit ein Magengeschwür herbeiführen können, wie er es bereits in einigen Fällen behandele. Kurz und gut, er hat mir eröffnet, daß ich an einem »latenten Magengeschwür« leide, einer paradoxen Situation, die vornehmlich Personen betreffe, die ihre üblichen schweren Unverträglichkeiten somatisieren.

Nach dem Abendessen mit den Teilnehmern und meiner Flucht aus dem Restaurant habe ich mich auf den Weg zu meinem Hotel gemacht, dem winzig kleinen Hotel Cathédrale im Fußgängerzentrum von Straßburg, genau gegenüber dem Münster. In dem Doppelzimmer, das ich von Rom aus bestellt hatte, fand ich Valeria vor, die, wie verabredet, nachmittags mit dem Zug angekommen war. Es gelang mir nicht, meine schlechte Laune über das, was bei der Zusammenkunft und dann im Restaurant geschehen war, zu verbergen. Als ich ihr von dem Wortgefecht erzählte, in das man mich hineingezogen hatte, fand sie das amüsant. Ich verzieh ihr diesen Mangel an Feingefühl, genau wie den illustren Urbanisten der Tagung, die uns applaudiert hatten, und ließ Vorwurf wie Tadel beiseite, um diese Begegnung an sicherem Ort, weit entfernt von allen unseren römischen Koordinaten, nicht zu stören. Mit Valeria spreche ich nie über meine quälenden politischen Allergien, ein Thema, das ich ganz und gar bei Clarissa ablade, die jedweder Klage standhält, auch weil sie mich in gewissem Maß als eingebildeten Kranken betrachtet. Leider ist ihr nicht klar, daß auch eingebildete Kranke oft an der eingebildeten Krankheit sterben.

Die Nacht mit Valeria verbracht. Ich hoffe, sie nicht enttäuscht zu haben. Die Begegnung in dem kleinen Hotel Cathédrale, ganz und gar Boiserie, Brokat und Tapeten – eine seltsame Atmosphäre, fast wie in einem Stundenhotel, die nach der Demütigung bei der Versammlung meine Aggressivität hätte entfesseln müssen. Doch nein, die normale, warme, bewährte Liebesroutine.

»Stell' dir die Langeweile vor, in einer kleinen, stillen Stadt wie dieser zu leben!«

«Da könnte man doch endlich die Fenster offenlassen. Wär' das nicht wunderbar?« sagte Valeria.

»Ich bin lieber in Rom, auch bei geschlossenen Fenstern.«

»In diesen Tagen erstickt man vor Hitze in Rom. September ist der heißeste Monat im Jahr.«

»Auch der Juli ist der heißeste Monat im Jahr und auch der August.«

Valeria nickte lächelnd. Jeder Versuch einer Unterhaltung mit Valeria stürzt in ein reizendes und entspannendes universelles Stupidarium.

In den Straßen ringsum, in denen wir ein Café suchten, um dort statt in dem tristen Frühstückssälchen des Hotels zu frühstücken, haben wir den üppigen bunten Blumenmarkt auf dem Schloßplatz von Anfang bis Ende durchquert. Ein Triumph der Farben und der Düfte. Ich schenkte Valeria ein kleines, aber stark duftendes Sträußchen, das wenig Platz brauchte. Ein fast stummer Spaziergang. Trotz ihres freizügigen Lebens, das sie im übrigen nicht verbarg, gelang es Valeria mit ihrer Präsenz – und zwar allein mit ihrer Präsenz –, die Schlacken der Vergangenheit zu entfernen, die oft das Gemüt jener Herren und Damen verdüstern, denen es nicht gelungen ist, sich ein eigenes solides Gefühlsleben zu schaffen. Ein paar gemeinsame zufriedene Schritte, wenn auch beide ein wenig synthetisch, im fernen Straßburg, ich allerdings ein wenig synthetischer als sie. Ich fühlte mich heiter und sorglos, ja sogar ein wenig dumm. Wunder der Geographie: dort in Straßburg, unter diesem geheimnisvoll umhüllenden, bleiernen Himmel, sah ich Valeria mit unschuldigen Augen, alles rings um uns neu.

Denke ich heute an diese Art von über der Leere schwebendem Glück zurück, erscheint vor mir die Erinnerung an ein paralleles Gefühl bei einer Reise nach New York mit Clarissa. Wir spazierten durch die kalten und schnellen Straßen wie zwei ahnungslose Touristen, ganz frei von Sorgen, glücklich, zusammen in dieser Stadt zu sein, ohne das Bedürfnis zu reden, weil jedem die Gegenwart des anderen genügte. Wie sich ähnliche Situationen und Gefühle an zwei so unterschiedlichen Orten wie Straßburg und New York wiederholen, besonders mit zwei so verschiedenen Personen wie Clarissa und Valeria. Mit dem Unterschied, daß in New York Clarissa und ich den Regenbogen gesehen haben.

Auch die Gefühle wiederholen sich, sagte ich mir, so wie die wechselnden Jahreszeiten, und diese Wiederholungen der Natur nehmen wir an ohne zu protestieren. Wieviele Frühlinge wieviele Sommer wieviele Herbste wieviele Winter und immer wieder von vorn. Wieviele Sonnenaufgänge und wieviele Sonnenuntergänge.

CLARISSA

Giano hat auf seinem Tisch ein dickes Heft liegenlassen mit zwei auf den Umschlag gezeichneten schwarzen Buchstaben, beide Initialen, U.D., finster und streng wie zwei Totengräber. Es war klar, daß sie Urbanistische Dekonstruktion bedeuten, und ich war versucht, den Text zu lesen, um ein wenig mehr von Gianos Projekten zu erfahren, doch nachdem ich das Heft aufgeschlagen hatte, habe ich es auch gleich wieder zugeschlagen, denn ich wollte wirklich nicht so unhöflich sein, meine Nase in seine persönlichen Dinge zu stecken. Im übrigen ist Gianos Handschrift so gedrängt und schwierig, daß es mich große Anstrengung kosten würde, sie zu lesen – wozu also? Neugier! Ich gestehe, daß ich neugierig bin, endlich etwas über die Theorien und die Projekte meines Mannes zu erfahren.

In den ersten Jahren unserer Ehe litt ich sehr darunter, nicht über die Urbanistik von Giano informiert zu sein, die im übrigen auch außerhalb der Universität großes Interesse erregte. Ab und zu hat jemand versucht, mich zu Vertraulichkeiten zu verleiten, in der Hoffnung, wer weiß was für Geheimnisse zu entdecken, mit denen man sich eine so radikale urbanistische Theorie erklären könne. Langsam gewöhnte ich mich daran, diesen Fragen auszuweichen, und jetzt ist es bereits zu spät, um meine Haltung noch zu ändern, auch wenn ich auf diesem Tisch jetzt die Gelegenheit hätte, mir alle Antworten anzueignen. Am Ende bin ich es dann, die jene Studenten um Erläuterungen bittet, wenn sie ab und zu herkommen, um irgendein Buch aus Gianos Bibliothek zu konsultieren.

Seit Giano Seiten um Seiten mit seiner unleserlichen Handschrift füllt, verschlimmern sich seine Realitätsfremdheit und seine Absenz Tag um Tag. Ich habe versucht, ihm ganz nebenbei ein paar Fragen über diese Arbeit zu stellen, der er zwei oder drei Stunden täglich widmet. Ich hoffte, daß mein Interesse ihm nun endlich gefallen könnte, aber seine ausweichenden Antworten zeigten mir, daß ich ihn in der für sein Schreiben unentbehrlichen Konzentration nicht stören darf.

Zandel behauptet, daß Giano – von komplexen und widersprüchlichen Gedanken bedrückt – eine Verbindung zwischen seinen urbanistischen Ideen und Heideggers Philosophie zu finden hofft, die seit einiger Zeit sehr in Mode sei und im Mittelpunkt aller seiner Überlegungen stehe. »Gott lacht, wenn der Mensch denkt«, hat Zandel aus der Bibel zitierend hinzugefügt. Herzlichen Glückwunsch. Und du sollst nun nicht glauben, darum bitte ich dich, daß ich meinen Mann verspotte. Ich habe lediglich Zandel verspottet, der aus der Bibel zitiert hat.

Immer wenn mir durch das Geschichtchen vom doppelköpfigen Adler sein Verhältnis mit Valeria in den Sinn kam, sagte ich mir, daß ein Mensch wie Giano, der sein Leben ganz und gar der Dialektik und dem Paradoxon geweiht hat, schwerlich ein Verhältnis mit einer oberflächlichen und irdischen Frau wie Valeria haben kann, die aus Berufung und möglicherweise auch aus Berechnung freizügig ist – eine erfahrene Dirne. Unbegreiflicher Giano.

Auch die Erotik verlangt einige wenige gemeinsame Interessen und Ideen. Und? Ist dieser Breitarsch von Valeria etwa in der Lage, irgendwelche Interessen oder Ideen zu haben? Unbegreiflicher Giano.

GIANO

Im Valle Giulia traf ich den Architekten Morpurgo, der gerade in der Aula Magna einen Vortrag über den Gebrauch der Fußgängerzonen in der modernen Architektur von Tokio gehalten hatte. Es handelte sich mehr oder weniger um eine Wiederholung seines Referats bei dem Straßburger Kongreß über die Stadt der Zukunft. Ich habe ihn begrüßt und meine Komplimente für seinen Vortrag noch einmal wiederholt. Das Gespräch mit ihm habe ich deshalb angeknüpft, weil ich nach einer Bemerkung Valerias über die Rückfahrt einen Verdacht geschöpft hatte.

Auf die Frage wie die Rückreise von Straßburg gewesen sei antwortete er strahlend: »phantastisch!« Er hat dann meine Neugier befriedigt, indem er mir in allen Einzelheiten seine Begegnung mit einer jungen Frau geschildert hat, die ich sofort erkannte: es handelte sich um Valeria.

Morpurgo ist ein angenehmer Mensch und man kann gut verstehen, daß er seiner Schlafwagengenossin gefiel. Die Wahrheit ihres Abenteuers erkannte ich außerdem an ein paar besonderen Merkmalen, von denen Morpurgo erzählte, wie etwa die sinnliche Angewohnheit ihre Zunge ins Ohr des Partners zu stecken, eine Art persönlicher Signatur Valerias.

»Und du hast sie nicht gefragt, ob du sie in Rom wiedersehen kannst?«

»Um Himmels willen! Ich bin mit einer eifersüchtigen Frau verheiratet, und die Frau im Schlafwagen ist auch verheiratet, wenn ich es recht verstanden habe –, jedenfalls ist sie in einer festen Bindung.«

Ich wartete auf einen Eifersuchtsanfall meinerseits, aber nichts dergleichen, ich hatte begriffen, daß ich Valeria nehmen mußte wie sie ist, eine Frau die fähig ist, zwei parallele Geschichten zu haben oder die, wie in diesem Fall, bereit ist, sich mit Vergnügen den Luxus einer beiläufig ergriffenen Liebesnacht mit dem Architekten Morpurgo zu gönnen, auch wenn sie genau weiß, daß alles auf dem schmalen Lager des Schlafwagens beginnen und enden würde.

Keinerlei Eifersucht, nur ein gewisses lästiges Jucken. Ich fragte mich, ob meine Reaktion normal war, oder ob ich wieder einmal am Rand eines Abgrunds entlanglief, wie eines Tages ein Freund von mir behauptete, der sich bemühte, mich auf die Couch eines Analytikers zu zwingen. Nie und nimmer. »Die Psychoanalyse ist jene Geisteskrankheit, für deren Therapie sie sich hält«, sagte ich zu ihm, einen berühmten Aphorismus von Karl Kraus zitierend. Jedenfalls habe ich beschlossen, Valerias Abenteuer ihr gegenüber mit keinem Wort zu erwähnen. Es scheint, daß das Tatatam, tatatam des Zuges ein mächtiges Aphrodisiakum ist, aber das ist keine Rechtfertigung für Valerias Verhalten. Oder doch? Ein Glück, daß ich nicht eifersüchtig bin, andernfalls müßte ich sie ohrfeigen, oder schlimmer, direkt angreifen, wie es die eifersüchtigen Liebhaber tun, über die uns die Tagesereignisse in der Presse berichten. Große Mode: Küchenmesser.

Die Welt dreht sich und es geschehen unerhörte Dinge. Ich notiere diese Überlegungen, weil ich beschlossen habe, sie eines Tages in einem Buch zu sammeln. Ich habe bereits viele Seiten mit Notizen gefüllt als Stoff für einen Roman. Keine Messer.

CLARISSA

Es ist mir nicht gelungen, Gianos schlechte Laune nach seiner Rückkehr aus Straßburg zu verstehen. Er ist nun schon seit einer Woche wieder hier, und ich warte noch immer auf einen Reisebericht. Gewöhnlich liefern die Kongresse Gesprächsthemen für ein paar Tage oder mehr – im Gegensatz zu den Theorien über Dekonstruktion, die er in seinen Lehrveranstaltungen entwickelt und die vom häuslichen Leben ausgeschlossen sind. Indessen kein Bericht, nur schlechte Laune, so als wäre seine Teilnahme am Kongreß ein Mißerfolg gewesen. Tiberio Morpurgo, ein Universitätskollege, der auch in Straßburg dabei war, sagt hingegen, daß Giano absolut brillant gewesen sei und viel Applaus geerntet hätte. Woher rührt also seine schlechte Laune?

Nichts – ich sollte ihm das Zeitunglesen verbieten, denn bei jeder schlechten Nachricht – und dieses Makkaroniland Italien bietet uns täglich mindestens eine – versinkt Giano in Schwermut, bekommt Sodbrennen (doppelkohlensaures Magnesium) und leidet an Schlaflosigkeit oder allergischem Asthma. Er wacht nachts auf, setzt sich auf den Bettrand und klagt über seine Machtlosigkeit in Bezug auf die Unglücksfälle der Welt, vor allem aber Italiens. Was kann ich tun? fragt er mich. Wirklich gar nichts, armer Giano, außer mich um vier Uhr nachts bzw. morgens zu wecken. Dann rauft er sich die Haare, als ob die Unglücksfälle, die nicht nur in Italien, sondern auch im Irak, in Pakistan, im Iran, in Indien, in China, in den Mittelmeerländern, in den Vereinigten Staaten geschehen, sich gegen ihn richten würden. Frust bei neunhundertneunzig Grad.

Armer Giano, versuchte ich ihn zu trösten:

»Wir können da gar nichts machen, wir sind alle auf derselben Titanic.«

Hätte ich doch diese unglückselige Titanic nicht erwähnt.

Wir sinken, sagte Giano, der nicht schwimmen kann und eine Heidenangst vor Wasser hat. Ein richtiger hysterischer Anfall eines Ertrinkenden. Ich bin erschrocken, weil er keine Luft bekam, als wäre er wirklich unter Wasser, er hat sich aus dem Bett fallenlassen und sich an ein Tischchen geklammert, wie an ein Wrack, um nicht zu ertrinken. Der Schweiß troff ihm von der Stirn, seine Augen waren weit aufgerissen vor Angst und seine Hände zitterten. Ich hätte ihm gern ein Beruhigungsmittel gegeben, aber die anderen Male hat er einen Wutanfall bekommen und hat die Packung mit dem Laroxyl aus dem Fenster geworfen.

Wenn ihn jetzt seine Studenten sehen würden.

Schließlich hat er sich aufs Sofa gesetzt und hat dort nach und nach – still und reglos wie ein Fakir – eine ihm gemäße prekäre kataleptische Normalität wiedererlangt. Nach etwa zehn Minuten ist er aufgewacht und hat mich auf das Sofa gezogen, wo es ihm dann gefallen hat, mit großem Überschwang und wütender Energie mit mir zu vögeln. Zum Glück hat unsere Haushaltshilfe fest geschlafen und ist mir nicht zu Hilfe gekommen wie vor ein paar Monaten, als sie mein Gejaul aus dem Wohnzimmer hörte. Es kommt vor, daß ich ein extrem hohes Jaulen ausstoße, wenn es mir kommt. Zandel hat in dem Zimmer neben seinem Büro eine gepolsterte Tür und Doppelfenster anbringen lassen.

Natürlich kompensiert dieser sexuelle Ausbruch Gianos dramatischen globalen Frust. Nach solchen periodisch auftretenden hysterischen Krisen offenbart sich Giano im Bett jedes Mal mit soviel Wärme und Kraft, daß er mir bis zu drei oder sogar vier Orgasmen nacheinander beschert. Leider geschieht das nur sehr selten, weil Giano die politischen Gespräche stets zu vermeiden versucht, während ich seit einiger Zeit nichts mehr tue, um sie zu vermeiden. Erst wenn die Krise ausgebrochen ist, greife ich ein, wohl wissend, daß es zu spät ist. Und wirklich, der emotionale Absturz setzt seinen eigenen holprigen und immer gleichen Weg fort. Ich habe keine Argumente, die ich seinen Abstürzen entgegensetzen könnte (nebenbei: ich stimme mit Giano in alldem überein, auch wenn ich meine Reaktionen besser beherrsche), und erst wenn Giano ganz und gar durchgewalkt ist, ernte ich die Vorteile abends im Bett.

Ich bin sicher, daß auch Valeria sie an manchen Nachmittagen erntet. Zuweilen kommt Giano ganz erschöpft und mit Magenschmerzen nach Hause. Ich weiß, wo er den Nachmittag verbracht hat, aber ich tue so, als glaubte ich ihm seine Magenschmerzen und Schluß. Aber nicht wirklich.

»Warum haben sie nur das Alka-Seltzer abgeschafft?« beklagt sich Giano, um sein Unwohlsein glaubhafter zu machen. Und nun sage mir: was soll ich tun mit einem solchen Ehemann? Das Schlimme ist, ich habe ihn lieb! Sehr lieb, wie eine Irre!

GIANO

Es regnet seit vierzehn Tagen. Ein Wirbelsturm hat drei Pinien am Lungotevere Matteotti, eine riesige libanesische Zeder im Park der Villa Celimontana und eine Steineiche auf der Piazza Mazzini niedergerissen und in Forte Boccea eine Scheune abgedeckt. Der deutsche Papst hat gesagt, der Wind sei ein Symbol des Heiligen Geistes. So aufgebracht war also der Heilige Geist gegen die Hauptstadt? Jeden Herbst verwandelt sich Rom in eine riesige Pfütze. Die Straßen rings um die Piazza Navona liegen alle unter dem Wasserspiegel des Tibers und ich warte schon darauf, unsere Straße eines schönen Morgens vom Wasser überschwemmt vorzufinden und in meiner Wohnung so lange eingesperrt zu sein, bis endlich die Feuerwehrleute mit ihren Rettungsbooten da sind. Ich übertreibe natürlich, es handelt sich schließlich nur um eine Zwangserscheinung, die mich verfolgt, wenn es regnet.

Ich bin schon gespannt, ob Clarissa mir nächsten Sommer wieder vorschlägt nach Porto Santo Stefano zu fahren, wo Zandel ein Haus und ein Boot hat. Seien wir ehrlich: ich langweile mich zu Tode am Meer, und während Clarissa verrückt danach ist und sich zusammen mit Zandels Frau nackt auf dem Boot sonnt, kratze ich mich an den Eiern. Im übrigen hat man in Porto Santo Stefano nie seine Ruhe, weil Zandel mindestens einmal am Tag eine Kreuzfahrt nach Sardinien oder Korsika oder wenigstens zur Isola del Giglio vorschlägt. Richtiges Pech für einen wie mich, der ans Meer fährt, um in Ruhe gelassen zu werden, im Schatten irgendein Buch zu lesen (wenn es heiß ist, suche ich den Schatten und nicht die Sonne), oder ein schönes Schläfchen zu halten und dabei jodhaltige Meeresluft zu atmen. Der einzige Grund, der mich dazu bringen könnte, mit Zandel eine Bootfahrt zu machen, wäre der Wunsch, ihn – natürlich zufällig – ins Wasser fallen zu sehen, weitab von der Küste.

Komisch, diese Segelleidenschaft von Zandel, wo er doch jedes Mal, wenn er mit seinem Boot aufs Meer fährt, den Hilfsmotor anläßt. Ich wette, daß er gar nicht imstande ist, die Segel zu setzen, nicht einmal für eine kleine Fahrt auf dem offenen Meer.

Es ist schön, ich muß es zugeben, sein blaulackiertes Boot, das alle bewundern, wenn es in Porto Vecchio vor Anker liegt, während Zandel vor dem Caffè Chiodo sitzt, um es wie einen Schatz im Auge zu behalten. Keine Angst, es macht sich nicht davon. Gut sichtbar der Name »Irina« in großen Lettern in einer schönen Liberty-Kursiv – eine Huldigung seiner Frau und ihres Geldes, das ihm erlaubt hat, dieses herrliche Spielzeug zu erwerben und zu erhalten.

Das erste Mal, daß ich es wagte, mich offen gegen Zandel zu stellen, war, als er zum hundertsten Mal vorschlug, mit uns nach Korsika zu fahren, zur Ostküste der Insel, in ein Dorf von Nudisten, von dem man ihm Wunderdinge erzählt hatte. Wer weiß, welche Art von Wunderdingen das waren, außer daß man dort viele nackte Frauen sieht. Offensichtlich war Zandel schon dort gewesen, denn er hat ein bißchen zu genau erzählt, wie die Nudisten sich nicht nur am Strand nackt ausziehen, sondern auch völlig nackt spazierengehen oder im Café sitzen, und er hat auch die Geschichte von einem jungen Mädchen erwähnt, die versucht hat, sich, nur mit einem fast unsichtbaren Bikinihöschen bekleidet, im Schwimmbad aufzuhalten und vom Bademeister allen Ernstes aufgefordert wurde – Herrje! – auch dieses auszuziehen.

Das Seltsame ist, daß Clarissa über diese Geschichte gar nicht erstaunt war, so wenig erstaunt zu sein schien, daß ich mich fragte, ob sie sie zufällig schon gekannt hat oder sogar selbst dabei war. Im Juni war sie mit einer Freundin nach Korsika gefahren, während ich noch mit den Examen im Valle Giulia zu tun hatte. Aber nein, sagte ich mir, es war bestimmt nur der Wunsch, möglichst freizügig zu erscheinen und wahrscheinlich auch die Hoffnung, daß ich mich überreden ließe, Zandels Vorschlag anzunehmen, der mehr als unverschämt war, da er scheinbar scherzend vorschlug, daß Clarissa doch eigentlich schon mit ihm und Irina mitkommen könnte, während ich noch in der Universität zu tun hätte. Clarissa lachte, sagte aber nicht nein. Ich ließ mir nichts anmerken, war aber wütend – mehr wegen Clarissas Verhalten als wegen Zandels Vorschlag, dem ich mich natürlich widersetzt habe – mit einem Lächeln auf den Lippen, aber gesträubtem Nackenhaar. Hier handelte es sich nicht um das gewohnte Hofieren – heute nur noch Routine –, sondern um ein richtiges Attentat auf unseren ehelichen Frieden. Alle nackt drüben auf Korsika. In Momenten wie diesem packt mich ein henkersmäßiger Zorn auf meine Frau, ein Sturm von Neuronen, den ich nur mit Mühe zu bändigen vermag. Zum Glück dauert er nur wenige Minuten, aber es handelt sich um explosive Minuten, die um so gefährlicher sind, je mehr ich mich bemühe, sie zu unterdrücken.

Jeden Abend, und manchmal auch während der kurzen Pausen zwischen den einzelnen Lehrveranstaltungen in der Universität, schreibe ich neuerdings in einem dicken Heft an einem Roman mit vier Protagonisten – Clarissa, Zandel, Valeria und ich. Natürlich mit erfundenen Namen: Marozia, Zurlo, Bubi und Tania. Ich hatte daran gedacht, mich statt Bubi Gaio zu nennen, aber das Anagramm war, wenn auch unvollkommen, allzu offenkundig, und die Fröhlichkeit ist wirklich kein Merkmal meiner Person und deshalb auch nicht der Figur, die mir entspricht. Also kein Gaio für Giano.

Ein Roman, so bürgerlich wie seine Protagonisten, aber mehr eine Befreiung von meinen unterdrückten Wutanfällen als ein Roman. Auf den Heftdeckel habe ich lediglich zwei Initialen gesetzt: U.D. für Urbanistische Dekonstruktion. Da ich das Heft fast immer zu Hause lasse, wo ich nichts unter Verschluß halte, bin ich sicher, daß die beiden Initialen und meine schreckliche Handschrift genügen werden, Clarissa von der Lektüre abzuhalten.

CLARISSA

Ich weiß nicht, warum Zandel immer noch weitermacht mit seinen Provokationen, die jedes Mal gewagter sind, bis zur Grenze der Geschmacklosigkeit, und warum es ihn so sehr belustigt, mich in Verlegenheit zu bringen (er hat mich mit einer Schildkröte verglichen, wo jeder weiß, daß Schildkröten unzüchtig sind und bei ihren langen Bumsereien die höchsten Schreie ausstoßen). Jene Unterhaltung über die Nudisten und die Geschichte des jungen Mädchens, das hoffte, mit seinem Bikinihöschen ins Schwimmbecken steigen zu können und daraufhin vom Bademeister nackt ausgezogen wurde – gottlob konnte niemand auf die Idee kommen, daß ich dieses Mädchen war. Zandel wollte mir schmeicheln, als er mich ein Mädchen von phantastischer Schönheit nannte. Er hatte seine Geschichte so begonnen, als hätte sie ihm eine dritte Person erzählt, aber man merkte sehr gut, daß er in Wirklichkeit bei dieser Episode dabeigewesen war. Als er dann anfing, die Scheitelung ihres Büschels zu beschreiben, war mir, als zöge man mich aus, dort vor zwei Männern, die mich schon so oft nackt gesehen hatten, freilich nicht beide gleichzeitig, auch nicht mit den Augen der Phantasie.

Zandel verbreitete sich über die Scheitelung des krausen Schamhaars und sagte dann etwas, das er nicht hätte sagen dürfen, nämlich daß dieses Kraushaar blond, das Kopfhaar des Mädchens aber braun war. Ich war bereits verlegen, weil man mich mit solcher Genauigkeit ausgezogen und beschrieben hatte, aber als Zandel über die blonden Schamhaare und das dunkle Kopfhaar sprach, glaubte ich in einen Abgrund zu stürzen, denn dieser Unterschied – beinahe ein Widerspruch – ist ein Merkmal meiner Person, und Giano hätte unschwer verstehen können, daß Zandel, während er von jenem nackten Mädchen erzählte, in Wirklichkeit von der hier anwesenden Clarissa sprach.

An diesem Punkt hielt ich es für angebracht, mich einzuschalten.

»Es ist ziemlich normal«, sagte ich, »daß die Schamhaare eine andere Farbe haben als die Kopfhaare, ebenso wie ein Mann einen blonden Bart aber dunkle Haare haben kann. Wenn du dich darüber wunderst«, sagte ich dann noch boshaft zu Zandel, »dann bedeutet das einfach, daß du keine große Erfahrung mit Frauen hast.«

Ich lächelte, um zu zeigen, daß ich nach reiflicher Überlegung sprach, und fügte dann noch hinzu, daß diese Verschiedenheit gar nicht so merkwürdig sei, denn es gäbe sie auch bei einer guten Freundin von mir. Blonde Möse und brauner Schopf.

Nach dieser Erzählung entschuldigte sich Zandel und fügte noch scherzend hinzu (eine weitere Provokation), daß er Giano, dessen extreme Schamhaftigkeit er kannte, das Korsika der Nudisten vorgeschlagen habe, aber mit hinterhältiger Ironie sagte er diesmal nicht Schamhaftigkeit, sondern »Sittsamkeit«. Dann kam er wieder auf die Geschichte des vom Bademeister nackt ausgezogenen Mädchens zurück und fügte noch etwas hinzu, das mich bis in die Eingeweide traf, wie die alten Römer sagten. Bis in den Bauch, sage ich.

»Es mag seltsam erscheinen«, sagte Zandel mit einer anderen Stimme, ernster und tiefer, »aber dieses Mädchen hatte sich in meine Augen eingegraben und mir das Herz entflammt, und ich schwöre, daß ihr nackter Anblick nichts mit diesem Gedanken zu tun hat. Ich schaute ihr also in die Augen, unsere Blicke kreuzten sich, und ich spürte sofort, daß ich dieses Mädchen hätte lieben können und – wäre ich nicht verheiratet gewesen – sogar eine Gefährtin für mein irdisches Leben in ihr hätte finden können. Das sind Dinge, die man eines Tages plötzlich begreift, das, was man Liebe auf den ersten Blick nennt, dort, am Rand jenes Schwimmbeckens, im Dorf der Nudisten an der Ostküste Korsikas.«

»Aber hast du denn nicht gesagt, daß diese Begebenheit dir von einer Person erzählt wurde, die auch im Nudistendorf war?«

»Ich habe gelogen. Ist das verboten?«

»Es ist nicht verboten, aber es ist unnötig. Und in deinem Alter wäre eine Beziehung vom Typ Ehe mit einem Mädchen, das in deiner Geschichte, wenn ich es richtig verstanden habe, gerade mal 20 Jahre alt ist, nicht ratsam gewesen.«

Zwanzig Jahre – ein fast unmerklicher Augenblick der Verlegenheit bei mir, wie nach der Entdeckung einer neuen Lüge.

Zandel hatte seine Erzählung in einem Ton kommentiert, der mir bekannt war, und den er für die äußerst seltenen großen Gelegenheiten oder besser für wichtige Erörterungen aufhob, die seine ganze Person in Anspruch nahm. Wie ich schon sagte, ich fühlte mich bei diesen Worten mit allen meinen Sinnen und Gefühlen in die Sache verwickelt und begriff, daß unsere Beziehung nicht nur eine Frage von Sympathie und Sex war, sondern daß sie unsere beiden Personen in einen heißen Liebesstrudel verflocht. Ich entdeckte nun ganz plötzlich, daß ich in Zandel verliebt war, der bis zu diesem Augenblick nur ein geheimer und liebevoller Partner gewesen war. Seine Worte waren ein wahrer und wirklicher Antrag, den er mir – sublime Marotte – im Beisein Gianos machte. Dieser hatte mir indes einen Rettungsring zugeworfen, als er dem vierzigjährigen Mädchen im Bikinihöschen nur zwanzig Jahre beimaß.

Plötzlich erschien mir die Liebe zwischen Zandel und mir in ganz neuem Licht. Auf meinem Gesicht entbrannte Fieberröte, zeitweise auch am ganzen Körper. Eine stille Freude, die sich dann jeden Abend vor dem Schlafen in glückvolle Bilder entfaltete, mit einer leichten musikalischen Begleitung von Coleman Hawkins Saxophon. Und vielleicht, wer weiß, auch die Flammen des Betrugs, die schließlich – extremes Paradoxon – meine Liebe zu Giano neu entfachten: sozusagen ein therapeutischer Betrug. Und jetzt bitte ich dich, nicht zu argwöhnen, dies sei eine scheinheilige Erfindung meinerseits, mit der ich den Ehebruch rechtfertigen möchte.

Ich kann jetzt sagen, ja ich kann schwören, ich wußte nicht, daß ich in Zandel verliebt war. Ich schwöre es und schäme mich. Bin ich denn so dumm, fragte ich mich, daß ich es nicht merke, wenn ich verliebt bin? Bis zum heutigen Tag habe ich noch nicht begriffen, warum ich so bin wie ich bin: tausendmal dümmer als dumm. Wir saßen auf der Terrasse unseres Hauses, mit dem Blick auf die Kuppel von Sant'Andrea della Valle, und um mich herum schwirrten die Fragezeichen wie die gleitenden Möwen im Licht der von unten her leuchtenden Stadt.

Giano schien mir leicht verstimmt durch Zandels Erzählung. Vielleicht erinnerte er sich an meinen kurzen Aufenthalt in Korsika im vorigen Juni? Sein leichter Unmut rührte also vom Verdacht in Bezug auf die Gefühle unseres gemeinsamen Freundes, auch wenn sie einer Unbekannten zu gelten schienen? War sie wirklich eine Unbekannte? Seit Zandel fort ist, hat Giano nicht mehr von Korsika und den Nudisten gesprochen, er wollte mir also zeigen, daß Zandels Provokationen ihn völlig kaltgelassen hatten. Um so besser, sagte ich mir, wenn er seine Eifersucht hinter einer festen Betonwand zurückhält, so daß sie nicht überlaufen kann.

Wir blieben dann noch eine halbe Stunde auf der Terrasse, um schweigend das wunderschöne, von den leuchtenden Möwen nur spärlich gepunktete römische Dunkel zu bewundern.

GIANO

Als hätte ich nicht gemerkt, daß Clarissa letzten Sommer zusammen mit Zandel ins Nudistendorf gegangen ist, und daß das Mädchen, das mit dem Bikinihöschen ins Schwimmbecken springen wollte, sehr gut auch sie hätte sein können, Clarissa in Person. Auch wenn Zandels Komplimente, da es sich in diesem Fall um die vierzigjährige Clarissa handelte, mir ein wenig übertrieben vorkamen. Es ist klar, daß sie ausgemacht hatten, niemandem zu sagen, daß sie gemeinsam im Nudistendorf gewesen waren, und wirklich hat Zandel die Geschichte von dem Mädchen, das mit einem Bikinihöschen bekleidet ins Schwimmbecken springen wollte, so erzählt, als hätte auch er sie aus zweiter Hand erfahren. Aber dann hat er die Kontrolle über die Geschichte verloren und sich verraten, als er zugab, daß er Zeuge der Episode war. Nur eines habe ich nicht verstanden: wo war seine Frau inzwischen? Sie ist doch auf Korsika bestimmt nicht auch im Nudistendorf gewesen!

Alle nackt. Seien wir doch ehrlich: ich könnte verstehen, daß man Gefallen daran findet, Clarissa in der Öffentlichkeit nackt zu sehen. Unschuldiger Voyeurismus? Wenn es nur das gewesen wäre! Aber warum dann die feierliche Liebeserklärung? Vielleicht hat meine Gegenwart das Spiel noch prickelnder gemacht? Versucht doch mal, euch in die Gedanken eines fanatischen und frustrierten Erotomanen wie Zandel zu versetzen!(Leb wohl, Kamasutra!).

Schon sehe ich die beiden – sie unten, er oben, keuchend vor Sauerstoffmangel. Es gelingt mir, dieses Bild für einige Augenblicke hinter einem von meiner Verzweiflung gefertigten Nebelvorhang zu löschen, aber da sind sie schon wieder und keuchen, die beiden, er oben, doch nein, die Positionen sind jetzt vertauscht, jetzt ist er unten und sie oben, um den Orgasmus hinauszuschieben und die Umarmung zu verlängern. Schon sehe ich sie so, beide Tag und Nacht nackt, inmitten einer kleinen Anzahl Männer und Frauen, alle nackt durch das Nudistendorf spazieren, unter jahrhundertealten Olivenbäumen mit Stämmen, die wie alte holzgeschnitzte Figuren gearbeitet sind. Doch wer betrachtet sie je, die alten Stämme der Olivenbäume? Wer hebt je die Augen, um den Himmel durch die Fülle von Stämmen und ihre oft kunstvoll zerrauften Büschel zu betrachten, als kämen sie geradewegs vom Starfriseur oder von einer Liebesrauferei. Deshalb also hat Clarissa mir nie etwas vom Nudistendorf erzählt! Besten Dank. Und warum hat sie mir den (wahrscheinlichen) Spaziergang mit den Nudisten verheimlicht? Weil man dort hingeht, um zu vögeln, so steht es geschrieben im Himmel und auf Erden.

Und da ist es schon wieder vor meinen Augen, das Bild der beiden, die sich auf dem Bett herumwälzen. Ich kann noch so oft sagen, ich sei nicht eifersüchtig auf Clarissa, bereit wie ich bin, Durst und Wüstensand zu ertragen, nur um diese Hure von Clarissa im Bett mit dieser ekelhaften Halblunge von Zandel zu vergessen.

Und was soll ich nun aus diesem Hundeleben machen? Nichts, gar nichts, denn ich kann nicht auf Clarissa verzichten, die – das ist nun endlich klar – ihrerseits nicht auf Zandel verzichten kann. Eine auswegslose Geschichte. Und wie wird sie nun aussehen, die Zukunft für den armen Bettelurbanisten und Trauerarchitekten? Ein wenig Zukunft auch für ihn! Bitte bitte!

CLARISSA,

Giano verbringt die Abende damit, das Heft über die urbanistische Dekonstruktion mit seiner eng gedruckten Schrift zu füllen. Kein Fernsehen mehr abends (ich bin einverstanden) aber wenn er genug geschrieben hat, versenkt er sich in die Lektüre des *Don Quijote* statt Heidegger zu lesen, den Zandel ihm empfohlen hat. Man sieht, daß die Lektüre dieses großen Buchs ihm die Spannung verschafft, die er zur Fertigstellung seines Traktats benötigt.

Mit Mühe, da und dort ein Wort überspringend, ist es mir gelungen, die ersten Seiten dieses Buchs zu lesen, das als Titel auf dem Umschlag die Anfangsbuchstaben der Urbanistischen Dekonstruktion trägt. Ich habe sofort gemerkt, daß da etwas nicht stimmt. Und jetzt seht ihr mich hier, starr vor Staunen. Was mich gleich stutzig gemacht hat: daß Giano sein Buch mit dem Geschichtchen vom doppelköpfigen Adler beginnen läßt. Der Adlerhorst an der hohen kantigen Felswand, und da kommt er auch schon, dieser doppelköpfige Dreckskerl, tupfengleich wie hundert Mal von Giano erzählt. Komisch, sagte ich mir, da beginnt er ein Buch über Urbanistische Dekonstruktion mit diesem kaiserlichen Histörchen, übernommen von dem armen auf der Straße nach Frankfurt gestorbenen Johannes. Ich habe mühsam noch ein paar weitere Seiten gelesen und habe sofort kapiert, daß die auf der Titelseite genannte Urbanistische Dekonstruktion kein bißchen damit zu tun hat. Ein irreführender Titel, vermutlich damit ich nicht auf die Idee komme, meine Nase in das Buch zu stecken. Eine kindische List, aber eine Weile lang hat sie funktioniert.

Wovon handelt es also? Nachdem ich mühsam ein paar weitere Seiten gelesen hatte, ist mir eine Idee gekommen. Erster Gedanke: es ist gar kein Tagebuch, es handelt sich um eine lange

Erzählung oder sogar um einen richtiggehenden Roman. Und Giano möchte nicht, daß man das weiß, oder besser: er möchte nicht, daß ich es weiß. Als wäre es eine Schande, einen Roman zu schreiben. Aber ein Roman, der mit dem Geschichtchen vom doppelköpfigen Adler anfängt? Wie kann man einen Roman in dieser Weise anfangen lassen?

Es ist klar, daß Giano sich unbekümmert zeigen möchte – die typische Haltung des Dilettanten.

Giano beschreibt dann weiter – das konnte ich, mit großer Mühe und einigen Lücken entziffern –, wie Marozia (meint offensichtlich Clarissa), Frau von Giano (im Buch Bubi genannt) durch dieses Geschichtchen erfährt, daß ihr Mann sich heimlich mit Tania (Valeria), einer unzüchtigen und skrupellosen Dame trifft (Tania reimt sich auf Puttania, ist das Absicht?) Das Komische ist, daß nach dem Text zu urteilen, Marozia-Clarissa das Liebesverhältnis zwischen Giano und Tania entdeckt und das Ganze schweigend ertragen hätte, weil auch sie ein aushäusiges, bzw. außerbettliches Verhältnis mit einem Gewissen Zurlo hätte, ein lächerlicher Name aus Gianos vergifteter Feder, der klar und deutlich Zandel meint – Zurlo als Name einer Person ist lächerlich, aber ich muß sagen, daß auch Bubi sich mehr für einen Hund eignet als für einen Stadtplaner wie Giano.

Dieser Roman ist offensichtlich eine Rache des Autors, der gemerkt hat, daß er mit einer kleinen Verbiegung der Wahrheit eine Tarantella erotischer und ehebrecherischer Belanglosigkeiten in Gang bringen kann. Das wäre nun also seiner Meinung nach der »Bürgerliche Roman« (an, einem bestimmten Punkt schlägt er das als Titel vor) und diese seine Protagonisten? Alles Gespenster – Römische Gespenster in unserem Tal des Klatschs. Das ist also seine Vorstellung von unserer Gesellschaft – die wir unbesorgt als bürgerliche bezeichnen dürfen, so wie sie sich heute geriert – bestehend aus stumpfsinnigen, sexuellen Begegnungen und erbaulichen Geschichtchen.

Die Wirklichkeit hat in jedem Fall eine ihr eigene Diskretion und eine ihr eigene Würde, die aber aufs Papier gebracht oft unerträglich wird. Mehr als ein Abbild unserer bürgerlichen Gesellschaft ist dieses Buch – jedenfalls auf den wenigen Seiten, die ich entziffern konnte – ein Portrait seines Autors Giano und seiner verzerrten und kleinlichen Optik. Jawohl, es tut mir leid, aber ich spreche tatsächlich von meinem Mann.

Diese wenigen Seiten haben mir für meinen Entschluß gereicht, dieses verlogene Heft nicht mehr zu öffnen – ja ich bereue, es je geöffnet zu haben.

GIANO

Wieviele häßliche Gedanken gehen mir durch den Kopf, wenn ich an Korsika denke. Alle Flüche dieser Erde für Zandel: in einem afrikanischen Sumpf voll Mücken und Hornissen soll er versinken, eine Klapperschlange soll ihn in die Nase beißen, ein gigantischer Nilpferdfladen soll ihm auf den Kopf fallen. Ich verliere mich in diesen Vorstellungen und merke schließlich, daß meine Gedanken in eine scheußliche Richtung laufen: zum uneingestehbaren Wunsch eines schlimmen Endes für Zandel! Heimlicher Gedanke. Ich habe sogar schon einen Nachruf geschrieben, weil ich glaube, daß man mich nach seinem Tod bitten wird, das zu verfassen, was man in den Redaktionen unserer Zeitungen ein »Krokodil« nennt und was man für sehr alte oder sehr kranke Personen bereits auf Lager hat. Nur daß ich mit dem Gift, das ich in mir entdecke, bereits mehr als achtzig Seiten über seinen wahrscheinlichen Tod geschrieben habe. Beim Krokodil mußt du auf etwas gefaßt sein: die Toten sind voller Ansprüche und man muß sie immer loben, aber meine Seiten enthalten nicht einmal zehn Zeilen guter Beurteilung. Ich will deshalb versuchen, sie da und dort in meinem Roman unterzubringen.

In einem modernen Roman kann ein wenig von allem stehen. Ich hatte sogar geplant, eine Episode des Johannesevangeliums einzufügen, und zwar die, in der der Händler Jesus folgt und ihn anfleht, seinen Sohn zu heilen, den er sterbend zu Hause gelassen hatte. Jesus läßt sich ein wenig bitten, aber schließlich sagt er zu dem Händler, daß er nach Hause zurückkehren könne, dort würde er seinen Sohn geheilt vorfinden. Der Händler geht nach Hause und findet dort seinen Sohn in voller Gesundheit wieder. Doch plötzlich kommt ihm ein Zweifel und er fragt seine Frau, um wieviel Uhr der Sohn sich vom Bett erhoben hat. Es war dieselbe Stunde, in der Jesus ihm gesagt hat, daß der Sohn wieder gesund sei. Gut. Der Händler, mißtrauisch wie alle Händler, gibt sich nun zufrieden. Ich weiß nicht, wie ich diese Episode des Evangeliums verwenden soll, aber jetzt, wo ich sie schon niedergeschrieben habe, bleibt sie festgenagelt auf ihrer Seite stehen und ich entscheide später, ob ich sie herausnehme oder sie anderweitig für meine Figuren verwende. Zum Beispiel für Zurlo, der im Sterben liegt und wie durch ein Wunder durch meinen Artikel gerettet wird. Ich an der Stelle Jesu.

Wie soll das gehen? Es überläuft mich kalt, aber ich gebe nicht auf. Wenn Zandel meinem Schlangengift erliegt, wenn er dem Fluch des Sumpfes nicht standhält, oder wenn er im Kot des Nilpferds erstickt, dann wird die Schuld bei der Schlange sein, die ein Wesen der Natur ist, ebenso wie das Nilpferd, die Mücken und die Hornissen des afrikanischen Sumpfes. Schließlich war nicht ich es, der die Klapperschlange oder den afrikanischen Sumpf mit seinen Malariamücken und seinen Hornissen erfunden hat. Was hat das alles mit mir zu tun? Und wenn Zurlo stirbt, dann stirbt er eben.

Bleibt leider noch die Tatsache, daß ich seinen Tod herbeigewünscht habe, aber ein Wunsch genügt noch nicht, um ihn sterben zu lassen. Wie viele Menschen wünschen sich den Tod eines anderen Menschen? Eine so große Zahl, daß diese Wünsche, würden sie erhört, die weltweite Überbevölkerung aufhalten würden. Das Wichtigste ist, daß ich zur Erfüllung meines Wunsches nicht mit dem Messer auf ihn losgehe und ihm keine Revolverkugel in die Stirn jage. Ich bin schließlich kein Mörder und habe auch keine Berufung zum Mord. Im Grunde sind meine Wünsche nur armselige Wünsche, die alles beim alten lassen und mir höchstens in meinem Roman ein wenig Genugtuung verschaffen.

Ein bürgerlicher Roman mit Figuren, die trotz allem zur menschlichen Gattung gehören, und die ich lieber einen natürlichen Tod sterben lasse.

CLARISSA

An jenem Tag auf Korsika hatte Zandel gemerkt, daß ich lieber in den Bungalow zurückgekehrt wäre, als mein Bikinihöschen auszuziehen und ins Becken zu springen, aber schließlich habe ich dem Bademeister gehorcht, dessen Aufgabe es ja war, auch mir die Stammesregeln einzutrichtern. Und ich bin sofort ins Wasser gesprungen, um meine Schamesröte zu löschen und denjenigen keine Genugtuung zu verschaffen, die mich angeschaut haben wie eine, die sich schämt und ihr Büschel mit der Hand bedeckt, und da möchte man doch wirklich wissen, was so eine im Nudistendorf zu suchen hat?

Ein perverses Spiel, das Zandel da spielt, dem durch diese Erzählung sogar gelungen ist, Giano durch die Gegenwart eines unbekannten wunderschönen nackten Mädchens zu erregen, das in Wirklichkeit seine Frau war. Nie im Leben konnte Giano sich vorstellen, daß Zandel von Clarissa sprach, die dort neben ihm stand und so tat, als langweilte sie sich. Wetten, daß Giano alles gemerkt hat? Ich muß zugeben, daß Giano zwischen abgrundtiefer Naivität und genialer Wahrnehmung hin und her schwankt. Zandels Spezialität bestand darin, daß er mir in Gianos Gegenwart gewöhnlich Komplimente machte, die hart an der Grenze der Schicklichkeit waren, aber stets mit soviel Grazie und Ironie vorgebracht wurden, daß Giano sie als ein mondänes Spiel, und vielleicht auch mit einem gewissen Stolz, daß seine Frau soviel Erfolg hatte, akzeptierte – fast als wären diese Komplimente im hellen Sonnenlicht eine Versicherungspolice gegen Ehebruch.

Es versteht sich, daß Zandel an diesen erzählerischen Darbietungen eine besondere Genugtuung fand. Und nun, vom Alibi der Anonymität geschützt, hatte er sich mit einer Verherrlichung dieses Mädchenkörpers verbreitet, der schön und sinnlich war wie eine griechische Statue. Hier nun hat Giano sich eingeschaltet und ihm mit stichhaltiger Pedanterie erklärt, daß die alten Griechen in Wirklichkeit vor allem die Schönheit des männlichen Körpers bewunderten und nicht den weiblichen Akt. In der klassischen Skulptur erscheinen tatsächlich fast immer die Männer nackt, wie etwa die Bronzen von Riace, während die Frauen stets reichgewandet sind, mit der einzigen Ausnahme der Göttinnen, die wie die Männer nackt sind.

Ich meinerseits durfte nicht vergessen, daß ich die vierzig bereits überschritten hatte und daß diese Lobreden, die ich mit meiner ganzen stillen Dankbarkeit annahm, vielleicht etwas übertrieben waren, während sie Giano, der nicht ahnen konnte, daß ausgerechnet ich dieses wunderschöne Mädchen war, gänzlich aus der Fassung brachten. Dieses wunderschöne vierzigjährige Mädchen.

Gottlob achten die Männer nicht auf die Knie und die Hände – zwei kategorische Verräter des Alters. Du wirfst einen Blick auf die Hände und, sofern sie entblößt sind, auch auf die Knie einer Frau, und du siehst fast immer eine runzlige Haut wie die von Schildkröten, die es aber oft, Runzel über Runzel, bis auf zweihundert Jahre schaffen. Die Damen sollten also zuerst ihre Hände und Knie der Spannung des Liftings aussetzen, noch früher als das Gesicht.

Aber was soll's, ich jedenfalls kann außer meinen Knien unbesorgt auch noch meine Brustwarzen, meinen Hintern und meinen Bauchnabel zeigen.

GIANO

Jedes Mal, wenn ich zu ihr gehe, fast immer nachmittags, bietet mir Valeria, je nachdem wie spät es ist, Kaffee oder Tee an. Der Tee (leider immer Pfefferminztee) hilft mir, hoffe ich wenigstens, die Gifte zu neutralisieren, die ich bei meinem Fußmarsch bis zur Via Properzio, in der sie wohnt, in mir aufnehme – in unmittelbarer Nähe eines von der Stadtverwaltung installierten Apparats zur Messung des Kohlenmonoxyds und der verheerenden Feinstaubpartikel. Meistens gehe ich an diesem beunruhigenden Apparat vorbei ohne ihn zu beachten.

Valeria verbirgt ihre einstmaligen Ausschweifungen nicht. Man kann nicht erraten, ob sie in ihrem Leben je verliebt war, von ihr ist keine wichtige Liebesgeschichte bekannt, wie sie gewöhnlich jede Frau auf das Konto der eigenen Vergangenheit schreibt. Jedenfalls kommt das, was man eine romantische Liebe nennen könnte, in Valerias Erzählungen nie vor. Ihre Männer wählte und wählt sie sich nach zwei Kriterien, dem der Schönheit und dem des Intellekts, die freilich fast nie in derselben Person zusammentreffen (Wer weiß, in welches Kästchen sie mich gesteckt hat?). Einen berühmten und ausnehmend schönen österreichischen Photographen hatten sie und die mehr als freizügige Frau eines großen Holzfabrikanten sich einmal streitig gemacht. Valeria hatte damals die Oberhand gewonnen und brüstete sich noch Jahre später damit. Bekannt war auch – aber davon sprach sie nicht gern – eine lange Reihe ganz kurzer Beziehungen mit wenig interessanten Männern, ein paar Ficks und das war's. Ein Journalist vom *Nouvel Observateur*, ein Filmvorführer, ein Fernsehansager. Valeria leugnete diese flüchtigen Beziehungen nicht und rechtfertigte sich damit, daß sie sagte, sie habe dabei in vielen Fällen nur »aus Einsamkeit« Liebe gemacht. Außer »Kondominiums-Mädchen« nannte man sie auch »der einsame Spatz«, in Erinnerung an Leopardi und an eine volkstümliche sexuelle Metapher.

Und wie war das mit Clarissa, damals?

Daß Zandel Clarissa ganz nackt in der Öffentlichkeit sehen wollte, kann ich verstehen, auch wenn er vermutlich am selben Tag in dem unseligen Dorf auf Korsika schon mit ihr gevögelt hatte. Natürlich werde ich nie mit Clarissa darüber reden, vor allem weil ich weiß, daß es nutzlos wäre, denn sie würde es in jedem Fall leugnen, selbst wenn ich sie beide im Bett ertappt hätte. Dem betrogenen Ehemann gegenüber alles zu leugnen gehört zur Ideologie vieler Frauen, und da stimme ich absolut zu. Immer leugnen, bis ans Ende der Worte.

Im gedanklichen Gegenzug soll sich jetzt Valeria ausziehen, vielmehr ziehe ich sie aus, langsam, mit meinen Händen, öffne Knopf um Knopf, den kleinen Haken am Büstenhalter, das Uhrenarmband, und sie läßt mich machen, wie bei einem festgelegten Ritus, dann ziehe ich mich selbst aus und wir spazieren beide nackt herum, wie Zandel und Clarissa im Nudistendorf. Selbst Schuld! Natürlich dauert diese Darbietung nur kurz, denn nach wenigen Minuten landen wir auf dem Bett. Und hier greife ich sie frontal an, schleudere sie in alle Richtungen, verflechte Beine mit Beinen und umwickle ihre Zunge mit meiner Zunge, die dann schneckenhaft glatt auf Valerias Haut weitergleitet. Und bei jeder neuen Begegnung erfinde ich neue Stellungen, die ich in mein persönliches Kamasutra aufnehme, um sie, wenn sie interessante Ergebnisse zeigen, später zu wiederholen. Von allen anderen gefällt mir der »Beschwipste Vogel«, der um die Brustwarzen flattert und sich dann quirlend in die Luft erhebt und schließlich in das Dickicht der Schamhaare stürzt, von wo dann aus der Tiefe ein Konzert nach der Art von Saxophon und elektrischem Schlagzeug ertönt. Ich glaube nicht, daß Zandel mit seiner halben Lunge imstande ist, Clarissa zu befriedigen, wo es selbst mir oft nicht gelingt, der ich über mehr als genug Atemluft verfüge. Vom Aussehen her kann man es kaum glauben, aber Clarissa besitzt das Temperament einer Nymphomanin und ist deshalb schwer zu befriedigen. Ich übertreibe hier ein bißchen, das ist klar, aber bei gewissen Themen liebe ich es, zu übertreiben.

Nachdem wir miteinander geschlafen hatten, habe ich Valeria überredet, weiter nackt zu bleiben, und auch ich spaziere nackt durch die Wohnung, wir trinken frisches Wasser, nähern uns dem Fenster, sehen uns eine Nachrichtensendung an, nichts als schlechte Nachrichten, ein Börsenkrach, im Irak ein Autobus mit Europäern irrtümlich von einem intelligenten Geschoß getroffen, das ein Apache-Helikopter abgeworfen hatte. Die Nachrichten werden immer schlimmer, die Kamikazeflugzeuge explodieren, die Apachen flattern umher und die Tage vergehen. Bush wird zufrieden sein mit all den Toten, die es zu verdauen gilt.

Der Erzbischof von Canterbury hat sich gefragt, wo Gott während der Tsunami-Katastrophe war, dreihunderttausend Tote. Der Pfarrer eines kleinen Dorfs im Alto Lazio hat sich während einer Predigt gefragt, wo Gott war, als Bush wiedergewählt wurde. Ein paar kleine Lokalblätter haben protestiert und gesagt, daß Bush nicht der Tsunami sei, und daß Gott ihn ganz einfach beschützt hat. Man weiß ja, sagte Clarissa, daß Gott ein bißchen reaktionär ist.

Wir sind immer noch nackt, wie die Besucher dieses verfluchten Nudistendorfes auf Korsika. Ich möchte wissen, sage ich mir, ob es uns auf einmal natürlich erscheint, ganz nackt im Haus herumzulaufen oder, natürlich nur in Gedanken, nackt durch die Straßen zu gehen. Diese Nacktheit mit Valeria ist leider keine Entschädigung für die todsicheren Zusammenkünfte von Clarissa und Zandel, die sich bei mir in Kopf und Augen festgesetzt haben. Ich sehe sie sowohl tagsüber als auch abends im Bett, wenn ich die Augen schließe, um zu schlafen. Es ist keine Eifersucht, ich bin einfach nur von zuviel Einbildung geplagt.

Bevor ich einschlafe, ziehen, etwa wie auf einer Kinoleinwand, alle Formen der zwei nackten Gestalten durch meinen Kopf, wie sie sich mit schleimigen Schlangenwindungen auf dem Bett herumwälzen. In Großaufnahme sehe ich auch die beiden Geschlechtsteile wie sie sich begegnen, und wie dann schließlich die wütende

Penetration erfolgt. Ich höre das Winseln, das lange Schnaufen und Keuchen und den Aufschrei beim endgültigen Orgasmus. Was ist das nur für eine eklige Geschichte? Warum kann ich mich nicht davon befreien?

In der Wohnung sieht Valeria mich entgeistert an, weil sie mein plötzliches Unbehagen nicht versteht.

»Was machst du für komische Bewegungen?«

»Wie meinst du das?«

»Ich meine, warum bewegst du deine Hände und deine Arme und deinen Kopf so planlos hin und her? Komische Bewegungen, völlig sinnlos.«

»Das habe ich gar nicht bemerkt. Gut, daß du mir das sagst.«

Doch im Grunde, wenn ich daran zurückdenke, wird mir klar, daß ich nicht alle meine Bewegungen steuere. Um meiner Verlegenheit zu entgehen und unserer Nacktheit einen Sinn zu geben, lege ich mich ausgestreckt auf sie und suche mir noch einmal einen Weg durch ihr dichtes Büschel. Endlich, mit einem Stöhnen der Wollust, gleite ich hinein. Ich muß einfach aufhören, jeder Bewegung, jeder Geste und jedem Fick einen Sinn geben zu wollen.

Ich habe mit Valeria eine Art Problemrätsel ausprobiert. Eines, mit der man eine Leere im Gespräch füllen kann. Ein Mann muß aus einer Schublade, in der die Socken alle rot oder blau sind, zwei Socken mit derselben Farbe wählen. Das Rätsel lautet: wieviele Socken muß der Mann im Dunklen aus der Schublade holen, um garantiert zwei Socken derselben Farbe zu bekommen? Valeria hat sofort geantwortet: drei Socken. So sind es dann zwei rote und ein blauer, oder zwei blaue und ein roter, oder alle drei von der gleichen Farbe, entweder rot oder blau. Ich bekomme ein mitleidiges Lächeln.

Ich hatte gehofft, daß dieses kleine Rätsel Valeria wenigstens einen Moment lang aus der Fassung bringen würde, wie es bei Zandel geschah, als ich ihm die gleiche stupide Frage vorlegte. Nun habe ich es vorgezogen, das Quiz mit den roten und blauen Socken aus meinem Repertoire zu streichen. Im übrigen hatte ich gemerkt, daß Zandel unangenehm berührt, ja fast gekränkt schien, weil es ihm nicht gelungen war, ein so idiotisches Rätsel sofort zu lösen, gerade ihm, dem Experten in numerischen Sequenzen und geometrischen Berechnungen im alten Ägypten. Man denkt sofort an irgendeine Falle und beginnt darüber nachzudenken, während absolut nichts dahinter ist. Etwas wie ein Placebo-Rätsel. Ich muß noch hinzufügen, daß ich, als ich von einem Universitätskollegen mit diesem Experiment konfrontiert wurde, der Gefahr damit entrann, daß ich sagte, ich hätte nur zwei Socken aus der Schublade genommen und im übrigen meinem Glück und der Wahrscheinlichkeitsrechnung vertraut. Und schlimmstenfalls: wer konnte mir denn verbieten, mit einer roten und einer blauen Socke auszugehen? Zwei Farben, die so gut zueinander passen.

Eine wahrhaft idiotische Aufgabe – die mit den roten und blauen Socken, genauso idiotisch wie die Frage, was wiegt mehr, ein Kilo Stroh oder ein Kilo Blei? Nein, um mit meinen gelegentlichen Gesprächspartnern zu kommunizieren, muß ich etwas Besseres finden als Socken im Dunklen oder ein Kilo Blei und muß mich von meinen Schüchternheitsanfällen und meinen politischen und umweltbedingten Allergien befreien.

Doch einstweilen kümmert sich der bekannte Planet Erde garnicht um meine Probleme und Ratlosigkeiten, er kreist mit großer Geschwindigkeit durch das Weltall, ohne irgendeinen Moment der Ruhe, und ich bin müde und draußen regnet es in Strömen.

CLARISSA

Er scheint zuweilen zerstreut, Giano, oft hat er aber auch besonders feine Wahrnehmungen. Vor allem aber hat er starke Verdachtsantennen. Doch meistenteils führen ihn seine theoretischen Ambitionen in obskure Widersprüche. Er behauptet, daß jede Geste eine Reihe von Kettenreaktionen auslöst, die dazu bestimmt sind, ständige Konflikte zu erzeugen, auch positive, aber fast immer kommt es am Ende der Entwicklung zu einer Katastrophe. Als Logos terminalis der Negativität erzählt er, daß Ezra Pound, als er in Venedig wohnte, jeden Morgen, sobald er wach war, das Fenster öffnete und mit mächtiger Stimme »Desaster!« gerufen hat. Betrachtet man nun die städtebauliche Lage Roms in der Nachkriegszeit mit ihren gewaltigen Spekulationen, dann sagt Giano, auch er könne jeden Morgen den Katastrophenschrei des amerikanischen Dichters ausstoßen und zugleich erwägen, inwieweit ein Mädchen, das zur gänzlichen Nacktheit aufgefordert wird, mit dem Verlauf des Gesprächs in Konflikt kommen könnte.

Ab und zu gibt es gegen Gianos Vernichtungsvorschläge auch bei seinen Studenten Widerspruch, doch im großen und ganzen neigen sie dazu, für ihn Partei zu ergreifen. An der vorderen Wand in der Aula, von wo Giano seine Vorlesungen hält, hat er einen großen topographischen Plan von Rom anbringen lassen, denn es ist gerade Rom, wo Giano mit der revolutionären Integralen Urbanistischen Dekonstruktion anfangen möchte, was von seinen Studenten sofort in Utopische Urbanistik, U.U., umgetauft wurde.

Als erstes hatte Giano den Abbruch ganzer Häuserblocks im Parioli-Viertel geplant, das auf dem großen topographischen Plan in viele operative Sektoren aufgeteilt war. Mit grünen Hervorhebungen hatte er die abzureißenden Flächen markiert. Die Farbe Grün sollte bedeuten, daß diese Areale in baumbepflanzte Gärten oder in kleine Plätze umgewandelt werden sollten. Jede dieser Flächen, die grundsätzlich im Zusammenhang mit einer bereits bestehenden oder geplanten Metrostrecke realisiert werden sollen, muß mit einem Kino oder Theater ausgestattet sein, mit Cafés und Restaurants, einem Supermarkt und natürlich einer großen unterirdischen Garage. Eventuell auch mit einer Diskothek, einem Fitneßstudio und einem Schwimmbad.

Nach Parioli wollte Giano sich um die Sanierung des Vigna-Clara-Viertels kümmern, das schlicht »gelichtet« werden müßte, ein Haus ja, das andere nein. Dann würde es darum gehen, das Problem der großen Ameisenhaufen in der Via Tuscolana, der Via Appia Nuova und schließlich der Via Tiburtina anzugehen, die, so meinte er, ganz einfach dem Erdboden gleichgemacht und in der Vertikale neu gebaut werden müßten. Jeweils ein Hochhaus als Ersatz für zehn der ameisenhaufengleichen Wohnblocks, so daß man nur ein Zehntel des Bodens für die gleiche Bevölkerung benötigt, mit Wohnungen, die alle hell sind und mit viel Platz drum herum. Ein leichter zu realisierendes Programm war dasjenige der zivilisierteren Peripherien, wie das Afrikanische Viertel oder die Aniene-Hügel, die man mit großen Plätzen ausstatten könnte, wobei nur wenige Häuserblocks zerstört werden müßten.

Es handelte sich schlicht darum, strategische Entscheidungen zu treffen, bei denen sich auch die Studenten beteiligen sollten.

Das alles weiß ich von einem von Gianos Studenten, der ab und zu nachmittags bei uns vorbeikommt, um in unserer Bibliothek Unterlagen für seine Doktorarbeit zu suchen. Mir gegenüber ist Giano eher zurückhaltend, was seine städtebaulichen Projekte angeht. Ich hege den Verdacht, daß er in der Universität, wo seine Vorlesungen sehr bewundert werden, fast alle seine Worte verbraucht, weshalb ihm nur sehr wenige für zu Hause bleiben. Im übrigen verstehe ich ihn, wenn er beim Schreiben lieber dem Faden seiner privaten Gedanken folgt als dem der Urbanistik.

Leider werden mir auch seine Schriften vorenthalten und ich muß heimlich, wie eine Diebin, die Initiative ergreifen, wenn ich ein paar Seiten seines Romans lesen möchte. Und so entdecke ich, daß Giano, vielmehr Bubi, nackt in Tanias, d.h. Valerias Wohnung herumgeht, und sich nicht schämt, das aufzuschreiben (übrigens: wenn ich den Namen Bubi lese, dann ist das so, als würde mir ein Hund ins Ohr bellen). Merkwürdig, daß Giano beim Schreiben alle Hemmungen verliert, wenn es irgendwie um Sex geht, er und Valeria.

Nebenbei: einer seiner Studenten, der öfter bei uns hereinschneit, um etwas in unserer Bibliothek nachzuschlagen, hegt offenbar – so, wie er mich ansieht –, ein besonderes Interesse für meine Person. Gewisse Blicke!

GIANO

Der Oktober ist in Rom oft heiß und schwül. Wie hätte ich Zandels und Irinas, von Clarissa enthusiastisch begrüßten, Vorschlag ablehnen sollen, gemeinsam mit ihnen ein Wochenende in Fregene zu verbringen? Die Villa dei Pini gilt als bevorzugter Ort, um sich nach ein paar Stunden Strand im Schatten hinzulegen, in geruhsamer Umgebung unter schönen Pinien, und mit Kellnern, die flink von Tisch zu Tisch laufen, um Erfrischungsgetränke und Kaffee zu servieren. Es gibt nichts Erholsameres als arbeitenden Menschen zuzuschauen. Clarissa hat mich getadelt, weil sie der Meinung ist, daß ein Gedanke wie dieser bei einem zivilisierten Menschen von unerträglicher Arroganz zeugt.

»Vielleicht bin ich kein zivilisierter Mensch?«

»Schon wieder gibst du mir eine arrogante Antwort.«

Kleine Streitereien wie diese hinterlassen keine Spuren.

Wir sind in die Badeanstalt des Luna Rossa gegangen, wo wir im Becken schwimmen wollten, weil das Meerwasser unserer Gesundheit ernstlich hätte schaden können. Für mich haben diese überfüllten Badeanstalten etwas Abstoßendes, weil ich immer das Gefühl habe, unter den Badenden könnten Kranke sein. Aber das Meerwasser war wirklich zu schmutzig, und noch dazu voller Bakterien. Aggressive Kolibakterien.

Clarissa hat ihr leichtes Kleid ausgezogen und ist im Badeanzug aus der Kabine gekommen. Wunderbar. Absolut übereinstimmend mit der von Zandel geschilderten Erscheinung des Mädchens im Nudistendorf. Ein Schock. Sie jeden Abend nackt zu sehen, ist mir zur Gewohnheit geworden, und deshalb sehe ich sie jedes Mal ohne Staunen. Ganz anders war es, sie in neuer Umgebung, in der Öffentlichkeit zu sehen, eine strahlende Erscheinung, die die Blicke aller Anwesenden auf sich zog. Ein Wunder

der Natur, mit diesen ihren vierzig Jahren. Zusammen mit Zandel, auch er im Badekostüm. Clarissa hat darauf bestanden, daß auch ich zusammen mit Irina ins Wasser käme. Kein Schwimmbecken für mich, ich blieb unter dem Sonnenschirm mit Irina, die zwei steckendürre Schienbeine entblößt hatte.

»Ich liebe das Wasser nicht. Ich kann kaum schwimmen und möchte nicht lächerlich erscheinen«, sagte Irina mit einer Miene, als wolle sie mir etwas Vertrauliches mitteilen.

»Ich habe eine physische Abscheu gegen überfüllte Schwimmbecken. So als käme ich in Hautkontakt mit den Unbekannten, die darin herumplanschen.«

»Mein Mann und Clarissa haben, glaube ich, keine Probleme dieser Art.«

»Ganz offensichtlich nicht.«

»Und wir sind hier. Kein Haut an Haut.« Ein etwas verkniffenes Lächeln bei Irina. Die noch hinzufügte: »Eine Berührung der Haut kann man zuweilen auch im Trockenen erfahren, ohne ins Wasser zu steigen.«

Ich wußte keine Antwort auf eine so entwaffnende Behauptung. Inzwischen hatte die Luft begonnen, sich mit einem starken Rauchgeruch zu füllen, als wäre in der Nähe ein Brand ausgebrochen.

»Riechst du den Brandgeruch?«

»Und wie, sogar ziemlich stark! Aber was soll's? Hier bringt uns zwei keiner weg.«

Ich verstand nicht, was sie damit sagen wollte, aber an ihrem melancholischen Blick merkte ich, daß Irina mich um irgendeine Komplizenschaft bat, und das stimmte mich traurig, weil ich ihren Erwartungen in keiner Weise entsprechen konnte.

Ist es denn möglich, fragte ich mich, daß wir, unter uns, Männern und Frauen, Freunden und Frauen von Freunden, immer auf Sex anspielen oder Sex ausüben müssen – als einzigem Ausweg aus der täglichen Routine? Macht ihr euch denn nicht klar, daß auf diese Weise auch Sex Routine wird? Ein ständiger Hintergedanke, der Sex, auch ohne Worte. Ein Wort, das dafür selten in unseren Gesprächen vorkommt, ist Liebe. Wenn das Wort selten vorkommt, dann bedeutet das, daß dieses aufregende aber gewichtige und auch riskante Gefühl nur selten vorkommt. Es hatte sich so ergeben, daß das nur das improvisierte Paar bestehend aus Zandel und dem Schwimmbadmädchen (Gott gebe, daß es sich nicht um Clarissa handelt) betraf, und auch bei dieser Geschichte, von Zandel reichlich aufgebauscht, weiß ich nicht, wie glaubwürdig sie ist.

Nach dem Bad von Clarissa und Zandel machten wir uns auf den Weg zur Villa dei Pini. Der Brandgeruch war inzwischen immer stärker geworden und wurde jetzt von einer leichten Rauchwolke begleitet, die uns in die Nase stach. Ein Passant informierte uns darüber, daß im Süden des Dorfes die Dünen brannten, im Augenblick aber keine Gefahr bestand. Die einzige Unannehmlichkeit ergab sich für diejenigen, deren Häuser im Süden des Dorfs standen, und zwar in Gestalt der vielen Vipern, die vor den Flammen flohen und sich bereits dem Dorf näherten.

Kommt nur, kommt, mit euren Giften; wir hatten inzwischen beschlossen, uns in die schattige Villa dei Pini zu flüchten – schattig, aber nicht ruhig, wegen des betäubenden Zirpens tausender von Zikaden. Doch da, als wir gerade noch ein letztes Getränk bestellten, stand Irina ruckartig auf und deutete auf zwei Vipern, die sich unserem Tisch näherten. Wir erhoben uns alle und machten uns schweigend und mit raschem Schritt auf den Weg zum Ausgang.

Zwei Burschen mit Fahrrädern teilten uns mit, daß Tausende von Vipern in den ganzen Ort Fregene eingedrungen seien und sich nun in den Hecken und den Gärten der Villen versteckten. An dem eindrucksvollen Katastrophenbericht der beiden Burschen war bestimmt etwas Wahres.

»Nichts wie weg von diesem grauenvollen Ort«, schrie Irina, geradezu hysterisch.

»Wir sollten nicht übertreiben«, sagte Zandel, aber als wir uns umsahen, entdeckten wir eine kleine Viper in der Nähe seines BMWs, den er in einem schattigen Seitensträßchen geparkt hatte.

Alles hatte sich so unglücklich entwickelt – außer vielleicht dem Bad im Becken für Clarissa und Zandel –, daß wir beschlossen, gleich in der ersten Bar an der Straße etwas zu uns zu nehmen – ein paar Tramezzini, ein Bier, und dann so schnell wie möglich zurück nach Rom, während der Rauch immer näherkam und die Sirenen der Feuerwehr von überallher zu hören waren.

Jedesmal wenn ich auf so stumpfsinnige Weise Zeit verliere, wie an diesem Wochenende in Fregene, frage ich mich, wie viele Seiten in meinem Buch ich hätte schreiben können, wenn ich in Rom geblieben wäre. Statt dessen bin ich hier und rede über Vipern – ein wenig einträgliches Thema für mein Buch.

CLARISSA

Ich dachte, er wäre in seinem Studio, aber statt dessen habe ich durch den Spalt der nur angelehnten Badezimmertür Giano vor dem Spiegel entdeckt. Was tat er da drin? Ich bin auf Zehenspitzen ein Stück zurückgegangen, so daß ich ihn sehen konnte, ohne selbst gesehen zu werden. Wieder hatte ich keinerlei Absicht gehabt, ihm nachzuspionieren, aber die Lage zwang mich fast dazu. Giano näherte sich ein wenig dem Spiegel, dann entfernte er sich von ihm, um sich ihm gleich wieder zu nähern, den Blick unverändert nach vorn auf den Spiegel gerichtet. Ein kleiner Schimmer eines Lächelns auf dem Gesicht. Diesmal habe ich endlich verstanden oder glaubte verstanden zu haben: Giano »schaute sich in die Augen«. Eine Herausforderung? Ein Versprechen? Ein Exorzismus? Wie dem auch sei, am Ende wußte ich jedenfalls nicht, wie ich sein seltsames Verhalten deuten sollte, wie schon ein anderes Mal, als er mich durch ein ähnlich verzweifeltes Weinen oder krampfhaftes Lachen ratlos gemacht hatte.

»Sich in die Augen schauen« war Gianos häufig gebrauchter Lieblingsspruch, von ihm angewandt in den entscheidenden Momenten des Lebens. Schon vor längerer Zeit hatte ich beschlossen, mir nicht zuviele Gedanken über Gianos Schrullen zu machen, weil ich es vorzog, die negativen Abgründe, die er sich selbst grub, um sich dann kopfüber hineinzustürzen, wie zum Beispiel sein städtebauliches Projekt der Zerstörung ganzer Häuserblocks, um jenen römischen Stadtvierteln mit der außerordentlichen Enge ihrer Wohnhäuser (ich nenne sie Wohnhäuser, aber er sagt einfach Bauten, ohne an die Menschen zu denken, die hinter ihren Mauern Zuflucht gefunden hatten), Luft zu verschaffen. Neben der Notwendigkeit, die Enge der Straßen zu beseitigen, plante Gianos Projekt auch, wie er sagte, »Luftblasen« zu schaffen, er wollte also die Stadt luftiger machen, sie atmen lassen. Wie dem auch sei, es war nicht schwer zu verstehen, daß Giano von einem Zerstörungsdrang besessen war (die Bösartigen nennen es Urbanistischen Terrorismus), der aber auch in jedem anderen Beruf in Erscheinung getreten wäre.

Heute morgen bin ich ausgegangen und habe an der Ecke Via Santa Maria dell'Anima und Via dei Coronari Adele P. getroffen, eine intelligente und diskrete Person, Eigentümerin eines Palazzetto in der Via di Panico. Ich habe ihr ganz vorsichtig anvertraut, mein Mann sei dabei, einen Bebauungsplan für Rom auszuarbeiten, der die Zerstörung von fast zehn Prozent der seit 1940 gebauten Stadtviertel vorsehe.

»Ich habe von diesem Projekt gehört, es wird viel davon gesprochen, auch außerhalb der Universität.«

»Wie von einer Massenschlachtung, oder?«

»Mir scheint es eine phantastische Idee, Rom von seinen vielen scheußlichen Bauten zu befreien. Auch die gängigen Kommentare sind alles andere als negativ.«

»Es handelt sich aber doch um eine seltsame Idee. Wenn wir großzügig sein wollen: um eine Utopie.«

»Du hast's gut«, beschwerte sich meine Freundin, »kannst du dir vorstellen, daß mein Mann seit unserer Hochzeit mir noch nie eine seltsame Idee vorgetragen hat, keine einzige in meinem ganzen Leben. Ein intelligenter Mann mit einem gesunden Menschenverstand und einer Langeweile hart wie Granit. Da ist mir ein gelinder Spinner wie deiner lieber. Für mich ist die Urbanistik entweder schöpferisch oder es gibt sie nicht. Ich beneide dich!«

Dazu wollte ich nichts sagen, aber die Vorstellung des leicht verrückten Ehemanns blockierte meine Gedanken. Sollte ich mich beklagen über Gianos Grillen, seine Betrügereien, seine fortgesetzten Heucheleien, was aber doch alles auch zu unserer Rettung beitrug?

Plötzlich änderte meine Freundin das Thema.

»Hast du schon gehört, daß es Federico Zandel nicht gut geht?«

Da bin ich erschrocken und wußte nicht, was ich sagen sollte, auch wenn es seltsam ist, daß sie zu mir von Zandel sprach, als wäre sie über unsere Beziehung auf dem Laufenden. Aber sie weiß ja, überlegte ich dann, daß mein Mann Stadtplaner ist, weshalb überhaupt nichts dabei ist, wenn sie mir von Zandel erzählt.

»Ich weiß gar nichts, sagte ich, oder besser ich weiß, daß er vor einigen Jahren ein Problem mit der Lunge hatte, es ihm sonst aber mehr oder weniger gut ging.«

»Nein nein, es muß etwas anderes sein. Ein Universitätskollege hat mir ein wenig geheimnistuerisch davon erzählt. Und weißt du auch, wer? Es war ausgerechnet dein Mann, ich habe ihn vor ein paar Tagen auf der Straße getroffen.«

Ich wollte nicht weiter nachforschen, um keine Klatschgeschichten zu nähren (doch warum erzählt Giano mir nichts davon, wenn er meinen Freundinnen begegnet?). Ich wußte von Zandels schlechtem Gesundheitszustand, aber nur im allgemeinen; es wurde bei unseren Treffen nicht erwähnt, ich fand es aber auf einer anderen, mühsam entzifferten Seite des Buches bestätigt. In Gianos Buch, oder besser auf den Seiten, die ich mal hier mal dort gelesen habe (trotz meines Entschlusses, dieses Heft nicht mehr anzurühren), gibt es da ein paar Anspielungen auf Zurlos allzu häufige Abwesenheiten von der Universität, aber vor allem ist da ein Haß zu beklagen, der aus jeder Zeile spricht, ein seltsamer Haß – der schon beim Namen der Person beginnt: Zurlo – aber auch eine gewisse Ironie, z. B. da, wo er von der Flittchen-Urbanistik spricht. Kurz gesagt, Giano haßt Zandel – in seinem Roman Zurlo – die Person, die ihn vertritt, wie ein nachträglich boshaft veränderter Gipsabdruck. Während er in der Wirklichkeit mit ihm wie mit einem lieben Freund verkehrt, schildert er ihn in seinem Buch als jemanden mit verschlagenem Blick und der Blässe hinterlistiger Personen. Versucht die offensichtlichen Symptome schlechter Gesundheit der Ambiguität seiner Person zuzuschreiben. Nach dem Lesen dieser Seiten habe ich mich so schlecht gefühlt, daß ich zwei Laroxyl nehmen mußte.

Ich habe Zandel wie immer in dem kleinen Zimmer neben seinem Studio getroffen. Ich habe ihn nicht nach seiner Gesundheit gefragt, er erschien mir aber ruhig und liebevoll und im Einklang mit jener ungewöhnlichen, im Beisein Gianos geäußerten Liebeserklärung. Auf dieses Thema sind wir nicht zurückgekommen, es war aber zwischen uns eine neue, fast stumme Übereinkunft, wenige Worte, viele Liebkosungen, wie bei zwei Säugetieren, die einander mögen. Nie habe ich mich so glücklich und gleichzeitig so unglücklich gefühlt wie an jenem Nachmittag im Bett mit Zandel.

Verzeih mir, Giano, aber ich weiß, du hast mir bereits verziehen.

GIANO

Von einigen Studenten habe ich erfahren, daß Zandel letzten Monat wahrscheinlich nicht mehr als drei Lehrveranstaltungen gehalten hat. Die Studenten beklagen sich. Ich aber frage mich, was Zandel in dieser ganzen Zeit tut, die er der Universität stiehlt. Ich weiß, daß er Verpflichtungen in Holland und Verhandlungen in Zürich hat, aber eine Dienstreise in diese Städte, die man in wenigen Flugstunden erreicht, rechtfertigten so häufige Abwesenheiten nicht.

Jemand hat gesagt, Zandel sei krank, aber ich weiß nicht, bei wem ich mich danach erkundigen könnte. Gewiß nicht bei ihm, aus naheliegender Diskretion und weil wir Gespräche über persönliche Physiologien gewöhnlich zu vermeiden suchen. Ich könnte Clarissa fragen, die vielleicht etwas weiß, aber diese Möglichkeit liegt mir fern, weil ich es zu Hause vermeide, von Zandel zu sprechen, genauso wie sie nie über Valeria spricht. Unsere Zweitverhältnisse wurden stillschweigend eingegangen und registriert, aber diesmal ist es anders, denn wir haben einen guten Grund um zu reden: Zandels Abwesenheiten von der Universität verdienen ein Fragezeichen.

»Was weiß ich? Er hat sicher seine Gründe«, sagt Clarissa zerstreut, als Antwort auf meine Frage, und ich verstehe sofort, daß sie beschlossen hat, das Thema zu vermeiden. Und in der Tat, sie zuckt mit den Achseln und geht hinaus in die Küche. Sie übertreibt. Und ich hatte geglaubt, ihr einen Gefallen zu tun, indem ich ihr die Gelegenheit gab, von ihrem Liebhaber zu sprechen.

Mein Projekt, einige Stadtviertel von Rom zu »lichten«, hat gestern noch ein paar Anfeindungen hervorgerufen, aber die Mehrheit der Studenten bringt ihm einen ausgesprochenen Enthusiasmus entgegen. Gewiß, viele ärgern sich über meine Vorhaben.

Zum Beispiel darüber, ein paar Häuserblocks in der Via Archimede abzureißen, einem gewundenen und scheinbar luxuriösen, aber stets verstopften Darm, der an der Piazza Euclide beginnt und ein langes Stück weiterläuft, Richtung Piazza Pitagora, was er dann bereut, weshalb er sich für eine gleich lange Strecke wendet, um sich endlich langsam in Richtung Maresciallo Pilsudski auf den Weg zu machen. Es ist eine der verrücktesten Straßen im ganzen Parioli, durch die man nicht anders als fluchend fahren kann, und die bei den Autofahrern oft den Labyrintheffekt mit Schwindel und Brechreiz erzeugt.

Es hat sich gelohnt, den Namen des Archimedes für diese Straße – das sublime Abbild urbanistischer Dummheit – zu vergeuden, und, weiter unten, den des Euklid für einen chaotischen Platz, ein Auto-Karussell im Anstieg nach Parioli oder abwärts zum Brunnen der versiegten Acqua Acetosa. Auch Pythagoras wurde in den städtebaulichen Horror dieses Teils des Parioli einbezogen. Nicht der Schürfkübelbagger für meine Dekonstruktive Urbanistik – sondern Dynamit! Zugegeben, ich übertreibe manchmal.

Seien wir ehrlich, wir wundern uns über die Irrtümer, die man nach den Vierziger Jahren in Rom begangen hat, vergessen aber dabei die Irrtümer, die es während der goldenen Zeiten der römischen Architektur immer auch gab. Um nur einen zu nennen: Betrachten Sie die prunkvollen Paläste im historischen Zentrum mit ihren grandiosen Fassaden, die unmöglich mit einem Blick zu erfassen sind, weil kurz darauf, besonders im Torre-Argentina-Viertel und drum herum, trotz der bemerkenswerten Enge der Straßen, die sogar für Kutschen zu eng sind, genau gegenüber ein weiterer, ähnlich prächtiger Palast gebaut wurde. Aber die Irrtümer der Alten rechtfertigen nicht diejenigen der Modernen, die man ja leicht korrigieren könnte, indem man nicht die prächtigen Renaissance- oder Barockpaläste niederreißt, sondern die architektonischen Gräuel, denen niemand je nachtrauern wird.

Einverstanden, sagen meine Kollegen und einige meiner Studenten, aber zum Glück ist das nur eine Utopie, denn es würde sich ja darum handeln, ganze Häuserblocks zu zerstören, was wiederum eine explosive Opposition der Eigentümer nach sich zöge und, im hypothetischen Fall des Entschlusses zur Zwangsenteignung, den Staat astronomische Summen kosten würde. Und wo würden die Eigentümer der zerstörten Häuser dann wohnen? Einer meiner Studenten, der ausgerechnet in der Via Archimede wohnt und gesehen hat, daß die Häusergruppe, zu der auch seine Wohnung gehört, grün markiert ist, hat mich gefragt, welches sein eventueller Wohnort sein würde.

»Soll ich vielleicht in Centocelle landen?«, hat er mich gefragt. »Oder in Spinaceto?«

Alles Einwände, die ich vorausgesehen hatte und die die zivilisierende Bedeutung meines Projekts nicht schmälern, sondern seine Realisierung auf fortgeschrittenere Zeiten verschieben. Und auf reichere.

Einige Kollegen haben begriffen, daß mein Projekt, auch wenn es nur in seiner kleinsten Form akzeptiert wird, etwa bei den Vierteln, die auf Grund von Spekulationen gewachsen sind, wie das Quadraro-Viertel oder das Afrikanische Viertel, Arbeit für die Requalifizierung der zerstörten Flächen schaffen: Wolkenkratzer und Gärten. Kurz gesagt: eine Menge Arbeit für alle Architekten, die prinzipiell ebenfalls der Meinung sind, daß die Zeit des Abrisses gekommen sei.

Ich rede zu Hause nicht gerne von meinen Projekten, die alle für die Zukunft gedacht sind und das bevorzugte Thema meiner Vorlesungen bilden. Ich bin aber sicher, daß Clarissa vollkommen auf dem laufenden ist – dank der Verhöre, denen sie jene Studenten unterzieht, die meine Bibliothek benutzen. Und das genügt ihr wohl, denn sie hat offensichtlich kein Interesse – möglicherweise wegen meiner Schrift –, in dem U.D., sprich Urbanistische Dekonstruktion betitelten Buch, zu lesen, das ich gut sichtbar auf meinem Tisch liegenlasse wie in der Geschichte *Der gestohlene Brief* von Edgar Allan Poe. Sie liest nicht einmal die Artikel, die ich ab und zu in der *Diagonale* – der Zeitschrift unserer Fakultät – publiziere.

CLARISSA

König Vittorio Emanuele II begegnet während einer Jagdpartie in den Langhe einem Bauern, der zum Zeichen seines Respekts den Hut abnimmt. Der König zieht eine Zigarre aus der Tasche und bietet sie dem Bauern an, der freudig ruft: »Majestät, diese Zigarre ist der schönste Tag in meinem Leben!«

Giano erzählt diese kleine Geschichte im Restaurant, in dem er mit ein paar Urbanistik- und Architekten-Kollegen – Zandel inbegriffen – am Tisch sitzt, beteuert aber gleich darauf, daß er sowohl die Jagd als auch die Savoia jeden Ranges und jeder Generation verabscheut.

»Die Identifizierung der Zigarre mit dem schönsten Tag in seinem Leben erinnert«, sagt Giano, »an eine rhetorische Figur.«

»Aber an welche?«

Keiner weiß eine Antwort, also erklärt Giano zunächst mit einem kindlichen Lächeln, er sei selbst unsicher, fügt dann aber noch hinzu, daß es sich vermutlich um eine anomale Form von Metonymie handelt.

»Dann wäre die Zigarre also gleichzeitig Ursache und Wirkung jenes glücklichen Tages unseres Bauern?« frage ich schüchtern.

»Ganz genau, eine paradoxale Metonymie, welche die Ursache mit der Wirkung identifiziert.«

Das Merkwürdige dabei ist, daß ich in meinen Ohren, während Giano seine kleine Geschichte erzählte, das Scheppern von Blech und die verzweifelte Stimme unseres sterbenden Freundes hörte, als er auf der Autobahn zwischen Frankfurt und Duisburg nach einem Unfall starb. Ein Irrtum oder ein Augenblick der Zerstreutheit in meinem Unbewußten. So schadhaft ist also mein Unbewußtes? Es gelang mir einfach nicht, einen Grund für dieses unangenehme und schaurige Versehen zu finden. Was bitteschön hat der sympathische Johannes Westerhoff mit Vittorio Emanuele II zu tun?

Giano ist von einer pathetischen Naivität, und ich habe vergebens versucht ihm klarzumachen, daß er gut daran täte, auf diese Darbietungen zu verzichten. Auch wenn die Geschichte gefiel, so doch weniger die kurze Rhetorikstunde, an der ich mich beteiligt habe, damit sie nicht gänzlich untergeht.

Giano ist der ungeselligste Mensch der Welt, und das weiß er. Mit diesen kleinen narrativen Darbietungen beteiligt er sich irgendwie an den gesellschaftlichen Ereignissen, zu denen wir uns ab und zu überreden lassen. Vor allem Vernissagen oder Präsentationen neuer Bücher über Architektur und Urbanistik, die fast immer im Restaurant enden, wo Giano dann seine Auftritte hat, mit denen er tatsächlich einen gewissen Erfolg erzielt, fragt sich nur, wie ehrlich der ist. Er hat trotzdem Recht, denn seine Geschichtchen erlauben ihm, polemische Tischgespräche über seine Urbanistik gratis zu vermeiden. Wenn sich dann ein politischer Diskurs entspinnt, fängt er an, sich wegen plötzlicher linker allergischer Anfälle die Nase zu putzen und zu niesen.

Aus der schrecklich mühsamen Lektüre einiger weiterer Seiten seines Romans könnte man schließen, daß Giano nicht nur verstanden hat, daß ich im Nudistendorf gewesen bin, sondern auch, daß das wunderschöne Mädchen im Schwimmbad, das Zandel beschrieben hat, ich selbst war, Clarissa in Person, mit ihren ganzen vierzig Jahren. Handelt es sich um eine phantastische Erfindung? Frenetische sexuelle Aktivität im Bungalow, ein erzählerischer Wahn: ich hoffe, daß Giano ganz einfach eine Erzählsituation, die der Entwicklung seiner Romanhandlung diente, vor Augen hatte und sie benützt hat ohne zu wissen, daß sie jener impulsiven Sache entsprach, die wir hartnäckig Realität nennen.

Aber was fällt Giano, meinem Mann, ein, mich in so schamloser Weise auf die Seiten seines Buchs zu setzen? Daß die Tatsachen möglicherweise der Wahrheit entsprechen ist keine Entschuldigung, im Gegenteil. Wer ermächtigt ihn dazu, mir Gefühle und – schlimmer – sexuelle Aktivitäten zuzuschreiben, für die er keinen Beweis hat? Keine Kunst, einen Roman zu schreiben indem man sich die Ideen, die Tatsachen und die Personen aus der Familie und dem Freundeskreis zusammenklaut. Ich hoffe, daß Giano nicht die Absicht hat diesen labyrinthischen Bau voll bizarrer erotischer Vorführungen zu veröffentlichen, da die Leser die wirklichen Protagonisten unschwer erkennen würden.

Mir ist einmal ein unzerbrechliches Glas auf den Küchenboden gefallen, explodiert und in hunderttausend winzige Teile zerbrochen. Man hat mir erklärt, daß die unzerbrechlichen Gläser einen ungeschützten Punkt haben, eine Art von Achillesferse, und daß dieser Punkt, wenn er getroffen werde, Explosion und Zersplitterung bewirke.

Gib acht, Giano, wenn du mich an meiner Achillesferse triffst, dann kann auch ich explodieren wie ein unzerbrechliches Glas, oder ein Kamikaze.

Ich scherze, natürlich. Manchmal habe ich Lust zu scherzen.

GIANO

Wir sind nicht vorurteilslos genug, Clarissa und ich, um uns gegenseitig unsere Sünden zu gestehen. Wir bevorzugen das Schweigen, ein hervorragender Leim in Situationen, die sonst in Stücke zerfallen würden, genauso wie das unzerbrechliche Glas, das Clarissa heute morgen aus den Händen gefallen und auf dem Küchenboden zerschellt ist. Erst als Erwachsener habe ich gelernt, daß es neben meiner Person auch noch eine äußerst subtile Realität gibt, der man mit großer Diskretion Respekt zollen muß, manchmal sogar heimlich und ganz leise.

Clarissas seltsame Ansprüche. Jetzt hat sie sich in den Kopf gesetzt, daß ich sie nach Straßburg in das kleine Hotel gegenüber vom Münster bringen soll. Ich glaube, daß ich den Grund für diese merkwürdige Forderung erraten habe, wahrscheinlich hat sie von meiner Begegnung mit Valeria in Straßburg gehört und möchte nun auch die gleiche Reise machen. Weil sie mir, aber auch sich selbst zeigen möchte, daß sie nichts Geringeres ist als Valeria und ebensoviel Aufmerksamkeit verdient. Ich bestehe darauf, daß sie mir den Grund dieser Forderung nennt, wohlwissend, daß sie mir niemals die Wahrheit sagen wird, die für uns beide zu zäh ist.

»Was macht das schon?« antwortet Clarissa.

»Eine lumpige Erklärung«, beharre ich, wobei ich wußte, daß ich am Rande eines Abgrunds lief.

»Nicht immer gibt es eine klare und verständliche Erklärung.«

»Eine dunkle und unverständliche Erklärung interessiert mich nicht und weil ich dich nicht zwingen will, mir deine Bitte zu erklären, gebe ich mich geschlagen. Also gut, nächsten Samstag begleite ich dich nach Straßburg.«

»In das kleine Hotel gegenüber vom Münster.«

»Einverstanden. In das kleine Hotel gegenüber vom Münster. Ich bestelle das Zimmer.«

Als sie hört, daß ich bereit bin, mit ihr nach Straßburg zurückzukehren, beruhigt sich Clarissa und schweigt.

Wer weiß, wer sie über mein Treffen mit Valeria informiert hat. Architekt Morpurgo ist der einzige, der während der Nacht in Valerias Schlafwagen von der Besonderheit des kleinen Hotels beim Münster gehört haben kann. Aber wie soll diese Nachricht von Morpurgo zu Clarissa gelangt sein? Vielen Augen und tausend Ohren. Sie kann ich freilich nicht fragen, aber für diesmal begnüge ich mich damit, zum tausendsten Mal festzustellen, daß die Worte von einer Person zur anderen fliegen wie die Grippeviren.

Mit ihrer absurden Forderung hat Clarissa mir ein weiteres Motiv für mein Buch gegeben. Vielen Dank für die Mitarbeit.

CLARISSA

Zandel hat mir erzählt, daß Giano einen großen Obelisken entdeckt hat, der vor wer weiß wie langer Zeit unter dem Areal liegenblieb, auf dem im 16. Jahrhundert der Palazzo Madama, Sitz des Senats, gebaut wurde. Er wurde bei den Grabungen für die Reparatur einer Gasleitung vor dem Palazzo entdeckt. Man hatte die Spitze des Obelisken gefunden, die bis unter die Straßendecke reichte, während der Rest unter dem Palazzo Madama lag. Auf Befehl des Romana-Gaswerks wurde er sofort von den Arbeitern wieder zugeschaufelt, um die Prozession der Archäologen und der Neugierigen zu vermeiden. Aber die Neuigkeit hatte sich herumgesprochen und der Obelisk unter dem Senat war ein beliebtes Thema für die Chroniken der römischen Presse.

Ein weiterer Obelisk befindet sich unter dem Palazzo Santacroce an der Piazza Cairoli, bei Reparaturarbeiten in den Kellerräumen entdeckt und geheimgehalten. Es scheint, daß Giano eine Vorlesung gehalten hat, in der er von den beiden Obelisken gesprochen hat, wahren Schätzen, im Untergrund von Rom versteckt, wie das Gold und die Diamanten in den Schürfgruben. Rom ist bekanntlich eine unerschöpfliche Fundgrube für kostbare vergrabene Altertümer.

Giano hat diese beiden Nachrichten mit den wenigen ihm bekannten Einzelheiten dargelegt und dann seine Studenten dazu befragt, in der Hoffnung, daß jemand empfehlen würde, die beiden Palazzi, den Palazzo Madama und den Palazzo Santa Croce, wenigstens teilweise zu zerstören, um die Obelisken zurückzugewinnen. Vor allem den Palazzo Madama, in dem diese unglückseligen Senatoren verkehren. Kein Student hat gewagt, das Niederreißen der beiden Palazzi vorzuschlagen, obwohl sie die Zerstörungslust ihres Professors kannten. Enttäuschung bei Giano, der zerstreut ein paar unverständliche Worte murmelte, wie in Erwartung einiger Worte aus dem Publikum zum Abschluß der Vorlesung. Ernste Ratlosigkeit bei den Studenten und vereinzelt erstauntes, wahrscheinlich mißbilligendes Gemurmel.

Es ist entwürdigend für mich, daß ich solche Auskünfte über meinen Mann durch meinen Liebhaber erhalte. Aber im Grunde finde ich es gut, daß Giano nicht mit mir über seine Urbanistikpläne spricht, denn ich weiß, daß er von mir keine Bemerkungen und noch viel weniger etwaige Kritiken annehmen würde, die ja ein Anlaß für Streitgespräche sein könnten, während wir es vorziehen, in Harmonie zu leben. Ich verlange auch nicht, daß er mir etwas über den Roman erzählt, den er gerade schreibt, obwohl das naheläge. Die beiden Initialen auf dem Heftdeckel sind ein wenig geglückter Versuch zur Irreführung meiner Wenigkeit. Aber Clarissa merkt sowieso nie etwas, wie er meint.

Ein paar kleine Uneinigkeiten können wir uns zugestehen, zum Beispiel über die Geschichtchen, die er ab und zu erzählt und die mich immer in Verlegenheit bringen, oder über seine rasende Angst vor Gift in den Lebensmitteln und in der Luft. Aber Zandel hat mir erklärt, daß es sich seiner Ansicht nach nicht nur um Lebensmittel- oder Umweltökologie handelt, sondern hauptsächlich um politische Ökologie. Die Umweltgifte, und darüber sind sich Zandel und Giano einig, verhalten sich symmetrisch und komplementär zu einer besonderen Allergie gegen vier gentechnisch modifizierte Politiker. Kaum erscheinen sie auf dem Bildschirm, springt die Fernbedienung auf einen anderen Kanal. Giano sagt es immer wieder, auch im Schlaf, was für eine wunderbare Erfindung die Fernbedienung ist.

»Giano ist ein engagierter Allergiker«, meint Zandel, das ist eine der wenigen Spötteleien seit langem, die er sich ihm gegenüber gestattet. Er spricht so wenig wie möglich über Giano, aber die wenigen Male mit Achtung und – nur ganz selten – mit leichter Ironie. Ich habe ihn gefragt, ob er etwas über das Buch weiß, das Giano gerade schreibt. Er weiß nichts.

»Komisch«, sagt Zandel, »denn Giano erzählt mir immer von

seinen Projekten und hält mich sogar auf dem laufenden über die Artikel, die er gerade schreibt oder die er zu schreiben gedenkt.«

Ich habe ihm natürlich nicht verraten, daß es sich um einen Roman handelt und habe ihm statt dessen von den beiden Initialen auf dem Deckel des Hefts gesprochen.

»Eine gewaltige Schrulle«, meint Zandel. »Bist du sicher, daß es diese Initialen sind?«

»Absolut sicher.«

»Es könnten die Initialen der Urbanistischen Dekonstruktion sein, aber auch der Name einer seiner heimlichen Geliebten.«

»Nein, denn seine heimliche Geliebte heißt Valeria, und das ist so geheim, daß es alle wissen.«

»Du machst Witze.«

»Ich dachte, daß du es auch weißt.

»Ich möchte es lieber nicht wissen.«

Ich merke, daß auch Zandel zur Heuchelei neigt. Ich bin also zu neunundneunzig Prozent von Heuchlern umgeben. In all diesen Prozenten bin auch ich enthalten. Mehr Komödie als Tragödie, bitte!

So Gott will, werde ich niemals einen Roman schreiben (und doch, wenn Giano einen schreibt, könnte ich doch auch einen schreiben, warum nicht?). Aber denk jetzt nicht, daß ich böse auf Giano bin, weil er einen Roman schreibt. Bitte!

GIANO

»Zuerst die Ethik, dann die Wissenschaft.« Eine unbekannte Hand hat diesen Spruch mit rotem Spray auf unsere Hausmauer gemalt. Kann es sein, daß sie für mich bestimmt ist? In unserem Haus habe ich sehr nette Mitbewohner – Guten Tag und Guten Abend –, die aber sicher nur wenig an Ethik und Wissenschaft interessiert sind. Im ersten Stock ein Luxuspolsterer, im zweiten eine Bankbeamtin der Turiner Banca San Paolo sowie ein unverheirateter Photograph, und im dritten Stock dann wir, Clarissa und ich.

Für wen immer es gedacht war (vielleicht einfach nur für die Passanten) – ich kann nicht verstehen, was der unbekannte Straßenphilosoph seinen zufälligen Lesern mitteilen will, wenn er sie von der elementaren Priorität der Ethik vor der Wissenschaft überzeugen möchte. Eine Sentenz und ein Programm, sicher mit weiten Perspektiven, durch welche, wären sie angewandt worden, vermutlich vieles in der Welt anders gelaufen wäre. Zunächst einmal hätte 1945 Truman nicht die beiden Atombomben nach Hiroshima und Nagasaki geschickt, dreihunderttausend Tote. Zuerst die Ethik, dann die Atombombe. Nein, lieber Truman, so funktioniert das nicht, das Vorher und das Nachher. Dann ist auch er gestorben, Truman, wie die Bewohner der beiden japanischen Städte, und ich möchte ihm nicht wünschen, ihnen im Jenseits zu begegnen, diesen Japanern, die in Hiroshima und Nagasaki gestorben sind.

Bleibt noch zu ergründen, angenommen das Geschriebene ist an meine Person gerichtet, ob es sich um eine Feststellung, eine Ermahnung, eine Aufforderung oder eine Herausforderung handelt. Sollte ich mich vielleicht schuldig fühlen, weil ich als Ehebrecher die Ethik verraten habe? Und doch ist die einzige Person in dieser Welt, die mich deshalb tadeln kann, nicht der unbekannte Straßenphilosoph, sondern Clarissa. Die denkt jedoch gar nicht daran, mir das zur Last zu legen, da auch sie, vom ethischen Standpunkt betrachtet, genauso schuldig ist wie ich. Und daß die Ethik vor der Wissenschaft kommt, interessiert mich wenig, da ich nur zufällige und oberflächliche Beziehungen zur Wissenschaft habe, es sei denn man denkt an eine urbanistische Wissenschaft, wobei aber sicher die kreative und paradoxe Urbanistik, die ich betreibe, vom Bereich der Wissenschaft ausgeschlossen ist.

Clarissa weiß genau, daß die Ethik für uns kein Ziel sein kann, weder für sie noch für mich. Sorglos tut sie so, als hätte sie die Schrift nicht gesehen, obwohl sie mit rotem Lack und in Großbuchstaben auf unserer Hauswand steht.

Seit ich ihr gesagt habe, also gut, nächste Woche bringe ich dich nach Straßburg, und zwar mit dem Flugzeug, obwohl es mir lieber gewesen wäre, du wärest, wie ich dir vorgeschlagen hatte, zu den drei Tagen Kongreß mitgekommen, hat Clarissa niemals wieder von Straßburg oder dem kleinen Hotel beim Münster gesprochen. Es ist klar, daß sie mir nur eine virtuelle Strafe zugedacht hatte.

Dieser Hinweis auf die Ethik hat mir aus einem geheimen Winkel der Erinnerung eine Begebenheit zurückgeholt, welche die aufrichtige, wenn auch ab und zu gestörte Bewunderung, die ich seit jeher für Clarissa hege, noch gesteigert hat. Ihre Eltern besaßen eine Villa in der Nähe von Genzano, wo Clarissa und ich oft die Wochenenden sowie einmal einen Monat im Sommer und zehn Tage über Weihnachten verbrachten. Wir hatten uns dort mit einer alten deutschen Schäferhündin angefreundet, die uns bei jeder Ankunft mit großer Freude empfing. Die letzten Male erschien sie uns sehr niedergeschlagen, sie zog beim Laufen die Hinterbeine nach und Clarissas Eltern hatten uns bereits vorbereitet, sie sei jetzt sehr alt und krank, aber sie könnten sich trotzdem nicht entschließen, ihr die tödliche Spritze zu verabreichen, wie es der Tierarzt empfahl. Eines Samstagmorgens fanden wir den Hund vor der Haustür, er war hier hergekommen, um vor unserer Haustür zu sterben. Er bewegte sich nicht, er konnte sich nicht mehr erheben, ab und zu sah man ein Zucken oder hörte ein leises Röcheln.

»Sie stirbt, die Arme«, hatten Clarissas Eltern gesagt.

Wir verharrten stumm und betrachteten diesen armen Hund der eigens hierhergekommen war, um unter den Augen seiner Herrchen zu sterben. Clarissa und ich verfolgten schweigend den schmerzlichen Todeskampf dieses armen Tieres, das wir ins Herz geschlossen hatten. Schmerz und eine große Verlegenheit meinerseits, da ich den Moment kaum erwarten konnte, in dem ich mich dem qualvollen Schauspiel mit Anstand entziehen konnte. Doch plötzlich ging Clarissa zu dem Hund und bückte sich, um seinen Kopf zu streicheln. Eine Geste von großem Erbarmen im Angesicht des Todes. Der Hund bewegte sich ein wenig bei dem Versuch, seinen Kopf zu heben, wie um ihr zu danken.

Diese Geste des Erbarmens, die so menschlich ist, werde ich nie vergessen, und das ist einer der Gründe, warum ich Clarissa bewundere und liebe. Wer weiß, vielleicht gehört auch dies zu der Ethik, von der auf unserer Hauswand die Rede ist.

CLARISSA

Ich bin sicher, daß Giano verstanden hat, warum ich mit ihm nach Straßburg fahren wollte und warum ich in dem kleinen Hotel vor dem Liebfrauenmünster wohnen wollte. Natürlich hat er das verstanden. Wir lassen uns schon länger indirekte Nachrichten zukommen, Giano und ich, und manchmal auch gehörige Seitenhiebe wie den von Straßburg.

Jetzt zum Beispiel haben mich ein paar weitere Seiten in Gianos Roman tief beunruhigt. Ich verstehe nicht, wie er es fertigbringt, so viele meiner Geheimnisse zu erraten. Als würde er durchs Schlüsselloch gucken, würde meine Gedanken lesen in den Stunden absoluter Einsamkeit, jeden Abend, wenn ich reglos im Bett liege, um auf den Schlaf zu warten.

Ich habe übrigens noch nie an Schlaflosigkeit gelitten, aber seit einigen Abenden liege ich mit meinen Gedanken wach im Bett – mit geschlossenen Augen, auch zwei oder drei Stunden bevor ich einschlafe, und das nennt man schon Schlaflosigkeit. Ich fürchtete, in die Spirale der Schlafmittel zu geraten wie in eine Droge, denn es soll dann sehr schwierig sein, wieder hinauszukommen, aber auch die Gründe für die Schlaflosigkeit waren mir nicht verständlich. Eines schönen Tages las ich in der Frauenbeilage einer Zeitung, daß in gewissen afrikanischen Stämmen derjenige, der an Schlaflosigkeit leidet, einfach zu gähnen anfängt und nicht damit aufhört – ein Gähnen nach dem anderen – bis er einschläft. Obwohl das eine billige Zeitschrift war, habe ich dann auch den Versuch gemacht, das Gähnen als Schlafmittel zu benützen: die Wirkung als Heilmittel für die Ursache. Es hat funktioniert. Nach ungefähr einer Viertelstunde hypnotischer Wiederholung des Gähnens glitt ich langsam in den stillen Korridor des Schlafs.

Giano war ein wenig verwundert angesichts meines andauernden Gähnens, aber als ich ihm erklärte, daß ich es als Schlafmittel gebrauche, schien er mir interessiert und zufriedengestellt. Und wirklich ist Giano stets bereit, die paradoxen Seiten des Lebens zu verstehen, mehr als die rationalen, auch wenn er von einem Tag auf den anderen behauptet, abwechselnd analog und cartesianisch zu sein. Das sind Behauptungen, die sein paradoxes Selbstbewußtsein bestätigen. Warum analog und warum cartesianisch? Nicht fragen, um ihn nicht in Verlegenheit zu bringen und vor allem, weil man nicht einen Grund für alles finden kann, vor allem nicht für irgendein unschuldiges Adjektiv.

Natürlich habe ich ihm nicht – beileibe nicht – erzählt, daß der Grund meiner Schlaflosigkeit die Seiten in seinem Buch sind, auf denen er meine Gedanken und meine Gefühle und meine geheimen Wünsche an den Pranger stellt.

GIANO

Ich habe gemerkt, daß Clarissa sich an meinem Heft zu schaffen gemacht hat. Sie hat jetzt wahrscheinlich entdeckt, daß ich dabei bin, einen Roman zu schreiben und nicht einen Traktat über Urbanistische Dekonstruktion, wie die beiden Initialen auf dem Buchdeckel sie glauben machen sollten. Auch weiß ich nicht, wie weit es ihr gelingt, meine Schrift zu entziffern. Wenn mein Roman eines Tages veröffentlicht wird, wird sie versteinern, denn ich kann nicht umhin, sie und diesen Dreckfink von Zandel in meine Erzählung einzubeziehen.

Meine Phantasie rennt wie verrückt auf der Spur des Betrugs, um sich am Ende, da bin ich fast sicher, der Wahrheit zu nähern.

Inzwischen hat die Eigentümergemeinschaft der Via del Governo Vecchio beschlossen, die verstaubte und verkrustete Fassade unseres Hauses neu zu streichen. Der Verwalter ist zu uns gekommen, um die Entscheidung für eine Farbe zu beschleunigen. Wir haben eine zarte blasse Farbe zwischen Gelb und Grün ausgewählt, die bereits auf der letzten Eigentümerversammlung vorgeschlagen wurde.

»Ich gratuliere zu dieser bleichen Kacke«, sagte der Hausverwalter während der Versammlung, ein arroganter und hämischer Mensch. Alle erstarrten.

»Wir sind uns alle einig über diese ›bleiche Kacke‹«, sagte ich betont, um seinen Einschüchterungsversuch zu demontieren.

Die Arbeiten sollen in drei oder vier Monaten beginnen. Dann wird auch die Aufschrift »Zuerst die Ethik, dann die Wissenschaft« verschwinden, die mir nicht wenig gedanklichen Wirbel beschert hat, und die mich jedesmal begleitet, wenn ich durchs Haustor hinaus- oder durchs Haustor hineingehe. Ich bin mir noch nicht sicher, ob mir diese Sache gefällt oder ob sie mir nicht gefällt.

Nicht immer gelingt es mir, meine Meinung über bestimmte Ideen, bestimmte Dinge, bestimmte Personen und bestimmte Graffiti klar zu erkennen.

CLARISSA

Nur mit Mühe ist es mir gelungen, in Gianos Heft mit den beiden Initialen auf dem Heftdeckel, die ich noch immer als Beleidigung empfinde, ein paar weitere Seiten zu lesen. Kurz gesagt, daß Giano sich für seinen Roman an ihm bekannten Personen und Aktionen inspiriert, scheint mir keine große schriftstellerische Idee. Kunststück: die Hauptpersonen sind wir zwei, Giano und ich, dann Zandel und ich. Auf den wenigen Seiten, die ich gelesen habe, kommt Zandels Frau Irina anscheinend gar nicht vor, und diese Hure von Valeria wird offenbar nur nebenbei genannt. Ich muß jedoch bekennen, daß ich sehr neugierig bin zu erfahren, was das Leben in Gianos Vorstellung mir weiter verspricht, auf jenen Seiten, die zu lesen mir noch nicht gelungen ist.

Doch was für ein seltsames, schwindelerregendes Gefühl, sich in einem Roman geschildert zu sehen. Marozia bin ich, das ist klar, aber es bringt mich aus der Fassung, wenn ich meine Gedanken und mein Verhalten aufgeschrieben sehe, die oft, ich gebe es zu, vernünftiger und wahrscheinlicher sind als meine wirklichen Gedanken und mein wirkliches Verhalten, die immer so unsicher und zusammenhangslos sind. Giano läßt mich sprechen und mich bewegen wie eine Marionette, nach seinen Befehlen. Und wenn ich das Gefühl habe, daß Marozia sich vernünftiger verhält und, sagen wir auch, intelligenter als ich selbst, dann bewirkt das nichts anderes als ein bißchen Durcheinander und zeigt mir, daß man eine Pappfigur führen kann, wie man will, sie das tun lassen kann, was dem Schreibenden gefällt und zugleich für die Geschichte taugt, während ich in der Wirklichkeit den Instinkten oder oft zufälligen und damit für mich selbst unvorhersehbaren Gefühlsregungen folge. Das Hasardspiel Gianos besteht darin, daß er mir mein Leben stiehlt, um es dann, je nach Laune und den Notwendigkeiten des Romans, in ein besseres oder schlechteres Leben, in eine Pappmarozia zu übersetzen. Zu leicht und zu romantisch, wenn er schreibt, das Marozia von solch magnetischer Schönheit ist, daß sie Zurlo (Zandel) sogleich dazu gebracht habe, sich blitzartig in sie zu verlieben. Doch siehe, diesmal ähnelt die Wirklichkeit nicht nur dem, was Giano geschrieben hat, sie ist sogar noch romantischer und romanhafter (auch wenn ich nicht vergessen kann, daß ich zweiundvierzig Jahre alt bin und nicht zwanzig). Es ist mein Glück, daß, wer meine Vierziger-Knie gesehen hat, mir einen Gefallen tut, wenn er es herumerzählt. Und auch meine Hände und meine Brüste kann ich noch zeigen.

Giano genügt also seine verrückte Urbanistische Dekonstruktion nicht, er muß jetzt noch einen Roman schreiben. Für mich ist das so, wie eine Stadt erfinden, die bereits fix und fertig dasteht, mit all ihren Bewohnern den Häusern den Straßen den Plätzen den Palästen den Monumenten, dem Bahnhof den Parks dem Krankenhaus den Unterführungen den Brunnen den Gehsteigen den Märkten den Einbahnstraßen. Aber Moment: hier amüsiert sich Giano, indem er seine Bauern bewegt, Männer und Frauen, dem Leben geraubt gemäß einer umfassenden Hypothese von romanhafter Wirklichkeit. (Ich müßte sonst denken, daß Giano alle Geheimnisse unseres Verhältnisses kennt, nämlich die zwischen mir und Zandel). Und zwar so weit, daß es mir manchmal scheint, als täte ich Dinge, die ich auf Gianos Heftseiten bereits gelesen habe. Der nicht nur die Personen abzupausen scheint, sondern auch die Orte, die Charaktere und die wirklichen Laster von uns beiden und unseren Freunden, wobei er sie oft sogar vorwegnimmt, um seine Geschichte damit weiterzuspinnen. Ich bin sicher, daß er einen schlechten Roman schreibt, der natürlich auch falsch ist wie immer bei denen, die behaupten die sogenannte Wirklichkeit zu beschreiben. Zum Glück keine Spur von Heidegger, trotz eines alles durchdringenden, von Zandel mit perverser Ironie angekündigten Raptus.

Ich bin sehr gespannt auf die Fortsetzung der Lektüre, aber jetzt mache ich das Heft wieder zu und lege es an seinen Platz, vorsichtig, damit er nichts von meinen Machenschaften merkt, aber vor allem, weil sich bei der Entzifferung dieses unmöglichen Textes ein gräßliches Kopfweh bei mir eingestellt hat. Doch um die Wahrheit zu sagen, schuld an meinem Kopfweh ist nicht nur die schlechte Schrift.

GIANO

Es tut mir fast leid, daß – nachdem ich es angedroht hatte – Clarissa darauf verzichtet hat, eine weitere Reise – diesmal mit ihr – nach Straßburg zu machen. Wenigstens habe ich es so verstanden, denn sie ist nicht mehr darauf zurückgekommen. Hinreise mit dem Flugzeug, eine Nacht in dem kleinen Hotel gegenüber vom Münster, und die folgende Nacht Rückreise im Schlafwagen. Das Hotel ist hübsch und angenehm, auch dank der Fußgängerzone rings ums Münster, wo nicht einmal die Taxis fahren dürfen. Am Vormittag hätte ich Clarissa durch den Blumenmarkt begleitet, hätte ihr ein Sträußchen Alpenveilchen geschenkt wie Valeria, dann hätten wir zusammen einen guten Caffelatte getrunken und ein Croissant gegessen, draußen vor einem Café in der Rue des Juifs hinter dem Münster sitzend, demselben Café, in dem ich mit Valeria gesessen hatte. Ich hätte das Gesicht des Kellners beobachtet, um zu sehen, ob er mich wiedererkannt hätte, zwei Wochen später mit einer anderen Frau, ganz verschieden von der vorigen. Ich hätte auch neugierig die Blumenfrau beobachtet, die mir zwei Wochen später die gleichen Alpenveilchen verkauft hätte, diesmal für eine andere Dame als die erste. Die fleißige Portiersfrau des Hotels, die an ganz andere Sorten von Gelegenheitsverkehr gewöhnt ist, hätte uns natürlich mit feierlicher Gleichgültigkeit begrüßt.

Ich plante bereits, die Gesten und Gänge von Valeria zu duplizieren, als heimliche Rache, von deren Hinterhältigkeit Clarissa nichts ahnen würde. Für ihre Befriedigung hätte es ganz einfach genügt, mich die Reise nach Straßburg noch einmal machen zu lassen, als eben eine Rache, die ich ihr so ohne ihr Wissen heimgezahlt hätte.

Das sind aber alles überflüssige Gedanken, die ich jetzt wälze, denn Clarissa, nachdem sie meine Einwilligung hatte, hat nicht mehr von der Reise nach Straßburg gesprochen, und ich werde sie gewiß nicht daran erinnern.

Und wenn wir eines Tages beschließen würden, uns alles zu sagen, uns die mittlerweile institutionellen Treuebrüche zu gestehen, bequem im Wohnzimmer sitzend, mit der brennenden Zigarette in der Hand, auch ich, die ich nicht rauche? Es ist inzwischen klar, daß unsere Verhältnisse, meines mit Zandel und Gianos mit Valeria, kein Geheimnis mehr sind, außer der Form nach. Giano gibt vor, in der Universität zu tun zu haben, wenn er in Wirklichkeit zu Valeria geht, und ich gehe einfach aus, um ein paar Besorgungen zu machen, ohne daß ich Giano darüber Rechenschaft ablege, und so ist es nicht schwer, dann und wann einen Nachmittag mit Zandel zu verbringen. Eine fast eintönige Gewohnheit, wenn mir nicht das Verlangen und die Liebe Kraft verliehen – eine überhitzte Liebe seit jener verrückten Erklärung von Zandel.

Giano hat mir lange nachspioniert, um seinen Verdacht bestätigt zu finden, aber als er sich meiner Ehebrüche langsam sicher war, hat er aufgehört, mir nachzuspionieren. Giano weiß, daß ich nicht ohne ihn leben könnte, auch wenn ich ihn hasse, mit einem warmen und stillen Haß, der meine Liebe stärkt. Das widerspricht sich nicht, und selbst wenn es das täte?

Zandel ist leider plötzlich nach New York geflogen, zu einer Tagung für den Wiederaufbau des Irak (im Augenblick fährt man noch fort, ihn zu zerstören). Ein unverbindliches Treffen, einfach um die Meinung eines italienischen Städtebauers einzuholen, so erklärte er es mir, während sie erst später entscheiden wollen, ob Italien an dem großen Bankett der Rekonstruktion teilnehmen wird, von dem sich amerikanische Gesellschaften schon das meiste unter den Nagel gerissen haben (einige hatten die Verträge für den Wiederaufbau schon vor der Zerstörung unterschrieben, gleich nach Beginn des Krieges).

Vor seiner Abreise hat Zandel mir noch gesagt, daß er so gut wie nichts über den Irak weiß, daß es sich um ein ganz informelles Treffen handele, vorgeschlagen von einem kanadischen Mitglied der Kommission, das er während einer touristischen Reise in Marokko kennengelernt hatte. Sie hatten gemeinsam die römische Architektur besucht – die Reste der römischen Architektur in Volubilis, aber vor allem die Reste der arabischen in Fez und Meknès – und hatten über ihre verschiedenen Meinungen zu den beiden Kulturen diskutiert, ganz und gar für die römische Architektur der kanadische Urbanist, und für die arabische Zandel. Aus dieser Diskussion und den entgegengesetzten Meinungen war eine solide und einander durchschauende Freundschaft geworden, und nun hatte der kanadische Urbanist ihn gerufen, auf daß er jener Studienkommission der Uno seine Meinung darlege.

Eine Woche später hat Zandel mich auf meinem Handy angerufen und gesagt, daß sein Aufenthalt in New York sich noch um etwa zehn Tage hinziehen würde. Eine heftige Bronchitis und auch ein wenig Fieber wegen der schädlichen Klimaanlagen in den Wolkenkratzern, jedesmal ein Sprung in den Nordpol von den dreißig Grad auf der Straße. Diese Ankündigung kam mit einer traurigen, fernen, und durch die stürmischen Windstöße bei der Überquerung des Atlantiks ausgefransten Stimme. Zandel hat schon immer gesagt, daß man aus Rom weggehen muß, um den Regenbogen zu sehen. Hatte er in New York den Regenbogen gesehen? Nein, hat er mir geantwortet, ohne mich würde er ihn nicht sehen. Ich hatte diese Nachricht als gutes Omen für unser gemeinsames Schicksal gedeutet.

Nach dem Telephongespräch eine Woche und dann vierzehn Tage ohne Nachricht. Ich war auf alles gefaßt, sogar auf ein amerikanisches Abenteuer, als ich an die vielen Geliebten dachte, von denen Giano gesprochen hatte, aber auch an die Entdeckung einer schlimmen Krankheit, die Zandel vor mir verheimlichen wollte, oder an irgendeinen stupiden Vorfall, dessen er sich zu sehr schämte, um ihn mir zu erzählen.

Giano und Zandels Kollegen dachten sofort an das Schlimmste, nachdem seine Frau ihm nach New York gefolgt war, und in Rom gab es sonst niemanden, der uns hätte Auskunft geben können. Ich durfte meine Angst nicht zeigen, und das mir auferlegte Schweigen bewirkte, daß seine Abwesenheit noch schmerzlicher für mich wurde. Eines Tages ertappte ich mich dabei, daß ich lautlos weinte, während ich in den Sträßchen rings um das Pantheon ab und zu Halt machte, um ein Schaufenster zu betrachten. Eins davon reflektierte mein Gesicht mit zwei großen Tränen, die mir über die Wangen liefen und sich mit den Perlen einer Perlenkette vermischten, die hinter einem Sicherheitsglas lag. Ich habe diese Kette damals gekauft, um sie anzuziehen, wenn Zandel wieder gesund wäre. Aber ich wußte, daß ich sie nie anziehen würde. Vielleicht nie. Besser immer einen kleinen Weg für die Hoffnung offenlassen.

Giano hat die Schublade, in der er seinen Roman aufbewahrt, mit einem Schlüssel zugeschlossen, aber er hat den Schlüssel im Schloß steckenlassen. Wie um mir zu sagen, du sollst wissen, daß ich gemerkt habe, daß Du mein Heft liest, aber wenn du das weiterhin tun möchtest, mußt du die Schublade mit dem Schlüssel öffnen.

Im Moment kann Clarissa noch widerstehen.

GIANO

Ich bin beunruhigt wegen Clarissa. Ihr Liebhaber ist seit fast zwei Monaten in New York und wir haben noch keine Nachricht von ihm. Im Sekretariat der Universität ist ein Telegramm von Zandel angekommen, in dem er seine Abwesenheit mit »schwerwiegenden gesundheitlichen Gründen« rechtfertigt. Es stimmt, um eine so lange Abwesenheit zu rechtfertigen, mußte er notgedrungen schreiben, sie seien schwerwiegend. Doch alles läßt vermuten, daß sie auch wirklich schwerwiegend sind, wenn man bedenkt, daß seine Frau ihm nach New York gefolgt ist.

Clarissa ist ganz verzagt, und ich kann sie nicht einmal trösten und muß so tun, als glaubte ich, daß sie ganz einfach völlig erschöpft ist, wie es ihr oft geschieht, wenn die kalte Jahreszeit beginnt. An einem gewissen Punkt habe ich sie gefragt, ob sie etwas von Zandel wisse, denn ich weiß, daß es manchmal eine Erleichterung ist, vom eigenen Schmerz zu sprechen.

»Wie soll ich denn etwas wissen?« hat sie geantwortet. »Ich weiß genau das, was du auch weißt, nämlich gar nichts.«

Clarissas Gereiztheit war nicht gegen mich gerichtet. Sie war einfach gekränkt wegen der verlängerten Abwesenheit und des Fehlens jeder Nachricht von Zandel. Mehr als gekränkt oder irritiert wegen des Fehlens einer Nachricht war ich besorgt, weil ich wußte, daß Zandel und seine Frau uns von New York aus die Wahrheit verschwiegen, und fürchtete, es könne von einem Augenblick zum anderen etwas nicht wieder Gutzumachendes geschehen. Doch was, zum Beispiel? Um nicht schon von vorneherein zu leiden, habe ich mich bemüht, jeden Gedanken an Zandel aus meinem Kopf zu entfernen, denn jeder Gedanke wies mich in die Richtung von Krankheit und Tod. Armer Zandel, ich sah ihn schon auf der Bahre liegen, mit wächsernem Gesicht und den gefalteten Händen auf der Brust. Eine makabre Vorstellung. Ich habe auch von ihm geträumt, und von Clarissa, die verzweifelt weinte, während sie ihn zum Friedhof Verano begleitete.

Ich war sehr verärgert über diese nächtlichen Phantasien und bemühte mich auf alle möglichen Arten, sie zu vertreiben und den nunmehr offensichtlichen Ernst der Lage mit kindischen Versuchen zu verringern.

»Sein Spleen für die Nudistendörfer wird ihm jetzt vergangen sein!«

Clarissa drehte sich empört zu mir um.

»Ich gratuliere dir zu deiner großen Feinfühligkeit. Wir haben da einen kranken, wahrscheinlich sehr kranken Freund, und du kommst mir mit dem läppischsten aller Argumente und machst dich auch noch lustig über den armen Kerl.«

Ihre Worte waren vom Schmerz diktiert. Clarissa hatte recht, ich hatte einen Fauxpas begangen, einen groben Fauxpas gegenüber einem Freund. Ich versuchte nicht einmal, mich zu rechtfertigen, denn ich war sicher, daß auch Clarissa die schlimmsten Ahnungen im Bezug auf Zandels Gesundheit hatte. Wieviele Male haben wir ihn in diesen Tagen sterben lassen?

Wie oft haben wir ihn sanft in den Sarg gelegt und zum Friedhof begleitet? Wir haben ihm sogar einen Strauß Chrysanthemen aufs Grab gelegt. In jenen Tagen teilte ich meine Friedhofsphantasien großmütig mit Clarissa, während ich voller Scham die giftigen Phantasien vom afrikanischen Sumpf wiederkäute.

Jetzt regnet es in Strömen auf die Lebenden und die Toten, die Tage vergehen in Rom wie in New York, und die Börse sinkt weiter.

CLARISSA

Ich hatte einen Traum. Gewöhnlich habe ich eine wirre Erinnerung an meine Träume, aber diesmal erinnere ich mich an alles, auch an viele unbedeutende Einzelheiten, und vor allem an meinen heiteren Seelenzustand, und – wenn man das von einem Traum sagen kann – an ein kleines, wirres und kaum spürbares Glück an den Rändern.

Ich ging zum Fahrstuhl eines Hauses, das ich in- und auswendig kannte, fand dort aber ein Schild »Außer Betrieb!«. Keinerlei Ärger, fast war ich zufrieden, daß mir Gelegenheit geboten wurde, die Treppe zu Fuß hinaufzusteigen. Der Hausflur, der Fahrstuhl und vor allem die Treppe, die Stufen aus grauem Marmor, das eiserne Geländer, alles war mir bestens bekannt, obgleich das Bild der Person, die ich zu besuchen gedachte, noch nicht auf dem Traumbildschirm erschienen war.

Leichtfüßig bis zum dritten Stock gelangt, Stufe für Stufe wie bei aufgehobener Schwerkraft, stand ich auf einmal vor zwei großen Türen, die ich sofort erkannte. An der linken Tür war ein Messingschild mit der Aufschrift »Arch. Federico Zandel«, während es an der rechten nur ein Guckloch gab und die Türleibungen zweier Schlösser. Als mein Finger sich der Klingel näherte, öffnete sich die rechte Tür und es erschien Zandel, als hätte er meine Gegenwart erraten. Mit einer Handbewegung forderte er mich auf einzutreten und begleitete mich in die winzige Küche seines privaten Studios neben dem großen Büro. Ich setzte mich ihm gegenüber an ein Tischchen, auf dem eine Kristallschale stand, voll mit allen Arten von Obst, unabhängig von der Jahreszeit: Äpfel Bananen Erdbeeren Trauben Kiwis Kirschen Ananas und einer runden weißen Frucht, ein wenig größer als ein Apfel. Ich streckte die Hand aus, um diese unbekannte Frucht zu nehmen, doch Zandel schüttelte den Kopf.

»Warum nicht?«, fragte ich.

»Du mußt Geduld haben, eines Tages essen wir sie gemeinsam.«

Meine Hand war noch immer nach der Frucht ausgestreckt.

»Bitte!«

»Nicht jetzt.«

»Du bist nicht Adam und ich bin nicht Eva. Wir können essen, was uns gefällt, ohne Sünde.«

»Wieso denn? Merkst du denn nicht, daß dies das Irdische Paradies ist?«

Zandel stand auf und ich stand ebenfalls auf, ohne eine einzige von den wunderbaren Früchten gekostet zu haben. Er nahm mich in die Arme und hielt mich lange fest umschlungen. Ich spürte eine Wärme im ganzen Körper, eine Wärme des Glücks und des Verlangens, oder wenigstens scheint es mir so in der Erinnerung an das Gefühl bei dieser Umarmung.

Ich erinnere mich noch mit unendlicher Sehnsucht an jenes Gefühl von wahrhaftig Irdischem Paradies, das ich in der Wirklichkeit nie so intensiv gespürt habe. Oder verherrlicht die Erinnerung die Gefühle jenes Traums?

Es war nur natürlich, daß unsere Begegnung auf dem Bett endete. Zandel hatte angefangen, meine Bluse aufzuknöpfen und hatte mich dann ausgezogen, so leicht und geschickt, wie beim Schälen einer Banane. So stand ich da, fast nackt, aber noch in Strumpfhose und Schuhen. Ich verspürte so etwas wie eine Ausdehnung meiner Schönheit. Jede Bewegung war weich und geschmeidig, eine große Stille ringsum und, wie ein Hauch, eine leichte ferne Musik, vielleicht, wer weiß, das Saxophon von Coleman Hawkins, das mich in den Augenblicken großer gefühlsmäßiger Intensität immer begleitet. All das glich einer meiner Vorstellungen vom Glück. Ich zog meine Schuhe und die Strumpfhose aus und streckte mich auf dem Bett aus, während Zandel blitzschnell seine Kleider abwarf und sich auf mich legte und mit dem Ritus der einleitenden Küsse begann. Er streichelte mich überall, dann drang er endlich in mich ein, während die Musik uns weich und feierlich umhüllte.

Nach der Liebe im Traum bin ich aufgewacht, an meinem Leib trug sich noch immer die Erinnerung an jenes Glück. Zugleich fiel mir ein, daß Zandel sich in New York befand und – verflucht – niemand in der Lage war, mir Nachricht über seinen Gesundheitszustand zu geben. Giano an meiner Seite lag in tiefem Schlaf.

Ich dachte an meinen Traum. In Wirklichkeit – wenn man die verzauberte Atmosphäre ausnimmt – habe ich im Traum eine meiner Zusammenkünfte mit Zandel wiederholt, die alle mehr oder weniger auf die gleiche Art ablaufen. Es sind jetzt schon mehr als zwei Monate, daß ich ihn nicht sehe, und mein Traum schwebte in einer Atmosphäre von Glück über einem Abgrund, denn ich erwarte jede Sekunde eine schlimme Nachricht aus New York.

Aber bei dieser weißen Frucht in der Küche weiß ich gar nicht, worum es sich handelt und Adams Versprechen muß zu einer Enttäuschung führen, denn Eva kann wahrlich nicht verlangen, daß er in wachem Zustand ein im Traum gegebenes Versprechen hält. Meiner Meinung nach bedeutet die weiße Frucht einfach gar nichts. Man kann nicht verlangen, daß man all dem, was einem im Traum erscheint, einen Sinn zu geben vermag, wie es auch oft bei jenen Dingen nicht geht, die – wie Giano sagt – zur sogenannten Wirklichkeit gehören.

GIANO

Gemäß den Gerüchten, die in den Fluren der Universität im Valle Giulia umliefen, glaubte man sogar, Zandel läge in New York im Sterben. Seine Rückkehr hat dann den dramatischen Tenor dieser Stimmen gedämpft. Zandel ist in mehr oder weniger guter Verfassung in Rom angekommen, hat uns zum Essen eingeladen und uns dann ganz ruhig erklärt, daß er sich eine scheußliche virale Lungenentzündung zugezogen habe, von der Sorte, wie man sie sich im Flugzeug holt, wenn die Klimaanlage den Virus irgendeiner infizierten Person in Umlauf bringt – und in New York hätte man ihn dann mit einer Reihe von Bestrahlungen heilen wollen, einer neuen Therapie, die ihrer Meinung nach bereits gute Erfolge verzeichnet hatte. Statt dessen habe er nun – als Folge der Behandlung – ein Problem mit den roten Blutkörperchen, diesen Scheißkerlen von roten Blutkörperchen, sagte Zandel – aber nichts Dramatisches.

Ein Abendessen in entspannter Atmosphäre mit ein paar Kommentaren zum Rezept des Nuß-Kaffee-Desserts von Mapie de Toulouse-Lautrec, zubereitet von Irina. Welche uns dann scherzend sagte, sie wäre ihrem Mann nur deshalb nach New York gefolgt, weil sie ihn dort, wo man sich bekanntlich um die Italiener reißt, nicht allein lassen wollte. Aber warum mußte sie sich wegen ihrer Reise nach New York unbedingt rechtfertigen? Und warum mit einer so frivolen und heuchlerischen Begründung?

Als Schlußkommentar des Abends noch die Tatsache, daß Zandel jetzt in Italien kuren muß – eine richtige Plage!

Zandel wohnt in einem schönen Haus in der Via del Consolato, zwischen Corso Vittorio und Via Giulia, und deshalb sind wir, Clarissa und ich, zu Fuß nach Hause gegangen und wurden uns dabei einig, daß Zandels Bericht von seiner Gesundheit uns nicht überzeugt hatte. Seit wann heilt man eine virale Lungenentzündung mit Bestrahlungen?

»Nie sowas gehört. Aber daß Bestrahlungen zu Problemen mit den roten Blutkörperchen führen können, ist nicht schwer zu verstehen.«

»Blutkrankheiten, sei es der roten oder der weißen Blutkörperchen, sind immer besorgniserregend, ganz gleich warum sie auftreten, und die beiden wollen uns einreden, sie seien unbesorgt. Hast du gesehen, wie blaß Zandel ist? Man sieht doch mit bloßem Auge, daß er zu wenig rote Blutkörperchen hat.«

Manchmal ist Clarissa dumm wie ein Huhn, mit ihren extremen Vereinfachungen und schläfrigen Promenadenweisheiten.

»Was hat das damit zu tun? Er war schon immer blaß wie eine ausgepreßte Zitrone, auch vor New York und vor seiner Krankheit.«

»Ich meine ja nur, daß er sich seinen Freunden anvertrauen könnte.«

Clarissa schien wirklich betrübt über den Mangel an Vertrauen bei den beiden Zandels, Mann und Frau.

»Du hast recht, alles Lüge, als wäre die Krankheit eine Schande.«

»Dieses kolossale Ammenmärchen von den Bestrahlungen gegen die virale Lungenentzündung ist sogar beleidigend.«

»Sie behandeln uns wie zwei Analphabeten. Er noch mehr als seine Frau.«

»Die Frau ist schlimmer«, betonte Clarissa.

»Ach nein, die Frau laviert sich einfach durch und folgt ihrem Mann.«

»Nein, sie ist schlimmer.«

»Also, Ende des Gesprächs.«

Ich war verärgert wegen Clarissas unangebrachter Sicherheit.

Sagen wir so: ich wußte bereits, daß es unmöglich war, mit Clarissa über Zandel zu reden. Wir gelangten ohne weitere Worte zu unserem Haustor. Dort las Clarissa auf unserer Hauswand die

Schrift, die schon seit mehreren Wochen dort geschrieben stand. Clarissa haßt solche Graffiti.

»Zuerst die Ethik, dann die Wissenschaft. Was will uns das sagen?«

»Die Bedeutung ist klar und auch nicht belanglos. Man müßte freilich verstehen, an wen sie gerichtet ist.«

»Meiner Meinung nach richtet sie sich einfach an alle, die hier vorbeikommen und stehenbleiben, um diese langweilige pädagogische Inschrift zu lesen.«

»Gewiß. Auch wir beide kommen hier vorbei, drei- oder viermal am Tag.«

»Welche Ehre.«

»In ein paar Monaten wird man die Fassade unseres Hauses neu streichen und mit der neuen Farbe sowohl die Ethik als auch die Wissenschaft übermalen.«

ClARISSA

Gestern nachmittag bin ich zu Zandel gegangen und habe dort am Fahrstuhl ein Schild »Außer Betrieb« vorgefunden, wie in meinem Traum. Ich habe dem keine Bedeutung beigemessen, es handelte sich bestimmt um einen Zufall. Ich bin die Treppe zu Fuß hinaufgegangen, in vollem Bewußtsein der starken Anziehungskraft der Erde, vierundfünfzig Kilo, Stufe für Stufe.

Zandel hat mich wie immer mit einem leichten Kuß auf die Lippen empfangen, dann haben wir uns im kleinen Salon auf die zwei kleinen Sessel gesetzt.

»Du bist also endlich wieder gesund. Weißt du eigentlich, daß wir sehr in Sorge waren wegen deiner Gesundheit?«

»Es geht mir gut, aber ich bin nicht geheilt. Verstehst du den Unterschied?«

»Du meinst, daß du eine Krankheit hast, die man nicht sieht?«

»Das sind die schlimmsten.«

»Muß ich mir Sorgen machen?«

»Das sag' ich dir in ein paar Tagen, nach einer Untersuchung durch den Hämatologen. In New York habe ich eine Kur gemacht, die meine roten Blutkörperchen massakriert hat.

»So eine Gewaltkur?«

»Du erinnerst dich doch an Tschernobyl? Wenigstens eine Zeitlang muß ich mich von Kindern und schwangeren Frauen fernhalten. Ich bin radioaktiv.«

Bei dem Wort Tschernobyl bin ich erschrocken und habe nicht weiter gefragt. Zandel hat sich bei mir auf die Armlehne gesetzt und mich umarmt. Viele kleine Küßchen und leichte Liebesworte. Wir hatten nicht im Sinn, miteinander zu schlafen. Ich war bestürzt und wollte nicht, daß er das merkt, und so glitt unsere Unterhaltung hinüber nach New York.

»Krank in New York – abgesehen von den Kosten hat dir das bestimmt auch die Beziehung zu der Stadt verdorben. Eine anregende Stadt, so habe ich sie beide Male empfunden, als ich mit Giano dort war, jedes Mal vierzehn Tage. Lang genug, um eine Stadt zu lieben. Man kann sich in New York auch im ersten Augenblick verlieben, sobald man den Fuß auf die erste Straße gesetzt und den ersten Mundvoll atlantische Luft eingeatmet hat.«

Zandel hatte in New York andere Gefühle gehabt, bestimmt aufgrund seiner Krankheit.

»Eine anregende Stadt, hast du gesagt, aber auch ein Ort, an dem man leichten Herzens sterben kann, ohne den Begräbnisflitter sovieler italienischer Städte. Nicht nur Venedig mit seinen schwarzen katafalkartigen Gondeln und dem toten Wasser der kleinen Kanäle. Auch in Palermo gibt es eine Art Totenkult. Der üppige Botanische Garten ist ein Leichenfeld, es riecht dort nach Friedhof. Die alten verlassenen Palazzi der Via Maqueda, die Vorstädte ohne jeden Schimmer von Menschlichkeit, die verwahrlosten verkrusteten Kirchen.«

Ich war verlegen durch Zandels so heitere und klare Worte, so selbstverständlich einem Unvermeidlichen, Eisigen, Tod bringenden ergeben.

»Rom nicht. Rom hat nichts Todessüchtiges, ich hoffe, du stimmst mir zu.«

»Einverstanden«, sagte Zandel. »In Rom kann man mit derselben Heiterkeit sterben wie in New York, die Stadt nimmt es nicht wahr, wenn einer stirbt, mit einem Wort, man kann heimlich verschwinden, incognito, ohne Erstaunen zu erregen. Und vor allem ohne Scham. Es liegt etwas Schändliches in der Krankheit und noch mehr im Tod. Wer stirbt, hat zum Glück keine Zeit sich zu schämen, denn der Tod löscht ihn aus und mit ihm auch die Scham.«

Ich war noch immer verlegen wegen dieser ganz und gar ungewöhnlichen Gesprächsthemen zwischen uns beiden.

»Es ist das Licht, das Rom rettet.«

»Das Licht ist Substanz, Gefühl, Farbe, Tiefe. Das Licht entspricht dem Leben, genauso wie es in den Schulbüchern steht. Das Leben, aber weißt du auch, daß in den großen interstellaren Räumen das Licht im Dunkeln reist? In der Leere verschwindet das Licht, während seine Reise mit höchster Geschwindigkeit weitergeht. Licht wird es nur, wenn es auf einen festen Körper trifft, einen Planeten oder auch einen Asteroiden. Die großen Entfernungen des Universums werden in Lichtjahren gemessen, aber in Wirklichkeit könnte man sie auch Dunkeljahre nennen. Kurz und gut, in den großen leeren Räumen des Universums ist nur das tiefe Dunkel, das auch dann dunkel bleibt, wenn es vom Licht durchmessen wird.

»Man könnte sagen, daß das Dunkel immer sich selbst gleichbleibt, in den Räumen des Weltalls wie in den Korridoren unserer Häuser. In Rom zum Beispiel ist das Dunkel freundlich. Der Himmel ist niemals schwarz wie im Universum und auch nicht wie in Helsinki oder Sankt Petersburg.«

»Genau. Deshalb möchte ich auch weder in Helsinki noch in Sankt Petersburg sterben.«

Das Reden über den Tod hatte Zandel wohl erregt, denn er begann nun mich auszuziehen, langsam wie immer, um die Entdeckung meines Körpers zu genießen, und küßte mich immer wieder, während er meine Schultern, meine Brust und meine Beine entblößte. Ich zog sofort die Schuhe aus und legte mich rücklings aufs Bett. Zandel glitt behutsam in mich hinein, dann liebte er mich mit einer verzweifelten Energie, so als wäre es ein Abschied. Doch nein, vielleicht war auch ich beeinflußt von seinen Reden, vielleicht war es seine Art eine Krankheit zu exorzieren, die vielleicht doch nicht so schwer war, wenn ich an die Kraft denke, mit der er mich drückte, bis es schmerzte, so als wolle er mich ganz tief aushöhlen auf der Suche nach einer extremen, einer radioaktiven Lust – das kam mir in den Sinn.

»Du weinst.«

»Aber nein.«

Zandel umarmte mich nochmals und hielt mich lange fest in seinen Armen, trocknete meine Tränen mit seinen Küssen. Mit einem Wort, wir waren in ein romantisches Szenarium gestürzt, vielmehr in einen düsteren Erotismus. Auch Zandel hatte bemerkt, daß wir eine übertriebene Gefühlsseligkeit aufgeführt hatten, denn bevor wir uns verabschiedeten, hatte er seine übliche Art wieder angenommen, gestützt auf ein leichtes Lächeln, als wolle er mich davon überzeugen, daß all das nur ein akademisches Spiel gewesen war – seine Reden über den Tod. So war ich endlich erlöst – wider besseres Wissen – von einem Nachmittag allertiefster Verzweiflung.

Draußen war ich gleich wieder munter, ging für ein paar Minuten in den Supermarkt am Monte della Farina, kaufte dort irgendwelche Küchenseifen, um mich, wie schon öfter, bei Giano für meine Verspätung zu rechtfertigen.

»Bald hast du die Wohnung voller Seife«, sagte Giano, als er mich mit den Kartons in die Wohnung kommen sah. Ich zeigte ein nachsichtiges, an mich selbst gerichtetes Lächeln. War Giano also doch nicht so zerstreut wie ich gern glauben wollte?

»Wenn ich dieser Anhäufung von Seifen einen Sinn verleihen müßte, könnte ich die Hypothese eines unbewußten Wunsches nach Reinlichkeit, nach Unschuld aufstellen.«

Typisch, habe ich mir gesagt, Giano ist schon wieder dieser lächerlichen Illustrierten-Psychoanalyse auf den Leim gegangen.

»Mein Reinlichkeitswunsch bezieht sich auf Fußböden, Badezimmer, Kochtöpfe. Nicht auf mein Unbewußtes, bitte schön.«

GIANO

Ich weiß nicht, wie ich einen kurzen Artikel beurteilen soll, der auf den Rom-Seiten des *Corriere della Sera* erschienen ist. Eine Rache? Aber von wem? Warum nicht den wahrscheinlichen Fall eines Journalisten in Betracht ziehen, der ganz einfach gegen meine urbanistischen Ideen ist? Zum Beispiel konnten viele meiner Kollegen das Aufsehen nicht ertragen, das ich bei den Studenten erregt hatte, die jetzt lieber als zu ihnen in meine terroristischen Vorlesungen kamen, so daß ihre Hörsäle leerblieben. Irgendein aus der Universität stammendes Gift konnte sich demnach auf den Seiten der Zeitung niedergelassen haben.

»Wir können uns vorstellen, daß die größte Freude unseres Urbanisten ein Regen intelligenter Bomben auf gewisse Stadtviertel von Rom – wie etwa Parioli – wäre, die seine zum Glück nur virtuelle Zerstörungswut entfesselt haben.« Der Artikel entfaltete sich beinahe ganz und gar in diesem sarkastischen Ton, war aber, das muß ich zugeben, gut informiert sogar über die Häuserblocks, die in meinem Projekt verschwinden sollten, um Platz zu gewinnen für ein paar Gärten wie auch für eine spätere Möglichkeit hochstämmiger Bäume wie Steineichen und Pinien. Alles mit großer Genauigkeit wiedergegeben. Es ist klar, daß der Artikelschreiber sich direkter Informationen irgendeines Studenten bediente, der meine Vorlesungen besucht hatte.

Der Artikel war nicht durchweg negativ, denn er gab zu, daß meine Theorien in einer fernen Zukunft hervorragende Resultate erzielen könnten, um das Gesicht des modernen Rom neuzugestalten. Und der Faktor Zeit hatte Vorrang in meinem Projekt – die Zeit als Zukunft. »Nicht alle Zeiten sind gleich und laufen auf dieselbe Weise« sagt *Don Quijote.*

Der Artikel hatte auf mich einen überraschenden wenn auch

kurzlebigen Effekt. Im wesentlichen war ich – mit Ausnahme der ärgerlichen sarkastischen Exzesse, wie der mit den intelligenten Bomben, mehr oder weniger im Einklang mit dem Journalisten des *Corriere della Sera*. Selbstkritik oder Selbstgeißelung? Sicherlich haben die paradoxen Exzesse meiner urbanistischen Vorschläge bei den Studenten Staunen erregt, aber vor allem haben sie unter ihnen Diskussionen und Polemiken ausgelöst, die sie auch außerhalb der Aula und der Universität fortsetzten. Das war das Zeichen von Erfolg.

Ich habe beschlossen, in der Aula über diesen Artikel zu sprechen, denn meine Studenten sollen nicht denken, daß der Sarkasmus des Artikelschreibers meinen Stolz verletzt hat.

Ich bin die hysterischen Reaktionen gewohnt, hervorgerufen durch meine Stellungnahme gegenüber der sogenannten modernen Architektur und Urbanistik.

Von allen Seiten der Universität schossen Blitze in meine Richtung, als ich erklärte, Le Corbusier sei der Hauptverantwortliche für all die schrecklichen Ameisenhaufen in allen Großstädten von Europa. Die berühmte *Ville radieuse* in Marseille, von den Marseillern unter anderem *La maison du fada*, Haus des Verrückten genannt, ist das Modell, von dem sich alle Architekten und Geometer inspirieren ließen, um an den Peripherien ihre monströsen Ameisenhaufen zu errichten. Und ebenfalls von Le Corbusier haben sich die Erbauer der sonnensüchtigen Reihenhäuschen inspirieren lassen, die so viele Küsten- und Landstriche damit verunstaltet haben.

Seit dem Abendessen zur Feier von Zandels Rückkunft aus New York haben wir nichts mehr von ihm gehört, vielmehr: habe ich nichts mehr von ihm gehört, während Clarissa ihn bestimmt gesehen hat, und sie vermutlich seine Rückkunft im Bett gefeiert haben.

CLARISSA

Herrgott ist mir schlecht! Ich habe mich mit Xanax vollgestopft, aber die oberflächliche Ruhe kann meine tiefe Beunruhigung nicht vertreiben (es widersteht mir in gewisser Weise von Angst zu sprechen, auch wenn es das richtige Wort wäre). Meine Zusammenkunft mit dem aus den USA zurückgekehrten Zandel hat mich in eine tiefe Depression gestürzt (so lautet die Diagnose). Seitdem sind zwei Wochen vergangen und von Zandel ist keinerlei Nachricht gekommen. Mein Handy ist stumm, seines nicht zu erreichen.

Zandels Krankheit ist bestimmt keine virale Lungenentzündung, wie er uns weismachen wollte, als wir bei ihm zum Abendessen waren. Ich weiß genau, bei welchen Krankheiten man Bestrahlungen macht und ich weiß ebenfalls, daß Bestrahlungen im Verhältnis zur Krankheit dosiert werden. Deshalb verleitet das Massaker an den roten Blutkörperchen mich zu düsteren Gedanken. Leider kann ich mit niemandem darüber reden, schon gar nicht mit Giano. Mir bleiben nur meine einsamen, verzweifelten Gedanken.

Heute vormittag habe ich versucht, ein paar weitere Seiten von Gianos Roman zu lesen. Ich hoffte, das könnte irgendwie eine Ablenkung für mich sein, aber mich dort wie ein Insekt auf den von Giano heimtückisch destillierten Seiten aufgespießt zu sehen, löst in mir jedes Mal ein Unbehagen aus, fast eine psychische Störung, denn Marozia und Clarissa in eins zu bringen macht mir Mühe und ich weiß dann nicht mehr, stehe ich hier oder stehe ich dort, bin ich die angstgequälte und verwirrte Clarissa oder die gewissenlose und triumphierende Sünderin Marozia. Komisch, daß ich in der Wirklichkeit noch ein geistiges Widerstreben habe, meinen gloriosen Ehebruch zu begehen, während Marozia gar nicht weiß, was ein Ehebruch überhaupt ist. Ich bin fast katholisch in meinem Unbewußten während Marozia eine erbärmliche erotische Heidin ist, die den subtilen Genuß der Sünde überhaupt nicht kennt. Eine große Erfindung des Christentums, die Sünde und das wonnige Schuldgefühl, das mit der Sünde einhergeht.

Ich habe jetzt begriffen, daß dieses Buch eine schwierige Lektüre für mich ist, ein Vergrößerungsglas, das mein Bild verzerrt. Die Schilderungen meiner Zusammenkünfte mit Zandel vor seiner Reise nach New York sind jenseits des Wahren so gut erfunden, daß sie mir, hätte ich sie rechtzeitig gelesen, ein paar nützliche Anregungen gegeben hätten. Auch an diesen Kunststücken kann man erkennen, daß Giano alles erfunden hat, indem er manchmal seine Erfindungen und die Wirklichkeit zusammengemischt und andere Male die Wirklichkeit verbessert oder sogar vorweggenommen hat.

Ich könnte jetzt in Versuchung sein, Marozia zu imitieren: heiterer, natürlicher, und im großen und ganzen auch zynischer als Clarissa. Wahrscheinlich auch intelligenter. Ein grausamer Scherz, dieser Text, aber alles in allem auch ein bißchen grotesk. Und welche Verwirrung in meinem Kopf wegen Marozia – wegen eines Gespenstes.

Aber am meisten überrascht war ich, als ich mühsam zwei weitere Seiten des Romans entzifferte, auf denen Giano mein Treffen mit Zandel nach seiner Rückkehr aus New York beschreibt. Nämlich so:

»Ich möchte weder in Helsinki noch in Sankt Petersburg sterben«, sagte Zurlo. »In Rom«, schreibt Giano in seinem Buch, »kann man in Heiterkeit sterben wie in New York, die Stadt nimmt die Sterbenden nicht wahr, man kann sich heimlich davonmachen, incognito, ohne Staunen zu erwecken. Und vor allem ohne Scham. Es liegt etwas Schändliches in der Krankheit und noch mehr im Tod. Zum Glück hat der Sterbende keine Zeit sich zu schämen, denn der Tod löscht ihn aus und damit auch die Scham.

Marozia fühlte sich immer noch unbehaglich bei diesen für beide so ungewohnten Themen.

» Das Licht rettet Rom.«

»Vielleicht«, schreibt Giano weiter in seinem Buch, »hatten diese Gespräche über den Tod ihn erregt, denn Zurlo begann sie auszuziehen, wie immer langsam, um die Entdeckung ihres Körpers zu kosten, und küßte, derweil er ihn entdeckte, ihre Schultern die Brüste den Bauch die Beine. Dann auf einmal zog Marozia ihre Schuhe aus und legte sich rücklings aufs Bett. Zurlo drang behutsam in sie ein, dann liebte er sie mit verzweifelter Energie, so als wäre es ein Lebewohl. Doch nein, Marozia stand noch im Einfluß jener Reden, die vielleicht Zurlos Art waren eine Krankheit aus sich auszutreiben, die gar nicht so schlimm war, wenn man die Kraft bedachte, mit der er sie drückte, bis es sie schmerzte, und mit der er sich tief in sie eingrub, auf der Suche nach einer äußersten Lust, einer radioaktiven Lust, mußte sie plötzlich denken.

»Du weinst ja.«

»Ach was!«

Zurlo umarmte sie noch einmal und hielt sie lange fest in seinen Armen und trocknete ihre Tränen mit seinen Küssen. Kurzum, sie waren in ein romantisches Szenarium oder besser, in eine Totenerotik gestürzt. Auch Zurlo hatte gemerkt, daß sie in eine übertriebene Gefühlsseligkeit hineingeraten waren, denn bevor er sich von ihr verabschiedete, hatte er zu seiner gewohnten, durch ein leichtes Lächeln begleiteten Art zurückgefunden, so als wollte er sie davon überzeugen, daß dieses ganze Gerede über den Tod nur ein akademisches Spiel war. So war Marozia endlich – wider besseres Wissen – von einem Nachmittag äußerster Verzweiflung erlöst.«

Zwei fast rührende Seiten, ich weiß nicht, wann von Giano geschrieben, womöglich vor meinem Treffen mit Zandel? Doch was schreibt Giano da eigentlich – seinen Roman oder meine Biographie? Manchmal mit einem wunderbaren Wissen, das muß ich zugeben, aber das kann ja meine Besorgnis nur steigern. Oder bin ich Clarissa, die ich seinen Roman in der Unwirklichkeit Marozias erlebe? Wenn ich mein Treffen mit Zandel nach seiner Rückkunft aus New York hätte erzählen wollen, hätte ich dieselben Worte benutzt, die Giano in seinem Roman gebraucht hat. Einem Roman, der mit einem Witzchen beginnt, um dann, an einem gewissen Punkt, einen unglaublich erotischen und sentimentalen Aufschwung zu erleben, wenn Giano meine hypothetischen Treffen mit Zandel beschreibt. Hypothetisch nicht unbedingt – gottlob.

GIANO

Ich weiß nicht, was ich denken soll. Ich finde Clarissa sehr zerstreut, ich sage etwas zu ihr, und sie antwortet ins Blaue hinein, wir sehen uns einen Film im Fernsehen an, und ich merke mehr als einmal, daß sie der Handlung nicht folgt und mit dem Kopf ich weiß nicht wo ist. Von Zandel keine Nachricht, außer der Tatsache, daß er seine Universitätstätigkeit unterbrochen hat und daß sein Büro von seinen beiden Mitarbeitern geleitet wird, die neben anderem die von Zandel im Auftrag der römischen Stadtverwaltung begonnenen Arbeiten fortsetzen. Insbesondere die Versorgung mit öffentlichen Einrichtungen, neubepflasterten Straßen, sowie Plätzen und Parks der beiden Vorstädte Finocchio und Pantano, die in den letzten Jahrzehnten mit zu neunzig Prozent widerrechtlichen Bauten entstanden sind. Zandel hatte mir von diesem Projekt und von den Arbeiten erzählt, die leider an zwei verschiedene Unternehmen vergeben wurden, welche sich als gänzlich unzuverlässig erwiesen, seine Vertragsbedingungen nicht respektierten und schlußendlich den Ruf seines Büros aufs Spiel zu setzen drohten.

Armer Zandel, in einem Augenblick der Eifersucht habe ich ihm den Tod gewünscht und jetzt fühle ich mich virtuell verantwortlich für seine Krankheit und wünsche ihm nur noch, er möge gesund werden, auf jeden Fall nicht sterben. Einstweilen.

Clarissas Charakter hat sich in letzter Zeit sehr verschlechtert. Sie ist nicht nur in einem Maß zerstreut, das es sehr schwierig macht, sich mit ihr zu unterhalten. Nicht nur das, ab und zu antwortet sie mir sogar fast widerborstig. Gestern habe ich ihr unsere Lichtrechnung gezeigt, die wir diesmal eigenhändig am Schalter bezahlen müssen, weil wir kürzlich die Bank gewechselt haben. Sie war beleidigt.

»Die Zigeunerkönigin.«

»Was hat das mit den Zigeunern zu tun?«

»Die Zigeuner nennen ihre Frauen Königinnen, um ihnen zu schmeicheln, aber in Wirklichkeit werden sie gezwungen zu betteln und niedere Dienste zu leisten.«

»Lichtrechnung bezahlen ist also ein niederer Dienst?«

»Äußerst niedrig und erbärmlich.«

Ich wollte nicht streiten, aber es ist sicher, daß Clarissa seit einiger Zeit nicht mehr bei der Sache ist. Sie hat gemerkt, daß ich beunruhigt bin und sofort wirft sie mir vor, ich sei fehlgeleitet, aber ich verstehe nicht, was sie mit diesem Wort meint.

»Fehlgeleitet hat mir noch nie jemand gesagt.«

»Dann sage ich es dir.«

»Was verstehst du darunter?«

»Daß deine Gedanken Bahnen verfolgen, die zu Orten unter dem Meeresspiegel und unter der Erdoberfläche führen. Damit wir uns richtig verstehen: unter dem Niveau der Realität.«

»Vielen Dank für diese wahrhaft erschöpfende Erklärung.

»Soll ich jetzt gekränkt sein?«

»Mach was du willst.«

Ich kann mich gegen die depressive und mittlerweile außer Kontrolle geratene Clarissa nicht mehr wehren. Und so geschieht es zum ersten Mal, daß wir uns böse Worte an den Kopf werfen. Leider kann man nicht kehrtmachen und das bereits Gesagte löschen wie Geschriebenes auf dem Computer – da verdunkelt man einfach die Zeilen und mit einem Klick fliegen sie für immer weg. Jetzt weiß ich, daß ich mich nicht geschlagen geben darf von der schlechten Laune, von den Worten und dem plötzlich bleiernen Himmel, der schweren Luft des beginnenden römischen Winters, der die Ideen verwirrt und die Ordnung des Gesprächs gefährdet.

Doch im Zentrum von Clarissas Gedanken ist ganz klar noch immer Zandel mit dieser geheimnisvollen (aber nicht allzu geheimnisvollen) Krankheit und jenen beklagenswerten von amerikanischen Strahlen dezimierten roten Blutkörperchen. Eine häßliche Krankheit, wenn man Clarissa hört – sie ist es, die die Warnung sofort gespürt hat, sie ist es auch, die jedesmal Druck und Dichte der Dinge spürt. Man kann leicht voraussehen, daß es Clarissa – dieser schwelgerischen und unternehmungslustigen Frau – rasch gelingen wird Zandel zu ersetzen. Ich kann mir auch vorstellen, daß ihre Wahl auf einen Intellektuellen fällt, einen Architekten oder einen Schriftsteller, einen Maler oder einen Musiker, je nach Gelegenheit und Verfügbarkeit auf dem Markt.

CLARISSA

Seit vierzehn Tagen beantwortet Zandel meine SMS auf dem Handy nicht mehr, und es gelingt mir auch nicht, mit ihm zu telefonieren, weil er dauernd »nicht erreichbar« ist. Wenn Giano nicht zu Hause ist, sperre ich mich im Badezimmer ein und weine zehn Minuten, dann sprühe ich kaltes Wasser auf meine Augen. Die zehn Minuten Weinen bringen mir mehr als ein Xanax. Eine Beziehung, die meine Ehe mit Giano lebendig erhielt, ist nun zur Strafe geworden, so als wäre meine Liebe zu Zandel eine Schuld und nicht eine glückliche Ergänzung meiner Verbindung mit Giano – ein gewinnbringender und unschuldiger therapeutischer Ehebruch.

Einige Jahre habe ich meine Verbindung mit Zandel als angenehme Abwechslung betrachtet, mehr oder weniger so, wie ich mir die Beziehung zwischen Giano und Valeria vorstellte, aber jetzt habe ich gemerkt, daß ich verzweifelt verliebt bin. Ich war überzeugt davon, daß Verzweiflung und Tränen eine Bereicherung der Liebe wären. Jetzt, von einem ferneren Blickpunkt aus, ist es, als wäre ich mitten in eine romantische und prächtige Telenovela – das Hauptquartier der erhabenen Liebe – geraten. Eine ausweglose Falle.

Giano verbringt täglich einige Stunden damit, an seinem Buch weiterzuschreiben, und abends hat er statt fernzusehen die Lektüre des *Don Quijote* wieder aufgenommen, – in der schönen aber umfangreichen Ausgabe der Reihe *Millenni* von Einaudi. Ich habe bemerkt, daß er kein Lesezeichen gebraucht und jeden Abend den Band ganz willkürlich öffnet, so als wäre es die Bibel. Das ist, ich muß zugeben, eine ganz unbefangene Art zu lesen, ein Zeichen von Sicherheit. Oder von Unordnung? Ich habe versucht, selbst ein paar Seiten dieses großartigen Buchs zu lesen.

Freie Luft und unglaublich viel Licht, dort in der abenteuerlichen Mancha. Ich fand es sehr beruhigend, das mußt du mir glauben, mit Sicherheit besser als die üblichen Psychopharmaka.

Wie ein Ameisenkribbeln unter der Haut kommen mir Gianos Worte wieder in den Kopf, eine sarkastische Voraussicht. Vielleicht auch ein ungewollter Rat, Zandel zu ersetzen. Ein Intellektueller, schreibt Giano in seinem Roman. Daran erkennt man die hohe Meinung, die Giano ungewollt von meiner Person und von meiner Schönheit hat, vielleicht von Zandel beeinflußt, für den ich blendend war wie eine Diva. Oder handelt es sich im Gegenteil um eine Verhöhnung – von einer gewaltigen heimlichen Eifersucht diktiert?

Und Dulcinea – was sagt Dulcinea?

GIANO

Es hatte so ausgesehen, als hätte Clarissa auf die Reise nach Straßburg verzichtet, aber dem war nicht so.

»Da du einverstanden bist mit meinem Wunsch, mit dir nach Straßburg zu fahren«, hat sie plötzlich zu mir gesagt, »solltest du mir sagen, wann wir fahren können. Erinnere dich, daß mir ein Tag und eine Nacht genügen.«

Absurd, diese plötzliche Rückkehr Clarissas zu dem Straßburg-Projekt.

»Natürlich wäre mir Samstag-Sonntag am liebsten«, habe ich ihr geantwortet, »mit der Universität hätte ich aber keine Probleme, falls du zwei Wochentage vorziehst.«

»Ich würde gerne am Freitag fahren, so wie du, als du zum Kongreß gefahren bist. Wir sind dann den ganzen Samstag in Straßburg und fahren Sonntag nachmittag oder abend zurück.«

Ich konnte mein Erstaunen nicht unterdrücken.

»Du hast seltsame und klare Ideen für diese Dienstreise.«

»Besonders klare.«

Dieses »besonders klare« hat mir bestätigt (das war aber gar nicht nötig), daß Clarissa mich bestrafen wollte, indem sie mich zwang, meine Straßburger Begegnung mit Valeria mit ihr zu wiederholen.

Gewöhnlich langweile ich mich nicht mit Clarissa, wir finden immer Gesprächsthemen, wobei wir absichtlich meine urbanistische Tätigkeit, wie auch die italienische Politik vermeiden, die jedes Mal, wenn ich mit ihr konfrontiert werde, alle meine Neuronen in Aufruhr versetzt.

Die Hinreise mit dem Flugzeug (wir haben uns gemeinsam für das Flugzeug entschieden) verbrachten wir wie zwei junge Touristen, indem wir unten auf der Erde die gelben Rapsfelder, die grünen Weizenfelder und die braunen bestellten Felder kommentierten. Mit dem Fensterplatz wechseln wir uns immer ab, so daß wir beide hinausschauen können, während unsere mondänen Freunde im Flugzeug gewöhnlich lesen oder schreiben oder sich Notizen machen, ohne je einen Blick auf die Aussicht von oben zu werfen.

Nach einem köstlichen Hasenbraten in einem typisch elsässischen Restaurant sind wir in das kleine Hotel zurückgekehrt, in dem Clarissa bereits ein Zimmer zum Hof ohne Aussicht auf das Münster gewählt hatte, um dem Straßenlärm zu entgehen.

»Schau doch mal, was für ein Ultrafußgängerviertel sie hier haben, nach acht Uhr abends dürfen nicht mal mehr die Taxis hier herein. Es gibt hier keinen Lärm.«

»Sag das nicht«, meinte Clarissa.

Ich merkte, daß es keinen Zweck hatte zu diskutieren, und so verkrochen wir uns in unser Zimmer, das auf einen engen Hof hinausschaute. Von einem Fenster gegenüber kreischte ein Fernseher den Kommentar eines Fußballspiels. Viel schlimmer als ein Fenster zur Straße.

Mit unserer, auf das Gerät im Zimmer gegenüber gerichteten Fernbedienung, die gleiche wie unsere, war es mir ein Leichtes, das Sportprogramm der Nachbarn durch eine Natursendung – Krokodile und Nilpferde – zu ersetzen. Die beiden Burschen vom Zimmer gegenüber, sichtlich befremdet, holten sich mit ihrer Fernbedienung das Sportprogramm zurück, und ich mir, nach wenigen Minuten wieder die Krokodile, die Nilpferde und die Nashörner. Natürlich haben wir in unserem Zimmer das Licht ausgemacht, um nicht entdeckt zu werden. Clarissa hielt sich den Bauch vor Lachen und bemühte sich dabei, sich nicht zu verraten. Den beiden Jünglingen gelang es nicht zu verstehen, was da gespielt wurde, sie wurden allmählich nervös und fluchten, schüttelten ihre Fernbedienung und schlugen mit den Fäusten auf den Fernseher. Wieder wenige Minuten Fußball und gleich darauf Löwen und Giraffen. Wir machten so lange weiter mit diesem

Scherz bis die beiden Deppen türenschlagend ihr Zimmer verließen, um sich unten bei jemandem zu beklagen.

Am Morgen sind wir ausgegangen, der Himmel war von bronzener Farbe bedeckt, und eine erstickende Rauchkappe hing über der Stadt, wie oft in dieser Gegend.

»Ein Zeichen für Sturm.«

»Nein, nein, das ist einfach der Himmel dieser Stadt, wo Rauch von da und von dort die gleichen Wolken graufärbt, die bei uns weiß sind.«

»Gibt es denn soviele Fabriken in Straßburg?«

»Es ist der Zigarettenrauch. Die Statistik sagt, daß Straßburg den höchsten Tabakkonsum von ganz Frankreich hat.«

Clarissa ging auf meinen Scherz ein und lächelte über meine blöden Sprüche.

Ich habe versucht, sie in das Café im Freien in der Rue des Juifs zu schleppen, hinter dem Münster, dort wo ich mit Valeria gewesen war. Nichts zu machen, sie wollte genau andersherum gehen, und so haben wir in einem Café vor dem Hotel de Ville einen Caffelatte mit vorzüglichen Croissants zu uns genommen. Wie es scheint, hat Clarissa einen Weg mit einem gutgepflasterten Boden gewählt, um ihre Absätze vor allzu rustikalen Pflastersteinen zu schützen. Als wir dann durch den Blumenmarkt gingen, habe ich versucht, ihr ein Sträußchen Alpenveilchen zu schenken, aber Clarissa hat einen Strauß Parmaveilchen vorgezogen und wollte dann sofort den Markt verlassen, weil diese ganzen Blumen, diese vermischten Düfte sie an Friedhofsgerüche erinnerten.

Es war deutlich, daß Clarissa meine Absicht erraten hatte, sie in die Fußstapfen von Valeria treten zu lassen, um mich dafür zu rächen, daß ich zu einer zweiten Reise nach Straßburg gezwungen worden war. Sie hingegen wollte dieser Reise einen eigenen Stempel aufdrücken, indem sie jeden meiner Vorschläge ablehnte. Clarissa besitzt eine erstaunliche intuitive Intelligenz, und in diesem Fall ist es ihr gelungen, jede meiner Bestrafungsabsichten zu durchkreuzen. Kompliment.

Die Rückreise haben wir im Schlafwagen gemacht, aus dem Zugfenster haben wir die melancholischen nächtlichen Landschaften betrachtet, das Innere der Häuser, das Neonlicht der Schilder, ohne ein einziges Mal von Zandel oder Valeria zu sprechen, trotz unserer stillen Wünsche nach Zwiegespräch und Beichte.

Die Räder drehten sich rasch auf den Schienen – eine Geräuschkulisse für unser Schweigen – und der Zug rollte durch die Nacht.

CLARISSA

Ich weiß nicht, ob es so eine gute Idee war, mich nach Straßburg begleiten zu lassen. Alles in allem eine langweilige Reise mit einem schlechtgelaunten Giano, der versucht hat, mich in demselben Zimmer schlafen zu lassen, in dem er mit diesem Breitarsch von Valeria geschlafen hatte, mich in daßelbe Café zu bringen, in das er diesen Breitarsch von Valeria gebracht hat, mir dieselben Alpenveilchen zu schenken, die er bestimmt auch diesem Breitarsch von Valeria geschenkt hat, alles um meine Reaktionen zu beobachten und sie mit denen von Valeria zu vergleichen, vermutlich um eine mögliche Verlegenheit in den Augen des Kellners im Café oder der Blumenfrau am Markt zu entdecken. Immer vorausgesetzt, sie haben ein Gedächtnis wie die Elefanten. Und woran habe ich das gemerkt? Zuviel Sicherheit bei Giano, der in diesen Dingen für gewöhnlich besonders tolpatschig ist, und sein unnatürliches Beharren, gewisse von ihm schon vorher entschiedene Wege zu nehmen. Wahrscheinlich haben meine Weigerungen dort oben im Elsaß seinen überstürzten Fall in die Globale Wehmut gefördert. Das sind seine eigenen Worte, die seinem tiefen und geheimnisvollen Gemüt entsprechen. Ein versunkenes Atlantis, das die Stimmung bestimmt und die Düsternis der Gefühle herbeiführt. Der einzige glückliche und lustige Moment: der Streich mit der Fernbedienung.

Es scheint, daß sich bei Giano, auch während seiner Vorlesungen in der Universität, periodisch ausgelöste Krisen einstellen, bei denen sich jenes Syndrom manifestiert, das er Globale Wehmut nennt – die einzige Art von Globalisierung, die er anerkennt. Und in diesen Fällen scheint ihm auch seine Globale Dekonstruktion unnötig, genauso wie seine politischen Wutanfälle. Unnötig auch die Polemiken gegen die Luftverschmutzung. »Sollen sie doch kommen, diese Feinstäubchen«, hat Giano in einem Moment negationistischer Exaltation in sein Buch geschrieben, kommt nur, ihr Kohlenmonoxyde, ihr Feinstäubchen, ihr Benzolderivate, kommt in Scharen! Die Feinstäubchen haben sich ja bereits in unsere Körper eingeschlichen und zirkulieren jetzt in unserem Blut. Die Industrie soll ruhig damit weitermachen, Kohlendioxyd und Dioxin auszuspucken und damit die Flüsse, das Meer und den Himmel und die wasserführenden Schichten um das Ozonloch zu erweitern. Seveso, Mestre, Priolo, Tschernobyl und Bhopal in Indien, wo der amerikanische, international agierende Konzern *Union Carbide* – verfluchte Pestizide – 1984 eine Giftwolke produzierte, zweiundzwanzigtausend Tote, kein Bericht und kein Prozess für die Schuldigen. Seither füllen sich die Straßen von Bhopal an jedem Jahrestag mit Demonstranten, die eine Fotografie von Warren Andersen, dem Präsidenten der *Union Carbide* zum Zeitpunkt des Desasters, des größten ökologischen Desasters der Geschichte, verbrennen.«

Fern sind die Zeiten, in denen Giano im Seminar mit seinen Studenten, nachdem er für alle ausschließlich italienische Getränke bestellt hatte, darauf anstieß, daß die Schürfkübelbagger damit begannen, das monströse Zementskelett der Fuenti an der Küste von Amalfi zu zerstören – ein gutes Zeichen für den baldigen Anbruch der Urbanistischen Dekonstruktion. Und schließlich das Verschwinden der gigantischen illegalen Eigentumskasernen in Punta Perotti an der Küste von Bari in einer riesigen Staubwolke. Ein winziges Körnchen im Vergleich zum gesamten illegalen, aber durch nachträgliche Straferlasse geretteten, Zement. Beschwerden über Beschwerden, Illusionen und Enttäuschungen.

Ich habe ein Auge auf die letzten Seiten geworfen, die Giano geschrieben hat, und habe dort bestätigt gefunden, daß Giano mich aus Rache zwingen wollte, in Straßburg dieselben Wege zu gehen wie Valeria, im selben Zimmer zu schlafen, in dem Valeria geschlafen hatte, Kaffee im selben Café beim Blumenmarkt zu trinken, mir denselben Strauß Alpenveilchen schenken zu lassen, alles so wie dieser Breitarsch von Valeria. Armer Giano, so naiv und so böse!

Nein, das war keine gute Idee, diese erzwungene Pilgerfahrt nach Straßburg.

Ich habe die Schublade geöffnet und in Gianos Heft die Lektüre dort wieder aufgenommen, wo er ironisch mein nächstes Verhältnis als Ersatz für Zandel prophezeit, mit einem Intellektuellen, einem Architekten oder Schriftsteller, einem Maler oder Musiker. Als ob man die Intellektuellen an jeder Straßenecke fände. Und Clarissa sollte sich, ihm zufolge, an eine Kreuzung stellen und den intellektuellen Passanten am Kragen packen? Er soll mich nur weiter bespötteln, es ist gar nicht gesagt, daß ich ihn nicht tatsächlich finde, vielleicht sogar einen Urbanisten wie Zandel, Giano und seiner vergifteten Ironie zum Trotz.

Ich wußte, daß es eines Tages passieren würde. Um ehrlich zu sein: ich habe es gehofft. Ich kenne noch nicht mal den Namen dieses Studenten. Während ich in einem Buch aus der Bibliothek von Giano blätterte, hörte ich von der Straße her die Sirene eines Krankenwagens. Ich bin zum Fenster gegangen weil ich sehen wollte, ob sie gekommen waren, um in unserer Straße einen Verletzten zu bergen. Der Student ist mir gefolgt und hat sich an meinen Körper gelehnt, um hinauszuschauen. Ich habe mich nur ein wenig zu ihm umgedreht, und schon standen wir uns, die Gesichter nur wenige Zentimeter voneinander entfernt, gegenüber. Wir schauten uns in die Augen und fanden uns eine Sekunde später in einem tiefen Kuß wortlos umschlungen, wobei seine kräftigen Arme mich vorsichtig auf einen Teppich auf den Boden legten. Dann hat er sich auf mich gelegt und glitt mit unendlicher Sanftheit in mich hinein. Eine Pause, dann spürte ich plötzlich, wie er sich gleich einem Preßlufthammer in mir auf und ab bewegte. Ich schreckte hoch – auf dem Teppich – und entdeckte das Vergnügen eines Geschlechtsakts ohne die Elastizität einer Matratze, mit dem Gesäß auf dem harten Boden. Ein langer Akt und endlich zwei Orgasmen in perfekter Synchronie. Dann schließlich die Entspannung – erschöpft und lächelnd.

Wir blieben noch ich weiß nicht wie lange auf dem Teppich liegen. Eine angemessene Zeit, wie mir schien, für jede Liebkosung, jeden Kuß auf meinen Busen, den dieser Junge mit bereits kundigen Händen entblößt hatte. Ich hielt meine Augen geschlossen, um den unerwarteten Liebestraum noch hinauszuziehen.

Wir sind aufgestanden, ohne ein einziges Wort zu sagen, aber mit einem einträchtigen Lächeln über dieses wunderbare Spiel, das wir uns mit unverhoffter Freude gestattet hatten.

Ich bin eine Hure, habe ich mir gesagt, kaum hatte ich die Tür hinter dem Studenten geschlossen. Nur eine Hure gibt sich in dieser Weise einem Fremden hin, eine Vierzigjährige einem Jungen mit zwanzig. Aber wie glücklich war ich über diesen unverhofften schönen Fick. Er würde mein Geheimnis bleiben, tief in meinem Gedächtnis bewahrt, für immer. Tief in meinem Herzen, müßte ich sagen. Ich weiß nicht wieso, aber während ich zu mir sagte, du bist eine Hure bist eine Hure, waren plötzlich Tränen in meinen Augen und sie schienen mir Tränen des Glücks. Ich bin ins Schlafzimmer gegangen und habe mich nackt ausgezogen, völlig nackt, und habe mich rücklings aufs Bett gelegt. Einfach so, ohne Grund. Aber vielleicht auch, um den Orgasmus jener wunderbaren Vergewaltigung in meiner Phantasie noch fortzusetzen.

Er hat sich nicht mehr blicken lassen, der Student in Gianos Bibliothek. Ich hoffe nicht, daß seine Prüfungen durch meine Schuld Schaden erlitten haben. Aber jedesmal, wenn ich jenen Teppich ansehe, einen wunderschönen roten alten Buchara, denke ich mit Zärtlichkeit und Sehnsucht an ihn.

Und jetzt, nach dieser Erzählung, bitte ich dich, nicht im Ernst zu glauben, daß ich eine Hure bin.

GIANO

»Boikotta le banke.« Ich gestehe, daß es mir nicht mißfallen würde, die Banken zu boykottieren, und in diesem Zusammenhang muß ich an Bertolt Brecht denken, der gesagt hat, daß der, der eine Bank gründet, schuldiger ist, als der, der sie ausraubt. Entschuldigt mich vielmals, ihr unbekannten, leichtgläubigen, schreibsüchtigen Mauerkleckser, aber ich kann eurer Einladung einfach nicht folgen, oder besser: ich kann eurem Befehl nicht gehorchen, denn da wüßte ich nicht einmal, wo ich anfangen sollte. Die mit roter Lackfarbe in Großbuchstaben kunstgerecht ausgeführte Schrift ist während der Nacht aufgetaucht, ich bin sicher, daß sie gestern noch nicht da war. Beim Nachhausekommen hätte ich sie sonst sicher gesehen, so rot an die Hauswand gekleckst in der Via del Governo Vecchio, ganz in der Nähe des Hauses, in dem ich und Clarissa wohnen. Nebenbei: eine Straße, in der es keine Banken gibt. Ich frage mich, wem und wofür eine solche Mauerschrift nützt.

»Boykottiere die Banken.« Seien wir ehrlich: niemand kann hoffen, mit einer solchen Schrift auf einer Mauer im Historischen Zentrum von Rom irgend etwas zu erreichen. Für sie ist das ein Beispiel für politischen Kampf – in die Masse geschleuderte Botschaften. Ungezielt oder auf strategische Punkte? Und welches wäre die Strategie für die Via del Governo Vecchio? Und glaubt ihr wirklich, daß jemand sich überreden läßt, die Banken zu boykottieren? Aber vor allem anderen müßtet ihr mir ein paar Richtlinien geben, denn auch wenn ich wollte, wüßte ich nicht, wie man das macht – Banken boykottieren. Womit fängt man an? Oder ist diese gebieterische Anregung nur eine erste Zelle des diskursiven Denkens, der Nullpunkt des Protests, die erste Schicht der kulturellen Ablagerung? Bitte nicht – wir wollen nicht von

Kultur reden, denn dies sind primitive Demonstrationen, wilde Stammesimperative. Reden wir nicht von Kultur, bitte!

Jetzt frage ich mich, wer diese Schrift gemalt hat, was für ein Gesicht er hat, wie alt er ist, ein Bub oder ein Erwachsener? Ein dummer weißer Mensch. Warum gerade weiß? Ein Sechzehnjähriger, der mit dem Moped herkommt, im Handumdrehen seine Graffiti anbringt und weiterfährt. Doch was weiß dieser Sechzehnjährige über Banken? Vielleicht hat ihm jemand diese Arbeit zugewiesen. Haben sie ihn dafür bezahlt? Wer hat ihm die Spraydose gegeben? Nein, nein, es ist ein bärtiger Dreißigjähriger, der nachts herumspaziert und die Wände mit hirnrissigen Sätzen beschmiert und dabei glaubt, er sei ein Revolutionär.

Clarissa sieht die römischen Graffiti nicht, oder besser: sie sieht sie, aber sie weigert sich sie zu sehen.

»Sie beschmutzen die Mauern, man sollte sie am Kragen packen und sie die Reinigung bezahlen lassen, oder ihnen eine saftige Geldstrafe auferlegen, hundert Euro pro Wort. Oder besser: sie dazu zwingen, die Farbe mit der Zunge abzulecken.«

»Du machst daraus eine Frage der Stadtreinigung. Ich dagegen frage mich, wer ein Interesse daran haben könnte, diese gebieterischen Aufforderungen auf die Hauswände zu schreiben. Sicher wird niemand beginnen, die Banken zu boykottieren, aber diese Aufschrift stellt das Problem der Banken als Ärgernis dar, und das ist es, was ihre Leser wahrnehmen: Seht, die Banken sind keine friedliche Einrichtung, sondern ein Ort der kriminellen Spekulation, der Geldwäsche, der Betrügereien zum Schaden der Sparer.«

»Meinst du nicht, daß du einem unsinnigen, von einem beliebigen Nichtstuer auf eine Mauer geschriebenen Aufruf zuviel Beachtung schenkst? Du wirst bestimmt immer wieder irgendeinem anarchistischen Möchtegern oder anderem Abschaum der Erde begegnen.«

Ich habe Clarissa die absurdeste dieser Mauerinschriften gezeigt, die vor ein paar Tagen an der Piazza Navona zu lesen war, rechts vom Zeitungsstand, hinter dem Eingang zur Bar: »Nähe ein Tiergesicht und ein Menschengesicht aneinander.«

»Ich kann beim besten Willen«, habe ich gesagt »keinen Sinn in diesen Worten finden, die nicht einmal lustig sind und auch nicht wahrscheinlich.«

»Du suchst die Wahrscheinlichkeit an den Mauern?«, sagt Clarissa, die Graffiti insgesamt ablehnt. »Ich frage mich nicht einmal, was derjenige im Kopf hatte, der diese idiotische Aufforderung geschrieben hat. Wahrscheinlich nur Luft, die Leere.«

»Einverstanden. Aber manchmal kann man Ideen – nicht immer ein Geschenk des Himmels – auch inmitten des größten Blödsinns finden.«

»Mir scheint, du setzt zuviel Hoffnung in die römischen Klecksereien, die deine Ansichten erweitern sollen.«

»Zugegeben, es ist ein unsinniges Flickwerk. Aber manchmal verbirgt sich hinter dem Nonsens auch eine Wette. Auch die Welle als Maß für die Wahrscheinlichkeit war eine Wette.«

»Du vergleichst den Unsinn an einer Mauer mit dem höchsten Rätsel der Kernphysik?«

»Du hast Recht. Ich bitte Heisenberg um Verzeihung.«

CLARISSA

Zandel hat mich auf dem Handy angerufen, als ich mit Giano bei Nardecchio war, dem Geschäft für alte Stiche an der Piazza Navona.

Giano war gerade in eine herrliche Perspektive der Seinebrücken in Paris vertieft, einen Druck von Cheraux, wohl Anfang 19. Jahrhundert. Ein Hochzeitsgeschenk für die Tochter eines Freundes, der im Außenministerium arbeitet. Jedesmal wenn Giano ein Geschenk kauft, spürt er einen kleinen Schmerz, denn fast immer gefällt auch ihm der Gegenstand des Geschenks. Gerne hätte er diese herrliche Perspektive der Seinebrücken für unsere Wohnung behalten, aber unsere Wände sind derart voll mit Bildern, Zeichnungen und Lithographien, daß wir uns nichts mehr kaufen können.

Und gerade jetzt beginnt mein Handy in der Handtasche zu brummen.

»Tut mir leid, du hast dich bestimmt verwählt«, habe ich gesagt, kaum daß ich Zandels Stimme erkannt hatte. Zu dumm – ich konnte im Beisein Gianos nicht mit ihm reden, und Giano hat zum Glück nicht gemerkt, daß ich den Unbekannten, der sich in der Nummer geirrt hatte, geduzt habe. Armer Zandel, was für ein Pech, er hätte keinen ungünstigeren Augenblick wählen können. Armer Zandel, und vor allem arme Clarissa, die sich sofort verleugnet hat, kaum hatte sie Zandels Stimme erkannt. Was hätte sie auch sonst tun können?

Es war ja nicht ratsam, Giano meine Verzweiflung zu zeigen. Seit fast zwei Monaten hatte ich keine Nachricht von Zandel, und jetzt, als endlich ein Anruf kam, konnte ich nicht mit ihm reden. Sein Handy antwortet mir stets, der Teilnehmer sei nicht erreichbar. Klar, daß Zandel sein Handy immer ausgeschaltet hält, und das läßt allmählich darauf schließen, daß er jegliche Kommunikation ablehnt. Nicht einmal der Anrufbeantworter, auf dem man eine Nachricht hinterlassen kann, ist eingeschaltet. Was hatte er mir wohl sagen wollen bei diesem Anruf? Ich werde es nie erfahren.

Giano ist vollkommen fasziniert von den Schriften unbekannter Hände auf den römischen Mauern – den stupiden oder provokativen, den absurden oder einfach banalen, die trotz allem seine Aufmerksamkeit erregen. Von Zeit zu Zeit erzählt er mir davon, aber es gelingt mir nicht, mich für dieses in meinen Augen blöde und anmaßende Phänomen zu erwärmen, wogegen er glaubt, daß solche Graffiti das Unbewußte der Stadt ausdrücken, die Offenbarung ihrer unterirdischen Impulse, eine Art von unbeabsichtigter Übertragung, so als läge Rom auf der Couch eines Analytikers.

»Weniger unterirdische Impulse als eine stete Cloaca Maxima«, habe ich gesagt, »in der sich der ganze Müll der römischen und der barbarischen Kultur sammelt.«

»Die Cloaca Maxima läuft unterirdisch durch die dunklen Därme von Rom, während die Mauerschriften – seien sie noch so absurd – an den Mauern der Stadt aufblühen und uns zu verstehen helfen, was dort unten gekocht wird.«

»Ein Haufen Scheiße«, habe ich gesagt.

So endet unser Gespräch über die Graffiti.

Und jetzt verstehe ich nicht, warum Giano die Lektüre von *Andreas oder die Vereinigten* Marozia zuschreibt, einem Buch von Hofmannsthal, das ich in Wirklichkeit nie gelesen habe, weil mich der allzu komplizierte Name des Autors eingeschüchtert hat. Vielleicht wollte Giano Marozias Persönlichkeit erhöhen, sie interessanter und ästhetischer zeigen? Mir bleibt keine Wahl, ich muß es lesen, dieses Buch, damit ich mich nicht der Figur, die mir entspricht, unterlegen fühle, die – und hier sage ich die Wahrheit – mich allmählich nervös macht, mit ihrem aufgeblasenen literarischen Ehrgeiz. Bleibt zu hoffen, daß dieses Buch von Hofmannsthal nicht allzu langweilig ist.

Diese Marozia läßt mir keine Ruhe. Ich bin ihr bereits im Traum begegnet, das mußte ja früher oder später geschehen. Ein seltsames Zwiegespräch, fast ein Streit mit einem Spiegelbild. Marozia sprach unaufhörlich, mit klaren Worten und auch mit solchen, die an den Rändern ausgefranst und ein wenig durcheinander waren, aber schließlich und endlich kann ich dieses Zwiegespräch auch nur so zusammenfassen, wie ich es in seinen wesentlichen Teilen erinnere.

»Du garantierst mir also«, sagt Marozia, »daß das Schaf ein katholisches Tier ist?«

»Ich garantiere dir überhaupt nichts. Im Gegenteil, ich sage dir, daß du da meiner Ansicht nach einen richtigen Unsinn verzapfst.«

»Das hat mir aber der Signor Papst gesagt, der versteht was davon.«

»Schluß jetzt. Was hat das mit mir zu tun?«

»Wir sind doch Freundinnen, oder nicht? Ich möchte, daß wir uns in allem verstehen, auch im Hinblick auf die Schafe.«

»Und warum sollte das Schaf katholisch sein?«

»Ist denn das Schaf nicht die Mutter vom Lamm? Und ein ganz klein wenig auch vom Lamm Gottes?«

Ich fühlte mich belästigt und unbehaglich.

»Das Lamm ist das Kind vom Schaf, eine tolle Entdeckung! Aber Gott hat nichts damit zu schaffen.«

»Aber dann befindet sich das Schaf, Mutter des Lamms, in einer ähnlichen Lage wie die Mutter Gottes.«

»Ach nein, das wäre eine Gotteslästerung. Da mache ich nicht mit.«

Dies ist eine Zusammenfassung der Worte meines Traums, der mir ungewöhnlich lang erschien, und ich habe dabei versucht, die Worte zu ordnen, um seinen Sinn zu retten, auch wenn er immer noch ziemlich verstiegen erscheint. In meiner Zusammenfassung habe ich keine Großbuchstaben verwendet und ich hätte ebenso die Satzzeichen weglassen sollen, denn in dem Traum gab es weder Punkt noch Komma. Und jetzt ist es überflüssig, noch weiter

Zeit zu verlieren mit dem Suchen nach der Bedeutung eines solchen Traums, der eine durch und durch unsinnige und gotteslästerliche Handlung in Szene setzt, welche durch Marozia, die mich während der Zusammenkunft in Verlegenheit gebracht hat und mich auch jetzt noch in Verlegenheit bringt, wenn ich mich an sie erinnere, provoziert wurde. Ein Glück, daß die Menschen nicht für ihre Träume verantwortlich sind. Und Giano darf ich das nicht einmal erzählen, denn vor ihm muß ich so tun, als gäbe es keine Marozia, weil ich sie ja nur aus der heimlichen Lektüre seines Buches kenne. Das Interessante für mich ist, daß ich im Traum mit meinem Alter ego aus dem Roman auf Du und Du war. Im übrigen hätte aus diesem »historischen« Zusammentreffen von Clarissa und Marozia auch etwas Besseres herauskommen können, aber so ist es eben abgelaufen.

GIANO

Schlechte Nachrichten von Zandel. Ein Schüler von mir, der gelegentlich in seinem Urbanistik-Büro arbeitet, hat mir erzählt, daß der Architekt ein- oder zweimal die Woche für eine Bluttransfusion ins Fatebenefratelli-Krankenhaus auf der Tiber-Insel geht. Das bestätigt das Problem mit den roten Blutkörperchen, aber diese Transfusionen scheinen mir ein extremes Mittel zu sein, das nur dann angewandt wird, wenn die Medikamente nicht mehr genügen. Mit Clarissa habe ich nicht darüber geredet, um ihre Spannung, die ich ohne weiteres auf Zandels Krankheit zurückführe, nicht noch zu vergrößern.

Wenn Clarissa deprimiert ist, verschafft sie sich Luft, indem sie unsere Wohnung auf den Kopf stellt. Sie hat einen Tapezierer bestellt und im Eßzimmer und im Schlafzimmer neue Tapeten anbringen lassen. Eine japanische Tapete im Eßzimmer und eine hellblaue Moirétapete im Schlafzimmer. Bevor sie den Auftrag erteilt hat, hat sie mir die Muster des Tapezierers gezeigt, aber ich wußte schon, daß sie bereits entschieden hatte, und deshalb blieb mir nichts anderes übrig als ihre Wahl zu bestätigen und dabei auch einen gewissen Enthusiasmus zu zeigen.

»Wunderschön, diese japanische Tapete«, habe ich gesagt, »es wird fast so sein, als wären wir in Japan.«

»Japan ist weit weg, noch weiter als China, Blödmann«, hat Clarissa ärgerlich geantwortet. Als die Tapezierer dabei waren, die letzten Bahnen zu kleben, hat Clarissa die Gelegenheit des Mittagessens benutzt –, das wir in der Küche eingenommen haben – um mir mit einer fast zu nebensächlichen Miene eine Frage zu stellen.

»Glaubst du nicht, daß man sich jetzt mal nach Zandel erkundigen sollte?«

»Bei wem?«

»Ich weiß nicht. Er hatte doch Freunde.«

»Warum sagst du ›hatte‹, er ist schließlich nicht tot.«

»Er hat sich seit ein paar Monaten aus dem Verkehr gezogen. So als wäre er tot, oder so gut wie tot.«

»Ich will versuchen, in der Universität etwas zu erfahren. Von seinen Schülern oder irgendeinem Kollegen.«

Clarissa schien durch meine Absicht beruhigt und kehrte wieder zu den Arbeitern zurück, die dabei waren, die Papierrollen anzukleben und an den Wänden herunterzuziehen.

»Ich habe versucht, ihn auf dem Handy anzurufen«, habe ich ihr gesagt, »aber er hat es immer ausgeschaltet. Er will offensichtlich mit niemandem kommunizieren.«

»Komischer Typ, Zandel. Er schien ein Freund zu sein, und jetzt hat er jeden Verkehr abgebrochen.«

»Wieso komisch? Er ist krank, und man weiß ja, wie gewisse Krankheiten die Menschen verändern, manchmal werden sie äußerst reizbar, andere Male verstecken sie sich.«

»Welche Krankheiten? Was Zandel hat, können wir uns denken, aber klar ist es nicht.«

»Man weiß mit Sicherheit, daß er eine Blutkrankheit hat«, habe ich gesagt, »durch diese Bestrahlungen in einem New Yorker Krankenhaus.«

»Ja – aber warum wurden diese Bestrahlungen gemacht?«

Clarissas Frage schien die Antwort bereits zu enthalten.

»Das kann man sich leicht denken. Aber jetzt hat er, wie es scheint, nur noch dieses Problem mit dem Blut.«

»Das reicht doch, meinst du nicht?«

Clarissa blieb jetzt stumm, wie in eine eigene tragische Stille getaucht.

Armer Zandel, soviel Anschein von Tragik um ihn, und am Ende scharwenzelt er in einem Monat wieder um mich herum und macht Clarissa den Hof oder prüft die Bürgersteige in London oder Helsinki oder Peking. Und nun sag mir: was für eine Romanfigur kann ich aus einem wie ihm entwickeln? Die Bürgersteige könnte man vergessen, aber die roten Blutkörperchen sind wahrhaftig kein Scherz.

Aber schlafen sie manchmal miteinander, Zandel und Irina? Und was sagen die roten Blutkörperchen dazu?

CLARISSA

Als Zandel sagte, er hätte ein Problem mit den roten Blutkörperchen wegen der Bestrahlungen, die man ihm in New York gegeben hatte, habe ich alles verstanden. Ich hatte mich dazu gezwungen, nichts zu verstehen und dann alles zu vergessen, aber ich hatte keine Zweifel mehr über die Art der mit Strahlen behandelten Krankheit, und nach der Anspielung auf Tschernobyl hatte die ganze letzte Zusammenkunft in einer gespannten Atmosphäre stattgefunden, es gab etwas Nichtgesagtes zwischen uns, dessen Gegenwart wir aber spürten. Für mich war es nur die Gegenwart des neuen Problems mit den roten Blutkörperchen, aber für ihn war es etwas Schreckliches, das er zu verbergen versuchte. Ich bemühte mich, die Tatsache zu akzeptieren, daß Zandel begonnen hatte heimlich zu sterben. Ich nahm mir vor, nicht daran zu denken, es aus meinen Gedanken zu vertreiben, aber das war unmöglich.

Giano hat mir einen kleinen Satellitenwecker von Oregon geschenkt (er hat mir erklärt, daß bei den traditionellen Uhren die Marke Oregon ungefähr der Marke Omega entspricht).

Die Zeit wird direkt vom Satelliten übertragen, der dabei sogar dafür sorgt, im richtigen Moment von Sommerzeit auf Winterzeit umzuschalten. Es war eine nette Idee, und deshalb kann ich Giano auch nicht sagen, daß ich das Zifferblatt mit den Zeigern vorziehe und daß ich die elektronischen Zahlen hasse. Noch dazu muß ich, um sie zu lesen, zuerst einen Knopf drücken, sodaß die Schrift mit einem blauen Licht beleuchtet wird, das mir auch mittags den Eindruck von Nacht vermittelt. Ich glaube, er hat mir dieses Geschenk gemacht, weil ich ihm bedrückt vorkam, aber es kann auch sein, daß er Valeria eine Satellitenuhr geschenkt hat und dann, um kein schlechtes Gewissen zu haben, die gleiche

Uhr auch Clarissa geschenkt hat. Immer diese schlimmen Gedanken.

Im Eßzimmer und im Schlafzimmer Tapeten gewechselt. Das Resultat: eine Eleganz, an der mir absolut nichts liegt, nicht die Bohne. Ich hatte gehofft, daß es mich ablenkt, statt dessen merke ich, daß ich den Kontakt zu den Dingen verloren habe, und damit auch zu diesen schönen und teuren Tapeten. Ich kann mich im Eßzimmer in einen Sessel setzen und diese Tapete bewundern, die aussieht wie mit dünnem Stroh durchflochten und an die Papierwände in den japanischen Häusern erinnert. Aber was gehen Clarissa die Papierwände japanischer Häuser an?

Ich versäume keine Gelegenheit, das Haus zu verlassen, die teuren Tapeten habe ich bereits satt, genauso wie die Kuppel von Sant'Andrea della Valle, die Terrasse mit Blick auf Roms Dächer, den Antennenwald und die Satellitenschüsseln, die Roms Panorama ebenso verschmutzen wie eine Stadt der Dritten Welt.

Um irgendetwas zu feiern hat der Verlag Einaudi zum zweiten Mal nach zehn Jahren die Loggien der Engelsburg für ein Fest gemietet und hat allen einen vorzüglichen Weißwein aus dem Veneto offeriert, dazu Meeresfrüchte und eine Hintergrundmusik, abwechselnd Mozart, Bach und Vivaldi. Aber die Helikopter der Carabinieri haben nicht aufgehört, in niedrigster Höhe um die Burg zu kreisen, mit dem einzigen erkennbaren Ziel, durch ihren ohrenbetäubenden Lärm – der die Musik übertönt und die Gäste zu lautem Sprechen zwingt – das Fest eines kommunistischen Verlegers zu ruinieren. Ich schäme mich ein wenig meiner selbst, aber ich habe dort angefangen mich umzusehen, um nicht allein zu bleiben, wenn Zandel dahin geht, wo früher oder später alle hingehen. Bei diesen mondänen Gelegenheiten läßt Giano mir jede erdenkliche Freiheit.

Und so geschah es also, daß ich in der Engelsburg den Schriftsteller Lucci Nerissi traf, den ich kaum kannte. Er hat meine Hände genommen und mir intensiv in die Augen geschaut, so als hätte meine Gegenwart ihn getroffen wie ein Blitz. Es gibt da eine gewisse Art, eine Frau begehrlich anzuschauen – ich weiß nicht, wie ich es nennen soll, mit einem verzweifelten Verlangen. Jede Frau jeden Alters erkennt diesen Blick, den sie in tausend Arten erwidern oder auch gar nicht erwidern kann, aber ein solcher Blick ist schon an sich ein Ereignis. Der Blick war ernst, aber die Worte waren ein Wagnis. Lucci Nerissi hatte sofort meine Übereinstimmung gespürt und ganz zu Recht davon profitiert. Er hat mich nach Paris eingeladen und mich gleich geduzt. Eine unsinnige Einladung, offensichtlich als Scherz gedacht, und ich habe den Scherz gewürdigt.

»Ich habe einen unverhofften Wunsch, und den will ich dir jetzt verraten. Komm' morgen mit nach Paris, bitte! Es gibt da gerade eine Ausstellung von Corot im Grand Palais.«

»Leider ein Maler, der mich nicht interessiert.«

»Überschätzt, du hast vielleicht recht«, sagte er mit einem schelmischen Lächeln. »Und warum gehen wir dann nicht in Rom zusammen essen? Heute Abend?«

»Ein andermal. Jetzt muß ich meinen Mann suchen gehen.«

Ich habe mich umgesehen, um Giano zu suchen, der wenige Schritte entfernt dastand und mich beobachtete.

»Habe ich einen Fauxpas begangen?«

»Nein.«

»Können wir uns wiedersehen?«

»Kann sein.«

»Möchtest du alles dem Zufall überlassen?«, fragte er mich mit betrübter Miene.

»Lieber dem freien Willen.«

Mit einem vielsagenden Lächeln habe ich mich von dem Schriftsteller verabschiedet. Auf meine schlagfertige Bemerkung hatte er keine Antwort gefunden und ist stumm und verwirrt dort stehengeblieben. Ich bin zu Giano gegangen, der sich mit einer unbekannten jungen Dame unterhielt.

»Hör mal, meine Liebe«, hat Giano mit einem bitteren Lächeln zu mir gesagt, »ist dir eigentlich bewußt, daß du dich aufführst wie eine, die jemanden abschleppen möchte? Ich habe meinen Augen nicht getraut.«

»Ach was, ich führe mich höchstens auf wie die von Einsamkeit gequälten Damen, die man dann und wann bei gesellschaftlichen Zeremonien sieht, wie sie sich nach allen Seiten umsehen, in der Hoffnung, einem freundlichen Mann für eine unschuldige Plauderei zu begegnen.«

»Oder für ein kurzes erotisches Abenteuer, oder auch, warum denn nicht, für ein langes erotisches Abenteuer. Damen, die zu allem bereit sind, jedoch mit dem Vorbehalt der Wahl.«

»Sag nur, du bist eifersüchtig auf diesen Unbekannten.«

»Ein Unbekannter, der sich mit einer ausgiebigen Umarmung von dir verabschiedet hat. Ein ziemlich berühmter Unbekannter.«

»Wirklich? Ich weiß nichts von ihm.«

Tatsächlich kannte ich nicht einmal einen Titel seiner Bücher, aber im Moment interessierten mich seine Bücher nicht. Ich kann aber nicht leugnen, daß Lucci Nerissi mich irgendwie beeindruckt hat. Na ja, vielleicht hat er mich auch durch seine Sicherheit befremdet, so als müsse ich ihm zwangsläufig in die Arme fallen. Mich störten bei ihm unter anderem seine langen und zu schwarzen Haare, die nachlässige Kleidung mit den üblichen verwaschenen Jeans, wie bei einem, der unbedingt wie ein Künstler aussehen möchte. Ich hoffe jedenfalls, sagte ich mir, daß er keine Gedichte schreibt. Du lieber Gott – ich möchte wirklich nicht, daß er ein Dichter ist, ich weiß nicht warum, aber die Poesie verunsichert mich, macht mich nervös. Und dann, mit einem Anflug von Bosheit, erinnerte ich mich an eine Figur von Feiffer, in Hemdsärmeln und mit langen Haaren wie er, der in einem Comic strip sagt: »Auch ich wäre gern ein Antikonformist wie alle anderen.«

Mit einem Wort: körperlich gewann Lucci Nerissi ein paar Stufen auf der positiven Leiter, während ihn sein Verhalten auf der negativen einige kostete. Ich muß aber zugeben, daß ich in puncto Männer nie den Goldenen Schnitt verlange.

So habe ich mich auch mit Lucci Nerissi verhalten, als ich bereit war, seine Arroganz zu dulden, wer weiß, so als hätte er mich ins Herz getroffen, oder besser: ins Gedärm will sagen in den Bauch. Mehr oder weniger unter den Augen von Giano, dem mondänen Sarkastiker, und zur Schmach von Zandel. Und jetzt soll Zandel mir nicht kommen und sagen, er hätte mich nicht mehr anrufen können, nachdem er mich ein einziges Mal erreicht hat, als ich ihm unmöglich antworten konnte. Kurzum, er verhält sich wie ein zum Tode Verurteilter. Es gibt auf der Welt nichts Deprimierenderes als einen Menschen, der auf Du und Du mit einer zu kurzen Zukunft ist, die ein schweres, unerbittliches Tor für immer schließt. Zandel hat damals begonnen, sich schwach und sterblich zu zeigen, als ich ihn ein letztes Mal traf und wir uns, nach jenen düsteren Gesprächen, mit verzweifelter Heftigkeit liebten.

Ob Lucci Nerissi der Intellektuelle ist, den Giano in seinem Buch ironisch vorwegnimmt? Was mich angeht, würde ich nein sagen, auch wenn mein Bauch einiges Interesse zeigt.

Und Dulcinea, was sagt Dulcinea?

GIANO

Wie geht er wohl mit seiner Krankheit um, der arme Zandel, was hält er davon, und was sagt er im Geheimen zu sich selbst. Hat er Angst? Er weiß bestimmt, daß er mit Transfusionen am Leben gehalten wird, weil sein Knochenmark keine roten Blutkörperchen mehr produziert. Anfänglich eine sehr verbreitete Krankheit mit einem Namen, den man nur mit Mühe ausspricht und der in der gängigen Form Neoplasie heißt und in den schwereren Formen Tod. Diese schrecklichen amerikanischen Bestrahlungen haben zwar die Krankheit getötet, aber gleichzeitig auch beinahe den Kranken, indem sie die Katastrophe mit den roten Blutkörperchen verursacht haben. Die Heilungschancen von Tumoren sind heute prozentual sehr hoch, aber in Zandels Fall, so hat wenigstens der Hämatologe gesagt, gelten die Prozentzahlen nicht mehr.

Weiß Zandel von dem Risiko, das er eingeht? Clarissa fragt mich jeden Tag nach Neuigkeiten, und ich berichte ihr die wenigen Dinge, die ich in der Universität erfahre, fast nichts, aber die Transfusionen habe ich ihr verschwiegen. Ich habe Zandel nur einmal angerufen, aber seine Frau hat mir gesagt, er würde gerade schlafen (es war elf Uhr morgens). An der kalten Zurückhaltung Irinas habe ich gemerkt, daß sie keine Anrufe möchte, ebenso wie Zandel keine Besuche möchte.

Trotz der Verschwiegenheit, die der Hypokratische Eid ihm auferlegt, hat der Hämatologe, der ihn behandelt, offen mit einem seiner Geschäftspartner im Stadtplanungsbüro gesprochen, der ihn aus beruflichen Gründen um Nachricht gebeten hatte: geringe Hoffnung.

Seine Universitätskollegen und seine Schüler reden von Zandel, als wäre er bereits tot. Betrübte Gesichter, wenige Worte des Mitleids, gedämpfte Kommentare, gesenkte Blicke wie bei einem

Begräbnis. Armer Zandel, man hat dich vor der dir bestimmten Zeit sterben lassen, und so beginnt jetzt auch verfrüht jenes traurige Vergessen, das die Erinnerung an die Verstorbenen trübt. Ich werde für ewig vergessen sein, pflegte Zandel zu seinen Studenten zu sagen, die ihm schmeichelten, indem sie sagten, seine Fußgänger-Urbanistik würde in die Geschicht der Urbanistik und sogar in die langen Zeiten der allgemeinen Geschichte eingehen. Zandel antwortete lachend, daß auch das Vergessen lange Zeiten brauche, ja, daß das Vergessen von Natur aus in die Ewigkeit versinkt.

In meinem Buch bin ich immer dann, wenn Zurlo auf die Bühne kommt, zwischen Mitleid und Haß hin- und hergerissen, weshalb ich dann auf meine Worte achten muß, um mich nicht zu Verwünschungen hinreißen zu lassen. Mein Buch ist und möchte keine Rache sein und auch keine Abrechnung irgendeiner Art.

CLARISSA

Ich habe *Andreas oder die Vereinigten* gelesen und war sehr berührt von der geheimnisvollen und ein wenig grabesschweren Atmosphäre, wie auch von den Gestalten, die mir alle vorkamen, als würden sie langsam in einen Abgrund dekadenter Kränklichkeit hinabgezogen. Im Inneren eines großen Gutshofs versäumt der junge Protagonist die Gelegenheit eines Liebesakts mit der jungen Romana, die sich ihm auf einem großen Bett im Dunkeln anbietet. Was für ein Tropf! Und welche Enttäuschung für den Leser! Was hätte es den Autor schon gekostet, den beiden Einfaltspinseln, die bereit waren sich zu entzünden wie zwei Schwefelhölzchen, einen befreienden Fick zu gönnen?

Der junge Hauptdarsteller kommt in Venedig an und gebärdet sich dort wie ein Rauschgiftsüchtiger vor dem Hintergrund einer lasterhaften Stadt, in der die Männer nachts in improvisierten Lotterien um Minderjährige spielen. Kurz und gut, ein Roman, der mir gefällt, der aber leider durch den Tod des Autors unvollendet blieb. Ein Ärger und ein Frust, genau wie die versäumte Liebe mit dem Mädchen Romana.

Ich kann nicht verstehen, warum Giano Marozia die Lektüre dieses Buchs zuschreibt. Aber wahrscheinlich gibt es keinen Grund, oft handelt auch er zerstreut, oder wie man sagt, wie's grade kommt. Doch nein, es ist doch eher eine großzügige Geste, wenn er mir eine so intellektuelle Lektüre zutraut, ein durch Marozia vermittelter Liebesbeweis für mich. Warum denn nicht?

Aber was kostet es Zandel schon, mich anzurufen? Ich glaube nicht, daß seine Frau ihn Tag und Nacht überwacht, und ich glaube auch nicht, daß er außerstande ist, mit einem Finger meine Nummer zu wählen. Er hat ganz offensichtlich keine Lust, mit mir zu sprechen. Kommunikation gleich Null, und ich: komplett verzweifelt.

Im Büro antwortet der Anrufbeantworter.

»Architekt Zandel befindet sich zur Zeit nicht in Rom.«

Warum läßt er die Sekretärin »nicht in Rom« sagen, wo alle wissen, daß er seit mehr als drei Monaten aus New York zurück ist und ernste Probleme mit seiner Gesundheit hat? Armer Zandel, ich fürchte, daß er bald ganz und gar nicht mehr in Rom sein wird, und zwar endgültig.

Von Giano habe ich nach einem längeren Schwatz erfahren, daß Zandel zweimal in der Woche ins Fatebenefratelli-Krankenhaus zur Bluttransfusion geht. Liegt er im Sterben? In gewisser Weise liegen wir alle im Sterben, aber er ganz bestimmt viel mehr als ich und Giano.

Die erste objektive Konsequenz von Zandels Krankheit ist meine Einsamkeit. Es war wirklich das erste unter die Haut gehende Gefühl der Sünde, das beide Beziehungen interessanter machte – sowohl die mit meinem Mann als auch die mit meinem Liebhaber. Giano hat die Situation vollkommen verstanden und spricht in seinem Buch ironisch, aber ohne Entrüstung, von einem eventuellen, wahrscheinlichen, künftigen Liebhaber.

Doch warum hat Giano mir das mit den Bluttransfusionen gesagt? Wollte er mich auffordern, Zandel aus meinem Blickfeld zu streichen? Und folglich einen Nachfolger zu finden? Nein, das ist unmöglich, es ist nur eine meiner krankhaften und bösartigen Vermutungen. Oder ein krankhafter und bösartiger Wunsch?

GIANO

Clarissa hat zwei Monate Depression hinter sich (sie besteht aber darauf, daß es sich um Melancholie gehandelt habe, die ein menschliches Gefühl sei, und nicht, wie die Depression, ein gnadenlos klinischer Begriff). Sie ist auch zu unserem Hausarzt gegangen, einem gutwilligen jungen Menschen, aber völlig ohne die unverzichtbare Intuition, die einem Arzt erlaubt, das Problem des Patienten zu erfassen, um ihm dann die richtigen Medikamente zu verschreiben. Es war gewiß nicht nötig, zu einem Arzt zu gehen, um sich zwei Tabletten Laroxyl täglich, mineralische Salze (Polase) und einen Vitamincocktail (Berocca)verschreiben zu lassen. Sie hat sich auch den Blutdruck messen lassen: neunzig der obere und sechsundfünfzig der untere. Kollapsverdächtige Werte. Demnach war Clarissas psychische Depression, die ich zum Teil den schlechten Nachrichten über Zandel zuschrieb, großenteils die Folge eines arteriellen Unterdrucks.

Vor ein paar Tagen, beim morgendlichen Kaffee, hat mich Clarissa plötzlich angefahren.

»An einem der nächsten Tage setzen wir uns in Ruhe hin und reden.«

Im ersten Moment war ich beunruhigt, aber dann habe ich versucht, auf diese Ankündigung, die ganz wie eine Drohung klang, ruhig zu reagieren.

»Und worüber?«

»Nicht jetzt.«

»Warum verrätst du mir nicht das Thema? Eine Konferenz, eine Debatte, ein Buch, ein Treffen, all das wird gewöhnlich mit einem Titel gekennzeichnet. Und um diesen bitte ich dich jetzt.«

»Ich möchte nicht alles mit einer Ankündigung verderben, die sowieso unzulänglich wäre.«

»Meine Neugier hast du bereits erregt. Du weißt genau, daß alles, was du mir sagen mußt, mein ganzes Interesse weckt.«

»Der Titel ›Die nackte Wahrheit‹ wäre etwas zum Nachdenken für dich, während ein Gespräch, das den Regeln der Rhetorik und der guten Erziehung entspricht, dir nur erlauben würde, mir eine ehrenwerte Antwort zu geben.«

»Ehrenwert? An diesem Punkt – wenn du mir jetzt nicht sofort den Titel sagst – verlasse ich das Haus.«

Clarissa verharrte einige Sekunden in Gedanken, dann feuerte sie ihren Schuß ab.

»Valeria.«

Es gelang mir, die Ruhe zu bewahren. Ich antwortete mit einem Lächeln.

»Ein gutes Thema.«

Ich verabschiedete mich von Clarissa mit einem morgendlichen Kuß und verließ das Haus, um zur Universität zu gehen. Es war vermutlich das erste Mal, daß ein Thema angeschnitten wurde, das unsere persönliche Beziehung betraf, mit der Gefahr einer Zerstörung unserer beidseitigen glücklichen Ignoranz.

Mit heißem Kopf erreichte ich die Piazza Navona. Dort aß ich ein Zitroneneis, um mich abzukühlen, und blieb dann stehen, um einen armen Mimen zu betrachten, der ganz und gar mit Silberbronze bedeckt war, auch das Gesicht, die Hände und die nackten Füße. Er stand reglos auf einem Sockel, um wer weiß wen darzustellen. Sein bis zu den Knöcheln reichender Mantel sollte vielleicht an eine Person aus dem alten Rom erinnern. Aber das Silber? Ich habe ein Geldstück in die Mütze zu Füßen des Mimen geworfen und bin in Richtung Via della Scrofa weitergegangen, mit dem Vorsatz, wenigstens die Piazza del Popolo zu Fuß zu erreichen. Valeria wollte ich nichts erzählen, solange ich nicht wußte, was Clarissa im Hinblick auf sie plante.

CLARISSA

Es ist mir klar, daß mein Anspruch unsinnig ist. Zandels Krankheit hat mir soviele kurze Eheferien geraubt, daß die Ehe jetzt für mich ein erstickender Ort, so etwas wie eine fensterlose Monade geworden ist, während Giano immer auf Valeria mit ihrer zu jeder Stunde weitgeöffneten Tür zählen kann. Ich kann nicht leugnen, daß Zandels Verschwinden aus meinem Blickfeld zu einem schweren Ungleichgewicht zwischen mir und Giano geführt hat. Um unsere eheliche Lage wieder ins Gleichgewicht zu bringen, müßte Giano auf Valeria verzichten. Meine Forderung ist im übrigen kein leeres Gerede, ich kann sie nicht anders als in Form einer Drohung stellen.

Es gibt nur eine Lösung, die ihn dazu bringen könnte, mir Gehör zu schenken: die Drohung einer Trennung und der darauffolgenden Scheidung. Giano liebt mich sehr und ich bin sicher, daß die Vorstellung, ich könnte ihn verlassen, ihn in Verzweiflung stürzen würde. Leider bin auch ich verliebt und wäre nicht weniger verzweifelt als er. Ich könnte bluffen, aber ich bin nicht kaltblütig genug, um eine so schwerwiegende Täuschung aufrecht zu halten. Ich müßte ihm ein Entweder-Oder vorschlagen: ich oder Valeria. Und wenn Giano sich für Valeria entscheidet? Vielleicht aus Trotz? Fähig dazu wäre er, und ob! Wie er in seinem Roman von ihr spricht, hat er keinerlei Achtung vor ihr, aber ich weiß, daß er wahrscheinlich nicht auf sie verzichten würde. Ich bin in ein schreckliches Dilemma geraten: Wahrheit oder Fiktion? Muß ich allen Behauptungen glauben, die Giano in seinem Buch aufgestellt hat? Was ich bis jetzt gelesen habe, kommt der Wahrheit erschreckend nahe, und nicht selten nimmt die aufgezeichnete Perspektive eben die wirkliche Perspektive voraus, in die ich, oder besser, in die wir verwickelt sind.

Wenn ich deprimiert bin, gehe ich zum Friseur oder kaufe mir ein Kleid. Hinter dem Pantheon, in der Via Palombella, gibt es eine Boutique, deren schwuler Besitzer denselben Geschmack hat wie ich, sei es bei jugendstilartigen Stoffen, weichen und wallenden Blumenmustern, sei es bei Hängekleidern in der Art von Hemdblusenkleidern, alles zu vernünftigen Preisen. Ein Kleid im Schaufenster brachte mich auf der Stelle zum Stehen. Da war es, das Wunder, ein Kleid das absolut ähnlich, ja, fast gleich, vielleicht wirklich tupfengleich war wie das, was Valeria anhatte, als ich sie in der Ausstellung der Lempicka in der Französischen Akademie traf. Die gleiche Seide mit den wie vom Wind gezeichneten welligen Streifen, gleich auch die fallende Form mit einer leichten Kräuselung an der Taille. Ich bin nach Hause gegangen mit einem Paket, das ich sofort geöffnet habe, um es gleich anzuziehen, das Valeria-Kleid, eine perfekte Provokation um Giano darin zu empfangen.

Und wenn ich euch sage: er hat es nicht gemerkt? Er hat nicht einmal gemerkt, daß das Kleid neu war. Weil ich das für unmöglich halte, muß ich glauben, daß Giano ein gerissener Lügner ist, mit anderen Worten ein ungestrafter Arsch.

GIANO

Ich kann einfach nicht verstehen, was in Clarissa vorgeht. Eine Aussprache über Valeria vorzuschlagen, scheint mir mehr als alles andere eine Herausforderung zu sein, die auf einen ungeheuren Tratsch zurückgeht, der sie beunruhigt hat. Wenn ich daran zurückdenke, daß ich auf Zandels fortgesetzte erotisch-sentimentale Provokationen im Hinblick auf Clarissa stets mit Ironie reagiert habe, dann verstehe ich nicht, welcher neue böse Geist sie dazu verführt hat, meine Geduld in Bezug auf ein so schwefliges Thema wie Valeria auf die Probe zu stellen. Es gab zwischen uns eine stille Übereinkunft, nach der weder Zandel noch Valeria in unseren Gesprächen die Rolle annehmen konnten, die sie in unserem ehelichen Leben spielten. Sich mir in einem identischen oder fast identischen Kleid wie Valeria zur Schau zu stellen – was hätte das für einen Sinn? War es eine Herausforderung? Ein Streich? Eine Metapher? Ein Zitat? Auf alle Fälle ist es eine übertriebene Geste, die nach einer ebenso übertriebenen Geste meinerseits verlangt.

Frangar o flectar? Ich neige zu *flectar*, lieber elastische Kompromisse als ein Bruch. Gibt es da Zweifel? Wenigstens darin möchte ich – nur für mich allein – mit mir einig sein.

Seit Zandel zu sterben begonnen hat, befindet Clarissa sich am Rande eines Nervenzusammenbruchs. Es tut mir leid um ihre Nerven, aber das Problem ist, daß sie, wenn sie die Kontrolle verliert, unsere eheliche Beziehung gefährdet. Dieses Jugendstilkleid à la Valeria scheint mir die Frucht eines abweichenden Nebengedankens zu sein, ein Symptom geistiger Verwirrung. *Flectar*, natürlich *flectar*, wiederholte ich. Ein mehr als idiotisches scholastisches Dilemma, wie das Gebrumm einer Hornisse, auf das wir unsere Ehe setzen.

Wie auch immer: seit der verbalen Drohung vor einer Woche hat Clarissa das Thema Valeria nicht mehr angeschnitten. Einzige Ausnahme: die Vorführung jenes Kleides. Es wird nur eine einzige dramatische Konsequenz in Bezug auf Clarissas ausdrücklich offengelegte Probleme geben, und Clarissa weiß gut, was das heißt: den vier Apokalyptischen Reitern das Tor weit zu öffnen.

Ich dagegen – ganz gleich, ob Zandel gerade im Sterben liegt oder nicht – bin eine Drecksau, weil ich zur Präsentation eines Buchs von Lucci Nerissi gegangen bin. Ich hatte die Ankündigung in der Zeitung gelesen und mich sofort entschlossen, die Buchhandlung »Paesi Nuovi« beim Montecitorio aufzusuchen, wo die Veranstaltung stattfinden sollte.

Noch vor dem Schaufenster der Buchhandlung bereute ich, überhaupt hergekommen zu sein. Ich habe durch die Scheibe geguckt. Dahinter waren im ganzen etwa zwanzig Personen versammelt, fast alles Frauen, und, zum Publikum gerichtet, an einem Tisch zwei Männer – vermutlich die Präsentatoren – und neben diesen, stehend, Lucci Nerissi. Wie ein Falke hat er mich durch die Glasscheibe gesehen und ist herausgestürzt und mir entgegengekommen und hat mich umarmt.

»Muß ich meinem Herrn und Gebieter, dem freien Willen, danken?«

Ich habe gelächelt, froh, daß er sich an meine schlagfertige Antwort erinnerte.

Er hat mich in die Buchhandlung geführt. Meine Anwesenheit an diesem Ort bedeutete, fast gegen meinen Willen, daß wir jetzt quitt waren, nachdem ich mich ihm auf einem goldenen Teller angeboten hatte. Das war mir so klar bewußt, daß ich bereits jetzt erregt war im Hinblick auf das voraussehbare Ende jenes Nachmittags. Ich fragte mich, ob Lucci Nerissi über einen Ort verfügte, wohin er mich mitnehmen könnte oder ob es auf unserem Weg eine Ehefrau oder andere Hindernisse gab. Ich für meinen Teil war entschlossen und mußte nur noch darauf warten, wie er unsere Zusammenkunft gestalten würde.

Weniger kompliziert: Lucci Nerissi gefiel mir, er gefiel mir körperlich, und ich hatte den Wunsch, mit ihm zu schlafen. Ich sagte mir, daß den so kranken Zandel zu betrügen eine große Schweinerei war, aber ich wußte auch, daß ein Ersatzmann (ich verlangte nichts Besonderes, nur einen fähigen und angenehmen Liebhaber) wahrscheinlich meine Ehe, die sich seit der Erkrankung Zandels auf einem trägen und schläfrigen Stand aufrechthielt, vor dem Untergang retten würde. Ich war dermaßen erregt, daß ich mich zwingen mußte, die Wichtigkeit des Ereignisses zu verringern: im Grunde, sagte ich mir, erwartet uns nichts anderes als ein Vögeln.

Giano ist ein vorzüglicher Ehemann, auch dank Valeria als eine Möglichkeit *extra moenia*, ebenso wie ich durch Zandels Verdienst eine vorzügliche Ehefrau war. Ein Gleichgewicht, das unerwartet zerbrach, zuerst durch seine lange Reise nach New York und dann durch die Krankheit, die ihn endgültig in Klammern gesetzt hat. Aus diesem Grund mußte ich an meine Ehe denken, als ich einige Zeilen im *Messagero* las, in denen die Präsentation des Buchs *L'equilibrio sospetto*, über die Risiken der kulturellen Manipulationen, in der Buchhandlung Paesi Nuovi am Monte Citorio, angekündigt war. Soviel glaube ich den Worten der beiden Präsentatoren und denen von Luigi Nerissi selbst entnommen zu haben. Und ich hatte geglaubt, er schriebe Romane.

Was für eine schöne Stimme, dachte ich, und lauschte seiner Stimme, ohne mich um die Dinge zu kümmern, von denen er sprach – was für eine schöne Stimme. Ich verstehe jetzt, wieso die Vögel ihre Koloraturen als Mittel zur Verführung gebrauchen. Sogar die Elefanten und die Krokodile stoßen lärmende Liebesrufe aus. Die Stimme von Lucci Nerissi erregte mich so sehr, daß ich beinahe einen Orgasmus in der Buchhandlung hatte. Ich habe mit der Frau unseres Apothekers, die ich oft bei meinen Spaziergängen von der Piazza Navona zum Pantheon treffe, darüber gesprochen und wir haben dann unsere Geheimnisse ausgetauscht.

»Warum nicht?«, sagte die Apothekerin und erzählte mir, daß sie sich in ihren Mann bei einem Telefongespräch verliebt habe, und daß sie ihn (um Himmels willen, nur ein einziges Mal!) mit einem Chorsänger von Santa Cecilia betrogen habe. Ich habe ihr den Namen meines Verführers natürlich nicht verraten und vor allem nicht den Fortgang nach der Verführung. Die Frau des Apothekers ist außer einer Erotik-Expertin auch eine schreckliche Moralistin.

GIANO

Es sieht wirklich so aus, als gäbe es keine Hoffnung für den armen Zandel. Er leidet nicht, aber nicht weil er keine Schmerzen hat, er scheint vielmehr so schwach und deprimiert zu sein, daß er sich nur mit Mühe auf den Beinen halten kann. Jedes Mal, wenn ich angerufen habe, hat Irina mir gesagt, er zöge es vor niemanden zu sehen, weil er so rasch ermüde. Ich hatte also darauf verzichtet ihn aufzusuchen, aber schließlich, ganz unerwartet, rief Irina mich an, um mir zu sagen, das Zandel mich gern sehen würde. Was war geschehen?

Ich ging zu ihm nach Hause. Sehr bleich und ausgetrocknet, aber bleich war er schon immer, auch wenn es ihm gutging. Er schien sogar gutgelaunt. Er sagte mir, es gehe ihm nicht schlecht, er leide nicht, sei aber immer sehr müde; eine große alles umfassende Müdigkeit, sagte er, bis in die Zehenspitzen. Es schien sogar so zu sein, daß die Müdigkeit seine Krankheit war – mehr die Ursache als die Wirkung, oder zumindest Ursache und Wirkung gleichermaßen.

»Alles wegen dieser ekelhaften roten Blutkörperchen«, wiederholte er.

Von den Transfusionen hat er mir nichts erzählt und natürlich habe ich auch nicht davon gesprochen. Von seiner Frau erfuhr ich, daß es besser wäre, nicht über die Arbeit zu reden, es sei denn, er selbst schlüge sie als Gesprächsstoff vor. Worüber sollten wir dann eigentlich reden? Zum ersten Mal, seit wir uns kannten, hatte ich das Gefühl, daß jetzt etwas anders war bei Zandel, so als hätte seine Person eine Wandlung, den Hauch einer Andersartigkeit erfahren, und da dachte ich mir, daß eine schwere Krankheit wie diese wohl Veränderungen in der Substanz einer Person bewirkt. Und diese fortwährenden Transfusionen mit fremdem Blut, sie waren wohl der wahre Grund, warum ich Mühe hatte, Zandel wiederzuerkennen, so wie er mir jetzt erschien, nach sovielen Jahren.

Es hatte sich jetzt etwas Fremdes in seine Stimme, in seine verwirrten und fernen Augen eingeschlichen. Er war immer noch Zandel, zugegeben, aber ein verwässerter und verwirrter Zandel, wahrscheinlich durch diese ganzen Transfusionen, all dieses fremde Blut, das in seinen Venen floß. Ich war mir der Absurdität dieses Gedankens bewußt, aber kann es denn nicht auch sein, daß im Absurden ab und zu ein Körnchen Wahrheit steckt? Wer waren seine Blutspender? An Zandels Stelle hätte ich sie sicher kennen wollen. Von wem stammte das Blut, das in seine Adern geschüttet wurde? Von Männern oder von Frauen? Von Italienern oder von Ausländern? Nordländern Asiaten Afrikanern? Vielleicht auch von einem Schurken? Besteht nicht die Gefahr, daß zusammen mit den roten Blutkörperchen auch irgendwelche üblen Keime übertragen werden? Freilich kann man von den Blutspendern kein Leumundszeugnis verlangen. Ich weiß nicht, ob Zandel solche Sorgen hatte, denn das Thema Blut war bei unserem Zusammensein verboten.

Wir haben über die Universität gesprochen und dabei auch kurz ein paar Klatschgeschichten erwähnt, und dann, um eine plötzliche Stille zu füllen, habe ich mich entschlossen zu einem meiner gewöhnlichen Notbehelfe zu greifen, die Clarissa verabscheut, aber sie war ja diesmal nicht dabei, und auch die Gegenwart Irinas konnte es nicht verhindern. Kein Geschichtchen diesmal. Ich hatte mich vielmehr entschlossen, ihm das Paradoxon von Aub zu erklären, in der Hoffnung, das Schweigen zu brechen und seine Aufmerksamkeit zu wecken.

»Du hast zwei Eltern«, habe ich gesagt, »und sowohl dein Vater als auch deine Mutter hatten beide ihrerseits zwei Eltern. Rechnen wir das aus, dann sehen wir, daß wir mit einem Schritt – eine Generation zurück von zwei zu vier Einheiten gelangt sind. Jede dieser vier hatte ebenfalls zwei Eltern, und in zwei Generationen, wenn wir die Rechnung rückwärts machen, sind wir bei acht Einheiten angelangt. Wir gehen nun rückwärts von Generation zu Generation weiter. Jeder der acht Vorfahren hatte natürlich zwei Eltern, und wir sind nun bei sechzehn Einheiten. Von sechzehn kommen wir zu zweiunddreißig und von zweiunddreißig zu vierundsechzig. Auch wenn wir bei jeder Generation ein unerwartetes Defizit finden, wohin bringt uns der rückwärts gerichtete Vorgang?«

Zandel sah mich verblüfft an.

»Wie beim Paradoxon des Zenon, nur umgekehrt«, sagte er. »Wer sich in einer Richtung fortbewegt, muß jedesmal bei der Hälfte der noch zu bewältigenden Strecke ankommen, bevor er den endgültigen Bestimmungsort erreicht. Der Protagonist wird nie am Ende ankommen, denn er wird jedesmal noch eine Hälfte zu bewältigen haben. Und so wird sein Gang unendlich. Das ist der wahre Sinn des Paradoxons des Zenon, die Erfindung des Unendlichen, oder, wenn wir wollen, der Unsterblichkeit. Während dein Paradoxon in geometrischer Rückwärtsbewegung immer weiter zurückgeht, um statt bei Adam und Eva allein im Irdischen Paradies anzukommen, hast du dir einen immer dichter bevölkerten Planeten vorzustellen. Das sind die Scherze der Logik, die von Zeit zu Zeit aus den Schienen springt und die zerbrechliche Wirklichkeit durcheinanderbringt. Gottlob unterliegt der Mensch nicht den strengen Regeln der Logik, das Unerwartete regiert alle menschlichen Geschichten, und nur auf das Unerwartete können wir unsere Hoffnungen setzen. Wie du gemerkt haben wirst, würde ich mit Enthusiasmus das Paradoxon des Zenon in der Hypothese der Unsterblichkeit begrüßen, aber ich ziehe es vor, auf die Seite von Lukrez zu flüchten und zu warten, daß sich ein *clinamen*, eine Neigung zu meinem Vorteil ereignet.«

Die Parallele zwischen den beiden Paradoxa war mir wenig genau erschienen, aber ich äußerte meinen Zweifel nicht. Zandel sprach für sich selbst, wie um zu sagen, daß seine geringen Hoffnungen die unendlichen Hypothesen von Zenon gern begrüßt hätten, dann aber wandten sie sich wieder einem unwahrscheinlichen, aber möglichen Zusammenbruch der Logik der Tatsachen zu. Die unerbittlich in Richtung seines Todes fortschritten, mit der einzigen Ausnahme eines von meinem unglücklichen Freund offen ersehnten baldigen *clinamen*.

Das Gespräch war nun also persönlich und auch peinlich geworden. An diesem Punkt hätte ich das Thema gern gewechselt, ihn zum Beispiel gern gefragt, wie während seiner Abwesenheit seine Projekte vorangingen, aber ich wußte von Irina, daß ein großer Kummer gerade daher rührte, daß er nicht einmal die bereits im Gang befindlichen Arbeiten verfolgen konnte.

Er hatte gehört, daß man in Amsterdam seinen Vorschlag angenommen hatte, die von robusten kleinen Stützpfeilern aus Gußeisen geschützten Bürgersteige (Amsterdammertjes) zu vervielfachen, und daß man sie in vielen Stadtteilen bereits angebracht hatte. Sie hatten praktisch alle Fahrzeuge aus fast dem ganzen Stadtzentrum vertrieben, unter großem Beifall der Fußgänger. Den Zorn der Autofahrer versuchte man dadurch zu mäßigen, daß man kleine Schokoladenpfeiler zum Verkauf anbot. Ein flüchtiger Wink Irinas bei den Schokoladepfeilern, und dann ein entschiedenes Stop, weil wir in den Bereich der verbotenen Themen geraten waren.

Ich konnte mir einfach nicht erklären, warum Zandel den Wunsch geäußert hatte, mich zu sehen. Ein Lebewohl? Nach Ausschluß der beruflichen Themen und offenbar auch des Themas seiner Gesundheit, wußten wir nicht mehr, worüber wir uns unterhalten sollten.

»Wie geht es Clarissa?«

Eine überraschende Frage.

»Es geht ihr gut, mehr oder weniger.«

Ein weiteres verbotenes Thema war Clarissa. Hätte ich ihm denn sagen sollen, daß sie in einer Depression steckt und sich nur mit einer Menge von Betäubungsmitteln aufrechthält?

An diesem Punkt bin ich aufgestanden, und wir haben uns beklommen voneinander verabschiedet. Während unseres ganzen Zusammenseins schien in jeder seiner Gesten sein baldiges Ende mit einbezogen. Es dauerte nun schon etliche Monate, daß Zandel sich in den Armen des Todes dahinschleppte, und ich wußte bereits vor meinem Besuch bei ihm, daß ein Gespräch mit einem zum Tode Verurteilten keinerlei Perspektive hat. Alles in allem, so mußte ich plötzlich denken, war es ein literarisches Treffen gewesen, wie in einem Roman. Aber wie schändlich von mir, bei einer fast friedhofsmäßigen Gelegenheit an meinen Roman zu denken.

»Wir sehen uns,« sagte ich, um meinen Abschiedsgruß möglichst normal zu halten, in der Gewißheit, daß ein Wiedersehen eine ganz und gar aleatorische Hypothese war.

»Bis bald«, sagte Zandel mit einem seltsamen Lächeln.

Bis bald, aber wo? mußte ich denken.

CLARISSA

Das Studio von Lucci Nerissi befand sich im zweiten Stock eines ziemlich verwahrlosten Hauses im Stelletta-Gäßchen, einer kurzen Querstraße der Via della Scrofa. Bequeme, von unschönen Neonlampen beleuchtete Treppenstufen. Wir traten ein in das Halbdunkel eines kleinen Zimmers mit einem rustikalen Louis-Seize-Tischchen aus Parma im Zentrum, einer kleinen Bibliothek an der Wand gegenüber und links einem großen Sofa. Bücher überall verstreut, auch auf dem Boden, viele, viele Bücher. Durch eine halboffene Tür konnte man in ein Badezimmer schauen. Alles in dieser Unordnung war sehr sauber, das Parkett war gewienert, ein großes Fenster hinter einem leichten Vorhang, der das spärliche Licht von der Straße durchließ.

Kaum war die Eingangstür zur Wohnung wieder geschlossen, hat Luccio – so will ich ihn nennen – mich zum Sofa geführt, hat mich umarmt und geküßt und dabei mit einer Hand versucht, sich einen Weg zu bahnen, um mich so zu lieben, in allen Kleidern, wir alle beide, dort auf dem Sofa. Zuerst war ich erstaunt, aber dann habe auch ich mich vom Verlangen überwältigen lassen. Ein heftiger, brutaler Fick. Ich hatte nicht geahnt, daß ich meine Unterwerfung unter die sexuelle Gewalt eines Unbekannten, auf dem Sofa, in diesem Zimmer, das ich wenige Minuten zuvor das erste Mal betreten hatte, so sehr genießen würde. Mein Körper wünschte sich diese Begegnung, und nun war er befriedigt. Als ich mich von den Dünsten des Orgasmus erholt hatte, begann Luccio mich auszuziehen. In Kürze war ich völlig nackt, und nun zog auch er sich rasch aus und wir umarmten uns auf dem Sofa liegend.

»Ich mag deine Haut, ich mag es, dich zu berühren«, sagte er und dabei küßte er mich überall hin und verschaffte mir mit der

Zunge neue Schauer. Aber warum nur, dachte ich, wenn ihm meine Haut so sehr gefällt, warum wollte er dann, daß wir uns zuerst alle beide in unseren Kleidern liebten? Aber dann hat mich unser Zusammensein, das Berühren und Küssen, wenigstens teilweise für das anfängliche Unbehagen entschädigt.

Beim Verlassen von Luccios Studio hatte ich ihn gebeten, mich nicht hinunterzubegleiten, denn ich war schließlich eine verheiratete Frau. So ging ich ganz konzentriert hinaus, während meine Gedanken im Flug den armen Zandel erreichten, der fest in meinem Unbewußten saß, jetzt noch dazu als ein Betrogener. Ich bin eine Sau, eine doppelte Sau, ganz besonders, weil mir das nicht einmal mißfällt. Aber ich war mir meiner Gedanken nicht so sicher.

Ich ging mit gesenktem Kopf und zornigen Schritten voran und gab dabei acht, meine Absätze nicht zwischen den lockeren Kopfsteinen zu ruinieren.

Pünktlich wie die Feuerwehr – fand ich, als ich nach Hause zurückgekehrt war, eine riesige Schachtel Pralinen vor, die ein Bote bei unserem Dienstmädchen abgegeben hatte. In der Verpackung steckte ein Billett, auf dem nur zwei Worte standen: »Ebensoviele Gedanken«, und, als Unterschrift, ein Z wie das von Zorro. Zandel hatte also beschlossen durch Pralinen mit mir zu verkehren. Eine kindische Idee mit dem Risiko, daß die Schachtel von Giano beschlagnahmt würde. Ich wünschte mir so sehr, seine Stimme am Handy zu hören – und was tut Zandel? Er schickt mir eine Schachtel Pralinen.

Ich habe sie gezählt, es sind sechzig Pralinen, das macht gemäß Zandels Vorschlag, sechzig Gedanken. Eine Bitte um Gedanken von mir, nehme ich an. Und danach? Was geschieht nach dem sechzigsten Gedanken? Ich habe mir die Praline Nummer eins in den Mund gesteckt und habe die Schachtel dann unter den Wollschals in meinem Kleiderschrank versteckt. Ich bin noch immer gekränkt, weil Zandel sich dem Handy verweigert und ich weiß nicht, ob ich wegen dieses lächerlichen Versuchs einer Kommunikation beleidigt sein soll, oder ihn als eine paradoxale und fragmentarische Botschaft aufnehmen soll.

Dem ersten Gedanken, zusammen mit der ersten Praline, ist es gelungen mir den Fick mit Luccio zu verleiden. Ein wunderbares Resultat von Zorros Standpunkt aus.

GIANO

In letzter Zeit redet Clarissa im Schlaf. Wirre und angsterfüllte Worte, als befände sie sich im sturmgepeitschten Meer, sie wälzt sich im Bett herum, teilt Fußtritte aus, klagt über den Wind, der ihr die Kleider wegträgt und bittet einen Luccio um Hilfe, der von ich weiß nicht wo herkommt, aber vielleicht habe ich nur alles falsch verstanden. Sie scheint im Schlaf zu ersticken, sie spricht mit diesem Luccio von den heruntergerissenen, ihr zu Füßen liegenden Kleidern und man möchte glauben, daß sie jetzt nackt sei, als sei in diesem Sturm die Erinnerung an das Nudistendorf wieder aufgetaucht. Oder auch die Erinnerung an die aus dem Meer aufsteigende Venus von Sandro Botticelli. Sie ärgert sich über die Kleider. Verschwinden mögen sie im tiefen Wasser und die Fische mögen sie zernagen. Ihre Verwünschungen stößt sie alle im Konjunktiv aus. Clarissa gebraucht den Konjunktiv auch in ihren Träumen. Eine Frau von Klasse.

Es geschieht eher selten, daß Clarissa im Traum spricht, aber in letzter Zeit gibt es etwas, das sie beunruhigt, und sie hat angefangen, fast jede Nacht zu reden – lange und wirr. Sagen wir, es gibt zwischen uns Themen, die tabu sind, wie etwa Antimänner- und Antifrauenminen, die uns auf den Weg gestreut werden, auch wenn weder die Männer noch die Frauen Lust haben in die Luft gejagt zu werden. Wir reden miteinander, vermeiden aber die Politik und die allzu persönlichen Themen. Jeder von uns beiden verfügt über eine Freizone, die außerhalb der Unterhaltung und des Lebens des anderen liegt. Während unserer ersten Ehejahre hatten wir beispielsweise das Problem der vergeblich erwarteten Kinder. Sogar die Namen des Sohnes und der Tochter, für die wir uns entschieden hatten: Agostino und Alice. Es gab keinen besonderen Grund für diese beiden Namen, wir hatten sie ganz einfach auf der Welle unserer Einbildungen gewählt. Nach der Enttäuschung und dem Leid fühlten wir uns wie ein Paar, das unfruchtbar war wie der Sand der Sahara, und das hat unsere Beziehung sehr stark bestimmt. Ich möchte nicht urteilen, ob das gut oder schlecht war, aber bestimmt hat die niemals offen eingestandene, doch tief wurzelnde Enttäuschung – ich sage das auch in Clarissas Namen – einen leichten Hauch von Freiheit, nein, von Unbefangenheit in unserer Beziehung bewirkt. Nach diesen ersten Jahren nutzlosen Wartens haben wir das Problem gelöscht, haben es mit keinem Wort mehr erwähnt, haben es ganz und gar verdrängt.

Eine weitere Nacht mit unruhigem Schlaf bei Clarissa und erneutem nächtlichem Gequassel. Seit Jahren hatte Clarissa nicht mehr im Schlaf geredet, und dies ist die dritte oder vierte Nacht in kurzer Zeit. Ich weiß nicht, ob diese nächtlichen Beunruhigungen nicht zufällig irgend etwas mit Zandel und seiner Krankheit zu tun haben, die uns tatsächlich sehr beeindruckt. Wie dem auch sei, im Gewirr ihrer nächtlichen Äußerungen hat Clarissa, soviel ich weiß, nie den Namen Zandel ausgesprochen. Vorsichtig auch im Schlaf, das Mädchen.

Es ist normal, daß jede Veränderung im Leben einer Person oder einer Familie kleine Traumata mit sich bringt, die wir nicht bemerken, die aber in gewisser Weise im Schatten agieren, das heißt im Unbewußten, das heißt in den Träumen. Bestimmt war Zandel in Clarissas Träumen gegenwärtig, auch wenn sie im Schlaf nie seinen Namen ausgesprochen hat. Zandel war für uns ein gewohnter Umgang, und deshalb haben wir seine Abwesenheit sehr gespürt und wir werden sie noch stärker spüren, wenn der Arme dort hingeht, wo alle hingehen.

»Man spürt das Fehlen von Zandel sehr.«

Ein Wagnis meinerseits, um das Terrain zu sondieren.

»Ich glaube, daß wir uns damit abfinden müssen und versuchen müssen, ihn zu vergessen.«

»Unser bester Freund wahrscheinlich, aber im großen und ganzen ein langweiliger Mensch. Vielleicht brauchten wir seine Langeweile.«

»Es gibt eine dumme und eine intelligente Langeweile«, hat Clarissa gleich eingeworfen.

»Die intelligente Langeweile, natürlich. Das klingt wie ein Widerspruch, aber in Wirklichkeit handelt es sich um ein Oxymoron, eine sehr überspitzte rhetorische Figur.«

»Auch in der Natur gibt es Oxymora«, hat Clarissa bemerkt, »zum Beispiel dumme Männer mit einem intelligenten Gesicht oder intelligente Männer mit einem dummen Gesicht.«

»An wen denkst du?«

»Sei nicht so mißtrauisch. Nein, ich beziehe mich weder auf dich noch auf Zandel. Ich habe es nur so dahin gesagt, ganz allgemein, da könnte ich auch berühmte Namen nennen, in beiden Lagern.«

»Irgendwann setzen wir uns zusammen und nennen sie, diese Namen, angefangen bei Picasso.«

CLARISSA

Ich verstehe nicht, was Luccio im Kopf hat – welche Gedanken. Ich habe noch nicht einmal versucht, eines seiner Bücher zu lesen, aber ich weiß bereits jetzt, daß sie weit entfernt sind von meinen Interessen und meiner Neugier. Viel Gefühl, viele Komplimente, klangvolle, glockengleiche Worte mit seiner schönen sonoren Stimme, aber nichts über sein Leben, seine Arbeit, seine Neuronen. Meine einzige Erfahrung – die seiner Hormone. Nur mit Mühe konnte ich ihn dazu bewegen, mir zu sagen, daß er verheiratet ist – bei gänzlichem Schweigen über die Beziehung zu seiner Frau, über seine politischen Ideen, seine Allergien und Idiosynkrasien. Er ist wohl einer dieser Männer, die nicht mit Frauen reden, weil sie ihre Worte nicht nutzlos vergeuden wollen. Ich weiß nicht, was ich davon halten soll – ob unsere Beziehung nur eine physische ist, oder ob es da noch etwas anderes gibt – ich mag das Wort nicht nennen, das in diesem Fall haufenweise in den Romanen verwendet wird –, denn es ist ja noch gar nichts spruchreif, alles noch in weiter Ferne.

Neulich nachts hatte ich einen Alptraum, der aber zum Glück mit einem schönen Gevögel ein glorreiches Ende fand. Ich befinde mich auf einem kleinen Segelboot, mitten in einem heftigen Nachtgewitter, gemeinsam mit Luccio, der sich bemüht, die zerbrechliche Barke im Gleichgewicht zu halten, während sie schwebend über die Wellen zieht und dann plötzlich schwer auf die schwarze Oberfläche des nächtlichen Meeres hinabstürzt. Ich klammere mich an einen Mastbaum, und jede neue Welle reißt mir ein paar Kleidungsstücke vom Leib, die den Wellen nicht standhalten können, so daß ich mich plötzlich vollständig nackt vorfinde. Luccio steht am Ruder und ich rufe ihn, daß er mir zu Hilfe kommt. Endlich kommt Luccio, nimmt mich in die Arme und trägt mich unter Deck zu einem großen steinernen Kamin, in dem dicke Holzscheite prasseln. Luccio setzt mich sanft auf den Teppich vor die Flammen des Kamins, legt sich dann in seinen noch tropfnassen Kleidern auf mich und wir lieben uns und wärmen uns an dem Feuer. Schließlich – aber erst nachdem wir uns geliebt hatten – beginnt Luccio sich langsam auszuziehen –, mit großen Gesten wie bei einem Striptease – und wirft seine Kleider, eins nach dem anderen in ein imaginäres Publikum. Ich bin ein wenig verstimmt: erstens weil Luccio mich in seinen tropfnassen salzigen Kleidern lieben wollte und dann wegen seines Exhibitionismus. Dagegen erschien es mir ganz natürlich, daß sich in dem kleinen Segelboot unter Deck ein großer steinerner Kamin mit einem brennenden Feuer befand.

Ich habe beschlossen, daß ich glücklich sein muß, weil ich einen Mann getroffen habe, der mir gefällt, auch wenn er weiterhin darauf besteht, mich bekleidet zu lieben, sogar im Traum. Ich glaube, daß es bei ihm eine Notwendigkeit ist, weil er sich nackt irgendwie verpflichtet fühlt und vermutlich deshalb leicht die Lust verliert. Das scheint oft vorzukommen, weshalb es viele Männer am liebsten auf dem Sofa, auf dem Boden, im Auto, in der Badewanne, auf dem Tisch oder an eine Wand gelehnt machen. Das hat mir die Apothekerin erklärt, die in allen Fragen der Erotik ein wahres Lexikon ist.

Ich sprach mit Zandel und er sprach mit mir, und oft gab es eine ungewollte Einmischung Gianos bei den häufigen Zusammenkünften, sei es bei uns zu Hause oder im Restaurant, bei den Universitätsfeierlichkeiten, in Ausstellungen, bei Buchpräsentationen und anderen kulturellen Veranstaltungen. Seine sentimentalen oder erotischen Finten mir gegenüber hatten für meinen Mann eine akademische und virtuelle Bedeutung, aber eine völlig andere für uns beide, die wir die hinter diesen Finten versteckte Wahrheit kannten. Es kann sein, daß Giano im Lauf der Zeit bei der Wahrheit angekommen ist (so scheint es mir wenigstens nach allem, was ich bis jetzt in seinem Roman gelesen habe), einer Wahrheit, die zu enthüllen nicht vorteilhaft für ihn wäre, angesichts der Tatsache, daß auch er sein Skelett im Schrank hat (es mißfällt mir nicht, Valeria mit einem Skelett zu vergleichen, trotz ihres megalomanen Arschs).

Wenn es mir gelänge, Luccio meinem Mann vorzustellen, wenn es mir gar gelänge, daß beide Freunde werden, oder doch beinahe Freunde, könnte ich vielleicht auf eine gegenseitige Beziehung hoffen. Nur, um meine Beziehung zu Luccio mit der äußerlichen Bürgschaft Gianos zu normalisieren. Mit einem Wort – Zandel durch Luccio zu ersetzen.

Luccio würde mich gern für drei Tage nach Barcelona mitnehmen, wo er zu einem Kongreß über »Europa, Tradition und Fortschritt« eingeladen ist.

»Ein so allgemeines Thema«, sagte er, »daß es mich nicht lange in Anspruch nehmen wird, weil man alles mögliche darüber sagen kann. Ich weiß aber bereits, daß wir schließlich über alles und jedes reden werden – nur nicht über Europa –, sondern über Bin Laden, den Irak, Bush und die wachsende Amerikafeindlichkeit in der ganzen Welt.«

Die Kongresse bieten Gelegenheit für viel Palaver und außereheliche Abenteuer der Delegierten, das hat mir Giano mehr als einmal gesagt. Wer weiß, ob Luccio mich als leichtes Abenteuer für eine kurze Zeit oder etwas ähnliches betrachtet? Es scheint mir überflüssig, viele Gedanken daran zu verschwenden: meine Meinung ist: schnapp dir einen Vogel im Flug und laß es dabei bewenden, wie die Apothekerin sagt. Es wäre nutzlos auf einen neuen Zandel zu hoffen.

Ich war noch nie in Barcelona und würde gerne dort hin reisen, sei es auch nur um diese Turmfalkenpornos an der Sagrada Familia von Gaudí zu sehen, die spektakulärste Phallus-Darstellung im katholischen Spanien, aber vor allem um zwei Nächte mit Luccio in einem richtigen Bett zu schlafen. Aber Giano? Was soll ich ihm erzählen? Barcelona? Was habe ich in Barcelona verloren? Im übrigen weiß ich, daß Giano die Anlage des olympischen Dorfes vom städtebaulichen Standpunkt her verabscheut und Barcelona auch gut genug kennt, um nicht mehr hinzureisen, was günstig für mich ist, aber es gelingt mir trotzdem nicht, einen Grund zu finden, um allein in diese Stadt zu fahren, von der man sagt, sie sei wunderschön. Ich bin an der Buchhandlung an der Piazza Colonna vorbeigegangen, habe dort einen Bildband mit Fotos von Barcelona gekauft und habe mich dann, im Sofa versunken, von Giano mit dem Buch in der Hand überraschen lassen.

»Seit wann dieses Interesse für Barcelona?«

»In einer Woche fährt eine Freundin von mir nach Barcelona und hat gesagt, warum kommst du nicht mit ?«

»Eine neue Freundin?«

»Ja, neu, ich habe sie vorige Woche beim Friseur kennengelernt. Sie arbeitet als Sekretärin bei einem Soziologenkongress, der in Barcelona stattfindet. Sie ist eine neue Freundin.«

»Und wenn ich ein paar Tage Urlaub nehme und auch mitkomme?«

»Phantastisch! Warum nicht?«

Ich bekam kalte Ohren, als Giano vorschlug, mich nach Barcelona zu begleiten. Keine Angst, ich konnte mich ja im letzten Moment mit irgendeinem Grund entschuldigen, im übrigen war ich auch sicher, daß er im letzten Moment auf die Reise verzichten würde.

Eine Reise ist die Feuerprobe für ein Paar, und selbst eine kurze Reise mit Luccio konnte die Bestätigung oder das Scheitern unserer Beziehung bedeuten. Ein Risiko, das ich gern und mit Optimismus eingehen wollte. Die Hochzeitsreisen, sagte ich mir, sind eine Art und Weise des Zusammenlebens und sich Ergründens und Berührens außerhalb der gewohnten Umgebung, aber man sollte sie vor der Hochzeit machen, nicht danach. Wer weiß, wieviele mißlungene Ehen dann vermieden würden.

Einstweilen habe ich zu Giano gesagt, du kannst dir gar nicht vorstellen wie froh ich bin, daß du mich nach Barcelona begleitest. Was bin ich doch für eine Heuchlerin, was für eine Füchsin!

GIANO

Ich werde diese Barcelonareise von Clarissa dazu benutzen, Valeria endlich entspannt zu sehen. Wir werden zur Casina Valadier gehen, dort einen Aperitif trinken und das römische Panorama genießen. Dann zu einem Restaurant in Trastevere mit römischer Gitarre, oder nach Fregene zu frittierten Krabben und Tintenfischen, und schließlich in ihre Wohnung in Prati, Via Properzio, dritter Stock mit Fahrstuhl.

Statt dessen haben wir uns im Café Ruschena am Tiberufer getroffen, um dort Kohlenmonoxid und den tödlichen Feinstaub zu atmen. Wir haben Schinken und Käse und zwei Flaschen Bier gekauft. Zu Hause hatte Valeria eine Menge Obst und auch für den Espresso hatte sie bereits gesorgt. Eine kleine Wohnung, die ich schon kannte, und die aus einer in zwei Hälften geteilten Wohnung gewonnen war und darum ein sehr großes Badezimmer hatte, das früher das Herrschaftsbad gewesen sein muß, und eine Küche, die ebenfalls sehr groß war – unverhältnismäßig groß im Vergleich zu Valerias Wohnung. Im Schlafzimmer gab es nur ein einziges Fenster – ein Doppelfenster, das den Straßenlärm abfing. An den Wänden war eine hellblaue Tapete und auf dem Boden ein niedriges Bett – japanischer Futon, altbekannt. Endlich konnte ich diese Wohnung, die ich mit meinen nur auf Valeria gerichteten Augen so oft nur flüchtig wahrgenommen hatte, in aller Ruhe betrachten.

Ich war mit ihr in Straßburg gewesen, drei unbeschwerte Tage mit einem leidlichen Kamasutra auf dem kleinen Hotelbett, aber dies hier war das erste Mal, daß ich eine ganze Nacht in Valerias Wohnung verbrachte, ein häuslicher Abend, ein rasches Abendbrot, ein wenig Fernsehmarmelade und endlich das Bett.

Valeria war eine Frau von großer horizontaler Fantasie, aber auf Füßen stehend kannte ich sie kaum. Es war auch das erste Mal, daß ich die Gelegenheit hatte, mir ihre Wohnung einen ganzen Abend hindurch anzusehen. Antikisierende Möbel und Teppiche – ein ehrenwertes, aber etwas tristes Abbild des gesitteten Bürgertums als Rahmen für eine sittenlose Frau. Eine Seite Valerias, die mir bei allen ausschließlich dem Sex gewidmeten Zusammenkünften entgangen war, bei denen sie die Miene und die Sicherheit einer Seefahrerin von Klasse zeigte. In der häuslichen Intimität dagegen schien es, als würde gleich alles über ihr zusammenstürzen, trotz der paar schönen Vorzeigemöbel und dem etwas allzu passenden Silber und den allzu passenden Lithografien von Magritte bis Miró, von Capogrossi bis Schifano.

Ich übertreibe wahrscheinlich, aber ich erlebte an diesem dumpfen Nachmittag ein ganz und gar negatives Szenarium. Ich verstand nicht genau, was da nicht funktionierte. Ihre Vergangenheit, die sie selbst als »Büberei« bezeichnete? Oder die aktuelle »Kondominiale« Gegenwart? Wie hätte ich je mit einer Frau wie Valeria zusammenleben können? Auch hatte sich ihr Leben in kleinen, als Abenteuer erlebten Geschichten vollzogen – fast immer mit verheirateten Männern. Über vierzig gibt es keine Junggesellen, und die wenigen noch ledigen Männer sind Ausschußware. Bei Gelegenheit eine Vögelei und das war's – wie im Schlafwagen mit Morpurgo. Ein melancholisches Leben ohne Kenntnis der Melancholie, dieses edlen und in gewisser Weise auch eleganten Gefühls.

Es war ein Fehler gewesen – meine Idee, einen intimen Abend mit ihr in ihrer Wohnung zu verbringen. Ich hätte sehr viel besser daran getan, die zwei Tage Freiheit bei mir zu Hause zu verbringen und ein paar weitere Seiten meines Buches zu schreiben, das mich mehr und mehr fesselte, weil ich dort die Personen, mit denen ich lebe oder mit denen ich verkehre, bewegen konnte wie Marionetten, während ich in Wirklichkeit oft nur ein passives Opfer der jeweiligen Lage bin. Der Roman gab mir ein Gefühl der Macht, ja beinahe der Allmacht, und wenn ich zögerte, über das

Schicksal meiner Personen zu entscheiden, gab ich meiner Unerfahrenheit als Romanschriftsteller die Schuld.

Sagen wir so: es mangelt mir nicht an Stoff und ich finde eine gewisse Befriedigung darin, mich beim Schreiben von vielen Hindernissen zu befreien, die mich beim Denken hindern und meine Ideen verwirren.

CLARISSA

Das Hotel Colón, so heißt Kolumbus auf Spanisch, blickt auf den Platz der Kathedrale, den nobelsten Platz von Barcelona. Den ganzen ersten Tag hat Luccio in der Universität verbracht, um sich die Referate seiner Kollegen anzuhören. Ich habe zu Fuß einen langsamen Rundgang um die Kathedrale gemacht, aber ohne sie zu betreten. Das Innere von Kirchen versetzt mich immer in Schrecken, denn ich stelle mir vor, daß Gott dort irgendwo auf der Lauer liegt und Blitze auf die Sünder schleudert – und ich mit meinen ganzen Sünden, die mir auf dem Magen liegen, oder besser: auf dem Gewissen! Dann bin ich ins Hotel zurückgekehrt. Am Abend sind wir nach einem leichten Abendessen früh ins Bett gegangen. Diesmal haben wir uns nackt im Bett geliebt. Endlich. Vier Orgasmen.

Am nächsten Tag würde Luccio sein Referat halten und sich danach an einer öffentlichen Diskussion beteiligen. Er zog es vor, daß ich so lange im Hotel bliebe und mir war das auch lieber.

Wir sind um neun Uhr aufgestanden und haben im Hotel gefrühstückt. Dann hat Luccio ein Taxi zur Universität genommen. Auf den Stufen zur Kathedrale hatten mittlerweile ein paar Musikanten Platz genommen und von hohen Trompetentönen begleitet, ein volkstümliches Lied angestimmt. Und wie dem Ruf des städtischen Waldes folgend, erschienen zuerst zwei Männer, dann drei Frauen und legten ihre Taschen auf den Boden und begannen einen Reigentanz, bei dem sie im Rhythmus der Musik unter dem weißen Himmel von Barcelona herumsprangen.

Die Musik hatte inzwischen weitere Menschen angelockt, die ebenfalls ihre Taschen und Hüte auf den Boden legten und in einem eigenen Kreis ein Stück weiter weg zu tanzen begannen. An diesem Punkt bin ich ins Zimmer hinaufgegangen, weil ich mir sicher war, daß man den Tanz von oben besser sehen würde. Ein wunderbar improvisiertes Schauspiel in seinen perfekten, vollkommenen konzentrischen Bewegungen, ein einziges Schwindelgefühl im Rhythmus einer volkstümlichen Musik auf dem schönsten Platz des alten Barcelona.

Die improvisierten Runden vergrößerten sich, als weitere Tänzer dazukamen und ihr Gepäck in die Mitte auf den Boden legten. Und noch weitere Runden bildeten sich an den noch freien Teilen des Platzes. Was für ein wunderbares Spiel, welch schöne Überraschung für Clarissa, aus Rom hierhergebracht unter die Sonne von Barcelona. Welche Verwirrung in meinem armen Kopf.

Ich habe den Direktor des Hotels um eine Erklärung gebeten und er hat mir gesagt, daß die *Sardana* ein sehr alter Tanz sei, der im Frühling auf vielen Plätzen Barcelonas getanzt werde. Aber auch in anderen Städten Kataloniens. Es beginnt mit der Musik dieser kleinen volkstümlichen Orchester, die sich am Rand des jeweiligen Platzes aufstellen, und kurze Zeit später formen sich diese spontanen Reigen, die sich multiplizieren, bis sie den ganzen Platz einnehmen.

Diese so überraschend unter meinen Augen begonnene Vorstellung brachte eine seltsame Unruhe in mein Herz und ich verband dieses Gefühl noch einmal mit dem armen Zandel, der, während ich in Barcelona dieses Schauspiel genoß, womöglich im Sterben lag. Und ich war jetzt hier mit Luccio, in einer ganz anderen Beziehung, aus wenigen Worten bestehend, aber gesprochen mit der sinnlichsten Stimme, die ich je gehört hatte, nun endlich nackt im Bett in diesem komplizenhaften spanischen Hotel, das nach Christoph Kolumbus genannt war.

Dieser so ferne und so alte Tanz hatte also in meinem Inneren jene große melancholische Lebensmüdigkeit wiedererweckt(so etwas wie Gianos Globale Wehmut), die mich stets dazu veranlaßt, eine Tablette Xanax zu schlucken. Durch die ich immer verblöde, ohne die Melancholie zu verlieren. Leider befindet sich dieses unredliche Mittel in dem Köfferchen mit der Reinigungsmilch, den Cremes, der Zahnpasta und den Haarbürsten, und deshalb bin ich gezwungen, meine Unruhe weiter zu ertragen, da sie mir auch nicht vorschlägt, mich nach einer Apotheke umzusehen, während auf dem Platz der Kathedrale die Männer und Frauen Barcelonas in ihren runden Kreisen die *Sardana* tanzten, begleitet vom breiten und luftigen Klang des kleinen Orchesters. Ich würde mich gern zu ihnen gesellen, aber meine Kraft reicht nicht aus, und im übrigen: was hat Clarissa mit der *Sardana* zu tun? Würdet ihr mir glauben, daß ich mir dort wünschte, eine dieser Frauen zu sein, die auf dem ältesten Platz von Barcelona die *Sardana* tanzen? Glückliche Frauen von Barcelona – ihr Glücklichen!

GIANO

Ich gestehe, daß ich die Zeit von Clarissas Abwesenheit in angstvoller Unruhe und Verwirrung verbracht habe. Ich hatte mit ehelicher Heuchelei zu ihr gesagt, daß ich mit ihr nach Barcelona fahren würde, aber dann dachte ich auch, daß es ihr guttun würde, einmal weit weg von Rom und weit weg von meiner Gegenwart Ferien zu machen. Clarissa hatte mir die Gelegenheit einer Ferienreise in ihrer Gesellschaft geboten, und ich habe das dummerweise abgelehnt, es geschieht mir eben ab und zu, daß ich mich nicht entscheiden kann und dann mein Verhalten nicht zu rechtfertigen weiß. Eine Überlegung: das Reisen verschlimmert die schlechten Beziehungen, aber festigt und verbessert die guten. Ist meine Beziehung zu Clarissa eine gute Beziehung? Freilich ist sie eine gute, und deshalb war es ein Fehler von mir, nicht mit ihr nach Barcelona zu reisen.

Ich erhielt einen Anruf von Zandels Frau (um ein Haar hätte ich von Zandels Witwe gesagt!). Ich dachte sofort an eine schlechte Nachricht. Statt dessen bat mich Irina einfach mit vielen Entschuldigungen ihrem Mann *Die wahre Geschichte der Mathematik* von George Gheverghese Joseph zurückzugeben, denn Zandel sei dabei, die Berechnungen der Oberflächen bei den Ägyptern und den Babyloniern zu studieren.

Doch warum hatte er mich nicht selbst angerufen, wenn er dieses Buch zurückhaben wollte?

»Ich freue mich, daß Zandel wieder zu arbeiten begonnen hat.«

»Es handelt sich nicht eigentlich um Arbeit. Er langweilt sich so und sucht einen Vorwand gegen die Langeweile, aber sein hauptsächliches Interesse gilt den inkommensurablen Verhältnissen der antiken Geometrie vor Pythagoras, soweit ich es verstanden habe.«

Ich wußte nicht, was ich sagen sollte, und konnte mich auch nicht mit Irina auf ein Gespräch über die inkommensurablen Verhältnisse einlassen. Vor allem aber gibt es mathematische Argumente, die nicht durch Telefonschnüre laufen. Aus alten Vertraulichkeiten wußte ich, daß Zandel eine eigene Idee in Bezug auf die irrealen Zahlen verfolgte, aber ich habe nie verstanden, was genau er damit meinte. Ich wußte, daß er etwas auf dem indianischen und mesopotamischen Gebiet suchte, und daß das Buch von Gheverghese mit seinen großen Kapiteln über indianische Mathematik ihm genau dafür nützlich sein könnte, mehr als für die Berechnung der Oberflächen.

»Die Mathematik kann eine Hilfsquelle sein. Morgen werde ich es Ihnen bringen, das gibt uns Gelegenheit, uns zu sehen.«

»Lassen Sie es doch lieber bei dem Portier, denn er möchte noch immer niemanden sehen, nicht einmal seine Freunde.«

»Aber es geht ihm besser?«

»Nein. Immer gleich.«

»Dann lasse ich das Buch also beim Portier.«

»Danke.«

»Grüß ihn von mir.«

»Ist gut.«

Ein Telefongespräch, das so kalt war, als hätte man es aus dem Kühlschrank geholt. Ich glaube, daß Irina noch immer irritiert war wegen der Komplimente, die ihr Mann Clarissa nicht nur in meiner Anwesenheit machte, sondern auch in ihrer. Seien wir ehrlich: wahrscheinlich ist das überhaupt der Grund, warum Irina am gesellschaftlichen Leben ihres Mannes meistens nicht teilnimmt und auch Freunde wie uns mit Argwohn betrachtet, die wir auch irgendwie in diese lächerlichen mondänen Riten einbezogen werden. Und nun diese Krankheit.

Unglückliche Irina.

CLARISSA

Eine dunkle Seite bei einem Mann steigert seinen Charme. Giano hat viele dunkle Seiten, zusammen mit einem Wirrwarr magnetischer Felder, die eine leichte Unruhe erzeugen. Vor allem die fast gänzliche Auslöschung der persönlichen Vergangenheit, sei es der fernen, sei es der nahen, hinter ihm das Nichts. Ich frage ihn niemals – mein erster Gedanke! –, wo er war, wenn er zum Abendessen nach Hause kommt, sich an den Eßtisch setzt und so gut wie nichts ißt. Offensichtlich hat er dann schon gegessen, aber ich hüte mich, ihn zu fragen, wo er gegessen hat und mit wem.

Was Geheimnisse betrifft ist auch Lucci Nerissi ein As. Nicht einmal während der Reise nach Barcelona konnte ich sein Vertrauen erwerben – wir gehen miteinander ins Bett, aber in puncto Vertraulichkeiten – nichts. Während des Flugs war er stumm, und auf meine Fragen hat er nur einsilbig und zerstreut geantwortet, so daß ich mir dachte, er leidet an Flugangst. Das kommt vor und ist schließlich kein Weltuntergang.

Gewöhnlich lieben es die Männer, von sich zu reden. Nicht so Luccio, sogar noch weniger als Giano. Man könnte glauben, er hätte etwas zu verbergen, und diese exzessive Geheimniskrämerei macht mich befangen, so als hätte ich ein Verhältnis mit einem Gespenst, ohne jede Identität, ohne ein Leben, das er mir erzählen könnte. Kurz und gut: ich frage mich, wer dieser Lucci Nerissi eigentlich ist, ob er ein eigenes Leben, eine Vergangenheit, einen Familienstand hat (ich habe herausgefunden, daß Lucci Nerissi ein Pseudonym ist). Dafür hat er aber im Hotel in Barcelona nicht darauf bestanden, daß wir uns angezogen lieben. Ein gewaltiger erotischer Fortschritt, den meine Hormone mit Ungeduld erwartet hatten. Viele Orgasmen. Ich bin unersättlich, ich gebe es zu – ich bin doch nicht etwa zufällig eine Nymphomanin?

GIANO

Ich habe mich mit Valeria in einem kleinen Café im Schatten der Pinien getroffen, nahe dem obersten Eingang zum Park des Trajan, wo sich auch die Domus Aurea befindet – kurz gesagt: auf dem Gipfel des Colle Oppio. Valeria hatte gewollt, daß wir uns in diesem Café treffen, da sie sich an dem Tag in besagtem Park aufhalten sollte, um ein paar Jongleuren aus Valencia bei ihren Proben zuzusehen. Valeria war von ihnen als ›Testpublikum‹ für das Programm einer bevorstehenden Darbietung in den Gärten der Medici angeheuert worden. Eine Verabredung ohne genauen Grund, mit der einzigen Neuigkeit, sich einmal im Freien zu sehen. Woher kannte sie sie, fragte ich Valeria, diese spanischen Jongleure?

»Ich habe ihnen zugesagt, und deshalb muß ich jetzt gleich wieder zu ihnen«, hat sie zehn Minuten später gesagt und sich entschuldigt – am Ende einer Granita di Caffè.

Ich sah mich nun um und war verblüfft, daß ich diesen Park noch nie betreten hatte. Der Domus-Aurea-Weg in der Mitte – schattig durch seine Pinien und seine großen libanesischen Zedern – und im Hintergrund das Kollosseum.

»Ich bin so froh, daß ich hergekommen bin. Ich kannte den Eingang zum Trajanspark noch nicht – hier im oberen Teil des Colle Oppio – nur den unteren bei der Via Labicana, in der Nähe der Domus Aurea. Sie haben sich einen wunderbaren Platz ausgesucht, deine Gaukler.«

Ich war glücklich, Valeria an einem öffentlichen Ort zu treffen, ohne jene Aura der Heimlichkeit, die für eine kurze Zeit den Treffen heimlicher Liebender eine besondere Atmosphäre verleiht, aber auf längere Zeit zur Qual wird. Gewiß, sagte ich mir, wir sind ein heimliches Liebespaar und obgleich diese Definition mir kein bißchen gefällt, wüßte ich nicht, wie man uns sonst nennen sollte (am besten wäre es, man würde uns gar nicht nennen, wo wir schon heimlich sind).

Nach etwa zehn Minuten und einem Blick auf das leere Granitaglas, ist Valeria aufgestanden.

»Tut mir leid, aber ich muß jetzt zurück zu meinen spanischen Freunden.«

Auch ich bin aufgestanden – ohne eine Spur von Enttäuschung zu zeigen. Ganz ruhig.

»Bist du mit dem Auto gekommen?«

Valeria hat mich zum Auto begleitet, das neben dem Eingang zum Park stand. Auf einer niederen Mauer neben einem geschlossenen Gittertor stand auffällig, in großer Schrift: »Henker Digos« und daneben ein Hakenkreuz.

Seit einiger Zeit laufen meine Augen an den Mauern entlang, wie in einem offenen Buch.

»Du weißt, daß diese hinter den Bäumen versteckte Villa der Sitz des Geheimdienstes, der *»Digos«* ist?«

»Donnerwetter, welcher Luxus!«

Ich sah noch einmal auf das Graffito und bemerkte, daß die Haken in die falsche Richtung zeigten, nämlich nach links entgegen dem Uhrzeigersinn, während sie im Uhrzeigersinn nach rechts zeigen müßten. Ein sehr seltsamer Eindruck, der die Schande des Symbols nicht löschte, sondern durch den Irrtum zusätzlich irritierte.

»Seltsam. Die Haken des Hakenkreuzes sind verkehrt herum gemalt.«

»Mir ist auch aufgefallen, daß da irgendwas nicht stimmte, aber ich verstehe nicht, was.«

»Wäre es denkbar, daß ein Schwachkopf, der eine Hakenkreuzfahne zeichnet, so schwachsinnig ist, daß er sie falsch herum zeichnet?«

»Vielleicht ist er nur Linkshänder?

»Trotzdem ein Schwachkopf, ein linkshändiger Schwachkopf. Vielleicht möchte er auch nur ironisch sein. Aber ich kann mir nur schwer vorstellen, daß einer, der ein Hakenkreuz malt, zu einer Ironie fähig ist, die die Richtung der Haken verkehrt. Warum sind sie eigentlich so gegen die *»Digos«*, daß sie in ihrer Nähe ein Hakenkreuz hinschmieren? Die *»Digos«* hat vor kurzem D'Antonas und Biagis Mörder gefunden. Man sollte die *»Digos«* nicht schlechtmachen, finde ich.«

»In diesem Viertel hassen sie die *»Digos«* nicht, aber sie beneiden sie, weil sie sich für ihren Sitz die schönste Villa der Umgebung ausgesucht hat, die zur Hälfte im Trajanspark steht. Das hat man mir hier in der Bar erzählt. Und sie hat sich neben dem Gehsteig Parkmöglichkeiten für zwölf Autos reserviert. Außerdem gehört ihnen die Garage. Wollen die da Feste feiern?«

»Ein Hakenkreuz. Was hat das mit den Nazis zu tun? Ich verteidige heute die *»Digos«* gegen ein so brutales Graffito.«

»Denk dran, daß nicht weit von hier, an der anderen Seite des Parks, die Caritas ihren Sitz hat, wo viele illegale Einwanderer verkehren, die vielleicht irgendeinen Grund haben die *»Digos«* zu hassen. Das Hakenkreuz dient ja allen möglichen hirnrissigen Zwecken.«

Ein kleines Lüftchen mit einem seltsamen und angenehmen Essiggeruch zerzauste die Zweige der Bäume, die Autobusse eilten durch die Via Labicana und die Sirenen der Krankenwagen, unterwegs zum San-Giovanni-Hospital, sandten ihr Gejaul durch die Luft.

Valeria verabschiedete sich rasch und eilte im Laufschritt über den Parkweg, um zu ihren Gauklerfreunden zu gelangen.

Wunder der Topographie: dort, vor dem herrlichen Park der Domus Aurea, mit Blick auf das Kolosseum, ein uneigennütziges Treffen – mit dem alleinigen Ziel, Valeria eine halbe Stunde en plein air zu sehen.

Um uns herum flatterte – von Möwen und Krähen verfolgt – das Gespenst Neros.

CLARISSA

Ich habe nicht die Gewohnheit in Gianos Papieren zu stöbern. Vor allem deshalb, weil ich nie etwas Unangenehmes entdecken möchte, und ab und zu auch aus Respekt vor mir selbst. Heute morgen aber habe ich auf seinem Tisch gut sichtbar ein Blatt entdeckt, auf dem in Blockschrift »Henker Digos« steht und daneben ein Hakenkreuz. Wo hat er das gelesen? Welche Orte frequentiert Giano ohne mein Wissen? Daß Giano oft stehenbleibt, um Graffiti zu lesen, von denen er mir ab und zu erzählt, wußte ich bereits, aber ich wußte nicht, daß er sie sich auch aufschreibt. Zu welchem Zweck? Wahrscheinlich schreibt er in seinem Roman darüber, als weiteres Thema und als eine Überraschung für den Leser. Wenn er das Buch mit dem Geschichtchen vom doppelköpfigen Adler anfangen läßt, kann er genauso gut auch die Schriften, die er auf den Mauern liest, mit aufnehmen.

Seit ein paar Wochen hat Giano immer ein Heft und einen schwarzen Druckbleistift zum Schreiben oder Zeichnen bei sich (Skizzen und Notizen, keine richtigen Zeichnungen), und abends überläßt er sich nicht mehr den Empfehlungen des Fernsehens, sondern sitzt zusammengekauert auf einem Sofa, schreibt eine kurze Weile und fängt dann an, im *Don Quichotte* zu lesen – seit ein paar Monaten seine einzige Lektüre. Ab und zu unterbricht er die Lektüre und macht Notizen in seinem Heft. Nach einer gewissen Zeit schläft er mit dem offenen Buch auf den Knien ein.

Als ich vor ein paar Tagen abends zu seinem Sofa ging, um ihn zu wecken, sah ich in seinem Heft den Titel in Kapitälchen

»Tod eines Freundes«. Was für ein Freund – mir war gleich klar, daß es um Zandel ging, Zandel war die Hauptperson auf diesen Seiten, oder besser, sein Tod. Ich verstehe nicht, wozu dieser

Text dienen soll. Ich vermute, daß Giano eine Grabrede vorbereitet, denn an ihn werden sich die Studenten und die Journalisten bei dieser traurigen Gelegenheit wenden.

In den folgenden Tagen stellte ich fest, daß die Seiten über Zandels Tod sich sichtbar mehrten und nach der Dicke des Heftes zu urteilen, die fünfzig bereits überschritten hatten. Das konnte keine Grabrede sein und auch kein Artikel für die urbanistische Zeitschrift, die niemals einen Text von dieser Dimension hätte annehmen können. Es war also ein Kapitel seines Romans, denn ich kann mir nicht vorstellen, daß Giano diese ganzen Seiten mit einem eigenen Gefühlsausbruch oder sagen wir ruhig mit einer persönlichen Rache post mortem vollschreibt.

Giano hat sein Heft auf dem Tisch liegenlassen, das war fast eine Aufforderung es zu lesen und zugleich ein dummer Streich wegen der Schrift, die noch unleserlicher war als gewöhnlich, praktisch ein Kryptogramm. Ich würde gerne den Zweck dieser unleserlichen Schrift kennen, es könnte allerdings auch ein albernes Spiel sein, eine seiner kindischen Bizarrerien ähnlich wie die, Geschichtchen und Paradoxa zu erzählen.

In diesen Tagen bringt Giano das Gespräch seltsamerweise immer auf Zandel. Ich unterstütze ihn dabei und versuche, indem ich von ihm rede, mich von einem wiederkehrenden Albtraum zu befreien, der mich seit einigen Monaten bedrückt und immer in den ungeeignetsten Momenten auftaucht. Ein großes Palaver über alles mögliche, seine Neigung zur Lüge, seine lächerliche Bürgersteig-Urbanistik, mit der er enorm viel verdient hat, und wie sie es immer fertiggebracht haben, er und Irina, ihren Reichtum zu verstecken, ihn ganz und gar unsichtbar zu machen. Aktien, Auslandsobligationen, hauptsächlich in den östlichen Ländern, um damit über ihren Eintritt in die Europäische Gemeinschaft zu spekulieren, aber auch das nur Vermutungen aufgrund von Zandels häufigen Reisen nach Prag, Budapest und Warschau. Börsenspekulationen oder Projekte für Bürgersteige? Vermutlich beides, bis zu dem Augenblick der Reise nach New York, welche die Demarkationslinie gezogen hat, hinter der er zunächst abwesend war, dann krank wurde und sich schließlich in der Verfassung eines Sterbenden stabilisiert hatte.

Inzwischen war Zandel ein Gesprächsthema zwischen uns beiden geworden, aber vielleicht suchte Giano nur Unterlagen für seine Schriften. Und gelegentlich versuchte er noch immer, mich in die Nudistenkolonie auf Korsika zu verwickeln. Ich war befremdet von dieser Beharrlichkeit – unliebsam und nunmehr nicht mehr aktuell. Wahrscheinlich hoffte er, ich würde mich in irgendwelche Widersprüche verstricken, wie ein vermeintlicher Mörder beim Verhör, wenn man ihm hundertmal dieselbe Frage stellt.

»Wer weiß, wieviele Ficks von Zandel im Nudistendorf auf Korsika. Ich beneide ihn, auch wenn er nur eine Lunge hat.«

Ab und zu entschlüpfen Giano bleischwere Sprüche – und ich überhöre sie um des lieben Friedens willen.

»Auch ich dachte, daß man in den Nudistenklubs nichts anderes tut, aber seit Zandel haben wir gemerkt, daß es nicht so ist. Man vögelt dort wie das ganze Jahr über in der Stadt und auf dem Land, Sommer und Winter.«

»Etwas anders ist es schon, man ist ja immerhin im Urlaub!«

»Vergiß nicht, daß Vögeln, vor allem wenn es sehr heiß ist, anstrengend ist und viel Energie verbraucht.«

»Vögeln ist das größte Vergnügen der Welt. Auf die Berge klettern ist auch anstrengend, und doch findet so mancher Bruder Leichtfuß es unglaublich spannend.«

»Vögeln ist doch kein Sport.«

»Man kann aus Liebe vögeln, aber auch als Sport. Ich weiß nicht, ob Zandel mit jenem Mädchen im Schwimmbad gevögelt hat – ich glaube aber ja. Wer weiß ob aus Liebe oder als Sport.«

Hier war Giano beim Hauptpunkt des Gesprächs angelangt, und ich war in Verlegenheit geraten, versuchte aber mit aller Macht, es zu verbergen.

»Er sprach davon wie von einer großen sentimentalen Liebe«.

»Sentimental bedeutet nicht ohne Vögeln, im Gegenteil.«

»So wie es Zandel jetzt geht, werden wir das nie erfahren.«

»Bleibt die Tatsache, daß sie sich im Nudistendorf getroffen haben.«

»Was sagt das schon? Meiner Meinung nach reicht das nicht.«

»Überleg doch mal: ein Mann begegnet einem jungen Mädchen im Nudistendorf und beschließt, ihr den Hof zu machen. Beide sind nackt. Ist das deiner Meinung nach dasselbe wie einander in der Via della Croce in Rom zu begegnen?«

»Es ist anders«, mußte ich zugeben.

Sogar jetzt, wo sein Freund nur noch mit Transfusionen weiterlebt und auf keine Weise ein Konkurrent für ihn sein könnte, muß Giano eine alte Eifersucht ausgraben – an jenem Tag noch verstärkt durch Zandels aufsehenerregende Erklärung im Schwimmbad, die ihm das Herz zerrissen hat. Ich frage mich immer noch, ob Giano sie – dieses Mädchen – unbewußt identifiziert und somit verstanden hatte, daß es sich um Clarissa handelte. Diese Verhöre lassen mich zum »Ja« tendieren. Es könnte aber ebensogut auch nur die zwanghafte Stimme der Eifersucht sein.

In Erinnerung an die aufsehenerregende Liebeserklärung von Zandel habe ich eine weitere Praline gegessen.

GIANO

Ich bin sicher, daß es Clarissa gelungen ist, ich weiß nicht wieviele Seiten meines Buches zu lesen (ich wage noch nicht, es einen Roman zu nennen). Vielleicht hat das Interesse für eine Geschichte, in der sie die Hauptperson ist, sie abgelenkt und von der Idee abgebracht, mit mir ein Gespräch über Valeria zu führen, wie sie es angedroht hatte. Eine Peinlichkeit und eine Gefahr vermieden.

Einer der Protagonisten des Buchs ist zweideutig, ausweichend und auch ein wenig lächerlich, denn er hat sein Glück als Städtebauer damit gemacht, daß er für eine Reihe von großen europäischen Städten Bürgersteige geplant hat, eine Person, die gut in einen modernen Roman paßt, auch wenn eine Krankheit sie von der Welt isoliert hat. Wenn dann selbiger Städtebauer eine Fixierung auf nackte Frauen hat, verstärkt die voyeuristische Tendenz seine Zweideutigkeit und läßt seine Qualität als Liebhaber etwas fragwürdig erscheinen.

Zandel hat nie verborgen, daß er bei seinen Arbeitsreisen keine Gelegenheit versäumt, die Pinakotheken und Museen der jeweiligen Städte zu besuchen, und zwar hauptsächlich, um Bilder von nackten Frauen zu sammeln. Beim künstlerischen Akt machte er gewöhnlich einen Unterschied, der besonders bei seinen Studenten Heiterkeit erregte und – nach einem in der Zeitschrift *Belfagor* veröffentlichten Interview – auch das bittere Gelächter der akademischen Kritiker. In einer Sprache, mit der er die strenge universitäre Rhetorik parodierte, hatte Zandel sich die Theorie eines launigen Kunstkritikers zu eigen gemacht, der die Aktbilder in Monobacken und Bibacken unterteilt hatte, gemäß dem von seinem Maler angenommenen Blickpunkt.

In diesem langen Interview hatte Zandel die Gemälde und

Zeichnungen geduldig aufgezählt und kommentiert, manchmal mit einem einfachen Adjektiv, andere Male mit kurzen persönlichen Eindrücken – alle die Bilder, die er in den Museen rund um die Welt, und alle die Fresken, die er in Palästen und Schlössern gesehen hatte.

Die erste Reihe der Monobacken enthielt Adam und Eva im Fresko der Erbsünde in der Sixtinischen Kapelle. Adam war einer der wenigen Männer, die in ihrer Sammlung zugelassen waren. Zur selben Kategorie gehörten eine aufregende Leda, ebenfalls von Michelangelo, die kniende weibliche Monobacke von Raffael, eine romantische Monobacke von Ingres, eine Odaliske und die Dame mit dem Papagei von Delacroix, eine Odaliske von Corot, eine kaiserliche Monobacke von Velasquez, die Federzeichnung einer Venus von Hans Baldung Grien, die den von Paris erhaltenen Apfel in der Hand hält, und, in späteren Bildern, eine weibliche Monobacke von Gromaire, eine von Munch und eine von Klee, erste Stilphase. Besser bestückt die Kategorie der Bibacken, angefangen bei dem glänzenden Zentralbild der Drei Grazien in der Villa dei Misteri in Pompeji, dann eine gewaltige federgezeichnete Bibacke im Vordergrund zwischen den Badenden von Albrecht Dürer, diejenige im Zentrum zwischen den drei Grazien von Raffael, zwei elegante Bibacken von Ingres, drei prachtvolle ergreifende Bibacken von Pisanello in einer Federzeichnung auf Pergament, eine elegante Bibacke der Venus mit dem Spiegel von Velasquez, die drei polierten Grazien von Canova, aber die Aufzählung enthielt auch eine übergewichtige Bibacke von Tintoretto, eine Angelica von Tizian, sowie die linke der zwei Hexen von Baldung Grien und weitere Bibacken von Rembrandt, Renoir, Watteau, Fragonard, Delacroix, Degas, Gauguin und Casorati.

Neben den Angaben zu jedem Bild hatte Zandel in dem Interview im *Belfagor* auch das Datum, das Museum oder den Ort vermerkt, wann und wo er es gesehen hatte, und meistens hat er auch die Titel der Kunstbücher oder Zeitschriften vermerkt, in denen die Reproduktionen der beiden Kategorien Monobacken und Bibacken zu finden waren. »Ein ganz und gar unvollständiges Verzeichnis«, hatte Zandel am Schluß des Interviews bemerkt.

Eine Überlegung: die beiden Kategorien konnten nur bei nicht beweglichen Figuren der Malerei und Skulptur angewandt werden, weil das Mädchen im Nudistendorf auf Korsika seinen Hintern in alle Richtungen bewegte und deshalb von beiden Gesichtspunkten aus betrachtet werden konnte.

CLARISSA

Im Lauf seines Buches schildert Giano mich mit Liebe und Groll, aber stets nahe der Wirklichkeit oder jedenfalls eines möglichen oder wahrscheinlichen Abbilds der Wirklichkeit. Seine Intuitionen und Hypothesen führen dahin, daß sie durch Marozia meine Gefühle und meine Sünden bloßlegen und mir manchmal sogar Ratschläge geben. Mit Aufmerksamkeit lese ich alles, was meine Person betrifft, auch wenn es in eine falsche Richtung geht, wie zum Beispiel die Einsamkeitskrise, die mich dazu gebracht hat, nach Barcelona zu reisen (ein gewaltiger Irrtum, die Idee einer treibenden Kraft der Einsamkeit). Eine Überraschung: seine Enttäuschung nach einem Abend und einer Nacht mit dem Fettarsch von Valeria.

Einige Zeilen weiter unten eine endgültige Behauptung, die mich getroffen hat wie eine Ohrfeige – überraschend und kränkend: »Die Wahrheit ist«, schreibt Giano, »daß Marozia ein wenig hurenhaft ist.« Giano denkt also, daß, wenn ich Marozias Modell bin, auch ich ein wenig hurenhaft bin. Und warum ein wenig? Man ist Hure oder man ist es nicht. Und zwei Zeilen weiter unten, plötzlich, ein Zitat aus der Bibel: »Das nächste Mal das Feuer.« Ist das eine Drohung? Gerichtet an wen? Etwas weiter oben bin ich der Gegenstand – ist sie also an mich gerichtet? Muß ich um mein Leben fürchten? Man kann nie wissen. Es macht Giano Spaß, Verdächtigungen und Drohungen zu säen. Hat er Luccio im Verdacht? Oder ist es mehr als ein Verdacht? Ich möchte nicht wegen irgendeiner Unbeherrschtheit meine Gesundheit aufs Spiel setzen. Ich mache mir Sorgen.

Ich möchte weiterlesen, auch wenn diese grauenvolle Handschrift mir die Augen aus den Höhlen reißt und die Worte mich beunruhigen, aber ich habe um vier eine Verabredung mit Luccio in seinem Studio und diese Gelegenheit darf ich nicht versäumen, weil sie meine verwaisten Gefühle und meine überschäumenden Hormone befriedigen.

Draußen regnet es in Strömen und ich versuche, mit dem Handy ein Taxi zu rufen, auch wenn Luccios Studio nicht sehr weit von hier ist. Wenn es regnet, ist es in Rom natürlich schwer, ein freies Taxi zu bekommen, deshalb gehe ich zu Fuß, mit Schirm, aber ich werde sowieso mit durchnäßten Kleidern in der Via della Stelletta ankommen und dann möchte ich sehen, ob Luccio mich gleich vögeln will, ohne mich auszuziehen. Er wäre dazu imstande.

Ich weiß nicht recht, ob ich ihm Zandels Idee mit den Monobacken und den Bibacken erzählen soll, und ich habe ihm auch nicht erzählt, daß ich heimlich einen Roman von Giano lese, in dem ich die Hauptperson bin. Ich will es mir noch überlegen, bevor ich ihm diese Vertraulichkeiten erzähle.

Und Dulcinea, was sagt Dulcinea?

GIANO

Ich bin jetzt sicher, daß Clarissa jeden Tag heimlich ein paar Seiten in meinem Buch liest. Zur Zeit ist sie sehr nervös und schluckt jeden Morgen eine Tablette Xanax (ich habe die Tabletten in ihrer Schachtel gezählt, nichts auffälliges). In ihrem gesamten Verhalten zeugt nichts von dieser Lektüre. Es stimmt, daß es sich wegen meiner Handschrift um eine lückenhafte Lektüre handelt, aber auch wenn der Text dadurch so reduziert ist, kann er sie nicht gleichgültig lassen. Es sei denn, sie ist ein Wunder an Selbstbeherrschung oder aber sie dreht an einem bestimmten Punkt durch, und ich warte dann auf ihre Reaktion, um meinem Roman eine andere Wendung zu geben. Es ist der Roman selbst, der durch Clarissas heimliche Lektüre und ihre Reaktionen, die ich aber unter Kontrolle halte, die kommenden erzählerischen Lösungen bestimmt. Einerseits wird ihr Verhalten jedes Mal durch meine Seiten beeinflußt, und dann – laßt mich nachdenken – dann wickeln diese Seiten sich auf ihre eigene Weise ab, aber mit Rücksicht auf Clarissas Verhalten.

Kurz und gut, ich habe jetzt gemerkt, daß einen Roman mit lebenden, dem Autor bekannten Personen zu schreiben, ein großes Identitätskuddelmuddel erzeugt. Ich bin ein wenig verwirrt, aber zugleich froh, denn ich atme noch und gebe nicht auf.

»Ich würde gern eine Gelegenheit finden, dich meinem Mann vorzustellen«, habe ich zu Luccio gesagt. »Eine freundschaftliche Beziehung würde unsere Treffen so viel einfacher machen und sie über den Horizont deines Sofas heben.«

Luccio schwieg eine Weile, vielleicht gekränkt wegen des Spottes über sein Sofa.

»Das wird nicht leicht sein. Wir befassen uns mit unterschiedlichen Dingen.«

»Im Grunde könnte eine Urbanistik wie die meines Mannes, die auf die Stadt der Zukunft abzielt, und deine Forschungen über das gesellschaftliche Leben in der modernen Stadt gut zusammenpassen.«

»Warum nicht? Dein Mann mit der Zukunft der Stadt, Luccio Nerissi mit der Zukunft der städtischen Gemeinschaft.«

»Warten wir auf eine Gelegenheit.«

Jedesmal, wenn ich auch nur das kleinste Projekt mit Luccio bespreche, laufen meine Gedanken in die Richtung Zandels, der zur Untätigkeit und zum Leiden verdammt ist, und zwar nicht nur in der Wirklichkeit, sondern auch in dem Roman, den Giano gerade schreibt. Zandel ist jetzt von allen und allem ausgeschlossen. Er wünscht sich vergessen zu sein – das muß ich annehmen –, von ihm selbst zu einer *damnatio memoriae* verurteilt, und das versetzt mich tatsächlich in Schrecken.

Was ist das nur für eine Existenz? Lohnt es sich überhaupt noch zu leben unter diesen Bedingungen? Wer weiß, warum ich plötzlich an den armen Johannes denken muß, der nachts auf der Autobahn bei Frankfurt in einem schrecklichen Scheppern von Blech gestorben ist? Welches Schicksal ist schlimmer? Ich bin mir aber darüber im klaren, daß dies ein nutzloser Gedanke ist, den ich sofort wieder vergessen muß.

Ich bin gekränkt, und die Pralinenschachtel kann meine Kränkung nicht lindern. Wenn ich mich entschließe, dir mit einer Praline einen Gedanken zu widmen, dann teile ich dir ganz einfach mit, daß du mich mit deinem Schweigen in Luccios Arme wirfst oder bereits geworfen hast. Statt deiner sechzig Pralinen hätte ich mir ein kurzes Telefongespräch gewünscht. Außerdem muß ich auf meine Linie achten, denn bei mir genügen bereits die paar Gramm einer Praline, damit ich – entgegen jedem physikalischen Gesetz – ein Kilo zunehme. Oder gibt es bei deinen Phantasien auch die, mich zunehmen zu lassen?

Du siehst, ich bin jetzt mißtrauisch gegen alle und zwar bei jeder Gelegenheit.

GIANO

Während einer öffentlichen Diskussion im Rathaus mit der Regionalassessorin – einer schönen, blonden und ungemein schlanken Frau – über die Varianten im Regulierungsplan für das Sant'Egidio-Viertel, nördlich des Bahnhofs Tiburtina, habe ich eine von meiner Urbanistischen Dekonstruktionslehre abweichende Vorgehensweise vorgeschlagen. Man hat endlich begriffen, daß viele städtebaulichen Eingriffe heutzutage mit der Zerstörung des Selbstgebauten, des außerhalb der Reihe Stehenden, und natürlich auch der veralteten Häuser beginnen müssen. In New York hat man bis vor einigen Jahrzehnten Wolkenkratzer, die zu altern anfingen, zerstört und durch neue ersetzt, mit wenigen Ausnahmen, wie etwa dem Empire State Building und den erloschenen Zwillingstürmen, die Symbolcharakter erreicht hatten.

Von einem der Architekten des Viertels kam die Bemerkung, das sei ein Luxus, den sich heutzutage nur noch das steinreiche Chicago leisten könne. Danke, besten Dank für die Belehrung! Aber dann – wie üblich – erhielt ich viel theoretische Zustimmung und die brummige Anerkennung meiner urbanistischen Gruppen.

Nach Beendigung der Versammlung, hat mir Clarissa, die unter dem Publikum gewesen war, diesen gewissen Lucci Nerissi vorgestellt, den sie während des Einaudi-Fests in der Engelsburg getroffen hatte und dann noch einmal in Barcelona, gemeinsam mit der Freundin, die sie beim Friseur kennengelernt hatte. Dieser Lucci Nerissi hat das eher abstoßende Aussehen eines anatolischen Türken, dieser Art von Typen, denen man in der muselmanischen Ikonographie begegnet. Ich mußte einwilligen, als Clarissa mich um einen kurzen Halt in einer Bar an der Ecke der Piazza Campitelli bat, aber ich wollte mich mit diesem Turkmenen nicht hinsetzen. Er gefällt mir nicht, aber ich habe gemerkt, daß er sich mit Clarissa duzt, und deshalb mußte ich ihn auch duzen. Aber ich sage noch einmal, er gefällt mir nicht. Plötzlich bekam ich einen allergischen Hustenanfall und mir war, als müsse ich meine Lunge erbrechen. Das bedeutet nichts, habe ich mir gesagt, aber einen Typ wie diesen möchte ich nicht wiedersehen. Schließlich habe ich begriffen, daß ich kein bißchen Sympathie für ihn empfand und am Ende haben wir uns sehr kühl verabschiedet.

»Woher kommt denn dieser komische Knilch?«

»Warum komisch?«

»Er sieht aus wie ein genetisch modifiziertes Produkt.«

»Ich habe ihn bei dem Fest auf der Engelsburg kennengelernt, wo du ja auch warst, und dann habe ich ihn zufällig in Barcelona wiedergesehen, zusammen mit meiner Freundin in einer Bar auf der Rambla di Santa Monica. Das ist alles. Heute habe ich ihn im Publikum wiedergefunden, während eurer Polemik über die neue Tiburtina-Variante.«

»Hast du ihn zufällig zu dieser Versammlung eingeladen?«

»Nein. Warum?«

»Nur so.«

Ich kann nicht verstehen, wie meine Frau für einen so groben und unansehnlichen Menschen Sympathie haben kann. In einem bestimmten Moment habe ich gehört, daß sie ihn Luccio nennt und habe mich erinnert, daß sie während eines unruhigen Schlafs nach Luccio gerufen hat, und zwar mehr als nur einmal, und ich konnte nicht verstehen, was ihr geschah, denn im Schlaf gibt es keine Großbuchstaben und mit einem klein geschribenen l ist ein luccio in Italien nur ein Süßwasserfisch. Nachdem das klar ist, weigere ich mich, auf einen so groben Kerl eifersüchtig zu sein, der außerdem niest wie ein Nilpferd. Ich habe natürlich beschlossen, daß er nie und nimmer in meinem Roman vorkommen wird, wegen offensichtlicher Unwürdigkeit, aber das ist nicht das Problem. Das Problem ist Clarissa.

Clarissa profitiert von den Stunden der Einsamkeit, während ich im Valle Giulia bin, um ein paar weitere Seiten meines Romans zu lesen. Mit großer Anstrengung wird es ihr gelingen, meine schreckliche Handschrift zu entziffern, und dabei wird sie staunen, weil man unter den durch meine Einbildung gefilterten Ereignissen geheime Fakten wiederfindet, deren Protagonisten wir alle beide sind oder waren. Zum Beispiel bei ihr ein mögliches Verhältnis mit Zandel vor der Erkrankung (die im Roman zu einer anderen Tatsache wird) und bei mir ein mögliches Verhältnis mit Valeria (die im Roman zur Tatsache wird). Weiteres möchte ich nicht untersuchen, um nicht noch anderen unangenehmen und schmerzlichen Tatsachen zu begegnen. Nein, nein, vom Herzen rede ich nicht, das Herz hat damit einen feuchten Dreck zu tun.

Sollte ich mich entschließen, es zu publizieren, und sollte ich einen Verleger dafür finden, werde ich natürlich am Anfang meines Buchs das übliche Epitaphium schreiben, in dem ich erkläre, die Personen und die Dinge, in die sie verwickelt sind, seien ausnahmslos Früchte meiner Phantasie und hätten mit Personen der sogenannten Realität nichts zu tun. Obgleich es – um etwaige Verdächtigungen auszuschließen – besser wäre zu erklären, daß die Tatsachen und die Personen vom wirklichen Leben inspiriert sind. Eine Erklärung wie diese würde die Leser dazu anregen, genau das Gegenteil zu glauben, weil die Schriftsteller, wie man weiß, aus Berufung Lügner sind. Die Geschichten, die ich über Clarissa schreibe (natürlich als Marozia), wird sie in ihrem Inneren als wahr erkennen und mir große Komplimente über meine blühende Phantasie machen.

Vorläufig warte ich aber noch, daß Clarissa auf die Lektüre reagiert und mir irgendein Zeichen für ihre heimliche Begegnung mit meinem Buch gibt.

Giano und Luccio haben sich nicht gemocht. Sei's drum, ich werde mir deswegen nicht die Haare ausreißen. Ich hätte es auch voraussehen können, statt dessen habe ich ganz arglos geglaubt, es ließe sich ein Schimmer von Gemeinsamkeit entdecken. Das Resultat: ein bißchen weniger als nichts.

Ich habe mit Mühe noch ein paar weitere Seiten in Gianos Buch gelesen und dabei die Bestätigung gefunden, daß er tatsächlich die Absicht hat, seinen sogenannten Roman zu publizieren. Das ist jetzt Mode geworden – oder besser: eine Manie. Politiker, Sänger, Industrielle, strenge Akademiker, Fernsehansager, Arbeitslose, illustre Huren, Nichtstuer – sie alle haben einen Roman geschrieben oder haben sich vorgenommen, einen zu schreiben. Warum? Der Roman handelt von allem und jedem, Abenteuer Improvisationen Lebensspiele Tragödien Paradoxa Schilderungen Einbildungen Philosophien Psychologien Sexgeschichten Melancholien Gewaltsamkeiten Gefühle und Intelligentia. Deswegen findet der Roman Gefallen bei allen, sei es um ihn zu lesen, sei es um ihn zu schreiben. In ihm versammelt sich alles oder es verdampft, je nach Fähigkeit: Talent, Phantasie, sprachlicher Einbildungskraft, Absichten des Autors. Auch ein erfolgreicher Urbanist wie Giano hat seinen Roman bereits fertig, und du wirst sehen, liebe Clarissa, er findet einen Verleger und, warum nicht, am Ende gewinnt er noch einen Literaturpreis.

Es stimmt aber auch, daß eine Veröffentlichung und selbst ein Preis nicht genügen, um aus einem Städtebauer einen Schriftsteller zu machen. Dies aber ist Gianos Ehrgeiz, denn sein Buch ist zweistimmig aufgebaut, nach der Technik des »Äußeren Monologs«, den schon vor einigen Jahren ein italienischer Schriftsteller verwendet hat, als er in dieser Art erfolgreich die Wiederbegegnung von Penelope und Odysseus nach der Rückkehr des homerischen Helden nach Ithaka geschildert hat. In diesem Fall handelte es sich um ein Liebesduell zwischen den beiden Protagonisten Odysseus und Penelope, während in diesem Buch die wenig glorreichen Seitensprünge von zwei Professoren und ihren jeweiligen Ehefrauen und Geliebten ans Licht gebracht werden. Giano fährt ohne Staunen und ohne Reue, hierhin und dorthin hüpfend wie eine Tarantel, mit dem Schreiben fort, und hat wie dieses Insekt eine Dosis schmerzhaftes aber nicht tödliches Gift bei sich.

Ein bißchen Erotik, einverstanden, aber meine Zusammenkünfte mit Zandel sind, wie Giano sie beschreibt, totale Phantasien, und gerade deshalb, muß ich mit Stolz bekennen, ziemlich nahe an der Wirklichkeit. Ich hätte nicht geglaubt, daß Giano eine so blühende Phantasie in punkto Erotik hat, und ich verstehe auch nicht, warum er seit einiger Zeit sein persönliches Kamasutra im Bett nicht mehr mit mir ausübt. Unser Bett ist heute, würde Giano sagen, so trocken wie der Sand in der Sahara.

In diesem Roman produziert Giano ein großes Mischmasch von Erfahrungen und Erfindungen, die er dadurch glaubhaft macht, daß er ihnen andere Namen wirklicher Personen aufdrückt. Was mich wütend gemacht hat, sind gewiß nicht die morbiden Erotismen, die man mir und Zandel (vielmehr Marozia und Zurlo) zuschreibt, sondern die heimliche Begegnung in Straßburg mit Tania (Valeria), Alpenveilchen als Geschenk für diese Nutte wie für eine große Dame. In Wirklichkeit ist Valeria eine große Sau, stets bereit, sich mit jemandem zu paaren, der gerade in Reichweite ist, ein Fick, das war's. Wenn Giano damit zufrieden ist, um so besser für ihn, aber seit er eine Nacht in ihrer Wohnung verbracht hat, scheint sich seine Meinung schlagartig geändert zu haben. Es ist nur erstaunlich, daß er so lange gebraucht hat, um es zu verstehen.

Es fällt mir nicht leicht, in mein Buch, wie ich es gerne täte, eine Reihe von Graffiti aufzunehmen, die den sich an den Mauern der Stadt entlangziehenden Impulsen einen Sinn geben könnten. Manchmal zeigt sich in diesen Schriften eine generell anarchische Inspiration, aber stets erkennt man das Unbehagen der Jungen, eine Verzweiflung und eine Wut auf alles und alle, die einem das Herz gefrieren läßt. Wer weiß wieviel verborgene explosive Energien sich in diesen flüchtigen Graffiti artikulieren. Aber auch wieviel diffuse Verzweiflung sich dort zeigt, auf dem städtischen Putz, wenn wir die gewagte Synthese »Sex Mix« gelten lassen, vorgeschlagen in purpurroter Farbe an einer Mauer an der Piazza Euclide (die zu einem Häuserblock gehört, der in meinem Abriß-Projekt mit grüner Farbe gekennzeichnet ist). Sollte ich vielleicht eine kurze Darstellung des Phänomens Graffiti vorschlagen? Aber vielleicht ist es korrekter, diese Graffiti dort stehenzulassen, wo sie sind und dem Leser mit postmoderner Berufung von Mal zu Mal die Bürde der Mauerhermeneutik zu übergeben. Schwierig in Einklang zu bringende Botschaften über die Ethik und die Banken bei der in großen Buchstaben geschriebenen Parole: »Es gibt Gott«, wo es in Wirklichkeit nicht um die Gegenwart Gottes, sondern um die Gegenwart von Heroin geht.

Ein weiteres Problem. Mit Rücksicht auf die Ökonomie des Buchs: Was mache ich mit Zandel? Ich bin jetzt bei Seite hundertelf angekommen, und seit mindestens hundert Seiten, d.h. seit seiner Rückkunft aus New York ist Zandel stets unheilbar krank, wahrscheinlich schon am Sterben. Man kann die Geduld des Lesers nicht mißbrauchen, der auf seinen Tod wartet, seit er nicht mehr als Person präsent ist, sondern nur noch als Kranker. Ich muß mich diesem Problem stellen, vor allem dann, wenn ich einen

Verleger finde, der bereit ist, mich zu verlegen. Zandel so holterdipolter zu töten, an dieser Stelle des Buchs, auch wenn er Zurlo heißt, scheint mir eine kriminelle Tat zum Schaden eines Freundes. Auch wenn die Freundschaft sich nach und nach aufgelöst hat (fast hätte ich ausgeblutet geschrieben!) seit Zandel krank ist und sich weigert, seine Freunde zu empfangen. Eine Person, die sich ihres Krankseins schämt, mißfällt mir nicht, aber ich weiß nicht, bis zu welchem Punkt sie auch meinen Lesern gefallen wird?

Inzwischen, in der Wirklichkeit, armer Zandel, tut er mir so leid und ich sehne mich so nach den Spaziergängen in seiner Begleitung, als er Clarissa den Hof machte, was neben meiner Eifersucht auch eine leichte erotisch-mondäne Erregung mit sich brachte. Als Person verhält er sich leider sehr schlecht, und ich weiß wirklich nicht, wofür ich mich entscheiden soll.

Wieviele Probleme und was für ein Streß, einen Roman zu schreiben. Ich muß dem Himmel danken, daß ich von Beruf Städtebauer bin und niemand mich zwingen kann, Schriftsteller zu sein. Und doch, wo ich schon so viele Seiten geschrieben habe, ist es besser für mich, wenn ich weitermache, denn alles in allem habe ich entdeckt – zugegeben –, daß das Schreiben mir Vergnügen bereitet, auch wenn im Vergnügen Mühe und Anstrengung liegen.

CLARISSA

Wie soll ich es sagen, ich habe bei meiner Reise nach Barcelona gemerkt, daß ich mit Luccio nicht glücklich bin, ich habe aber noch nicht richtig verstanden, was da nicht stimmt. Wir leisten lange Frondienste im Bett, in allen Richtungen, eine fortwährende Überschreitung, besonders seit ich ihn dazu überredet habe, uns nackt zu lieben (mit Luccio entdecke ich in mir eine Berufung für die lasterhaftesten Erotismen und die Entdeckung, daß jedes Loch im Körper ein Lustloch ist), doch das genügt mir nicht mehr. Es fehlt die Magie, das Körnchen Hermetik in den Worten (seine schöne Stimme genügt mir nicht mehr), die umhüllende Wärme, die den Raum um uns erfüllt, kurzum, jene glückliche expansive Bedingung, wie sie bei einem Liebesverhältnis unverzichtbar ist.

Auch werden wir nie gemeinsam den Regenbogen sehen.

Es ist tatsächlich wahr, Luccio ist grob und wortkarg. Während des Flugs nach Barcelona hat er so gut wie kein Wort zu mir gesagt und wenn er etwas sagt, sind es Worte, die nur gesagt werden, um vergessen zu werden. Ich hatte es nicht bemerkt, aber seit Giano mich auf sein turko-anatolisches Aussehen aufmerksam gemacht hat, ist er für mich unerträglich geworden. Das ist ein mehr als guter Grund, das Verhältnis mit einem so groben und wortkargen Menschen abzubrechen, mit dieser niederen Stirn und der pechschwarzen Mähne wie bei einem Pferd, und der – auch da hat Giano recht – wie ein Nilpferd niest. Im Bett ist Giano leider seit einiger Zeit nicht mehr vorhanden, aber ich will auf ihn genauso verzichten wie ich auf Luccio verzichten will.

Wer weiß, vielleicht sollte ich auch darüber nachdenken, daß es mir leid tut, den kranken Zandel zu betrügen. Ich habe ihn jetzt schon vier Monate lang nicht gesehen, aber solange er noch lebt, habe ich jedes Mal, wenn ich Luccio treffe das Gefühl, Zandel und Giano beide zusammen zu betrügen. Ab und zu habe ich den verzweifelten Wunsch, in Zandels Begleitung den Regenbogen zu sehen – engumschlungen, mit wenigen Worten und langen Küssen. Ich vergehe in solchen Gedanken und er? Hätte er doch nur einmal die Güte, mich anzurufen!

Eine quälende Situation, fast unerträglich diese Anwesenheit(diese Abwesenheit) des so schwer erkrankten Zandel. Ich möchte damit nicht sagen, daß es besser wäre, wenn er stürbe. Ich wäre ja ein Ungeheuer, wenn ich einen solchen Gedanken hätte (ich hatte ihn schon, leider). Aber, solange er noch am Leben und so krank ist, habe ich großes Mitleid mit ihm und sehe oft seine Augen, mit denen er mich ansieht, genau dann, wenn ich mit Luccio vögele, und da sage ich mir, du bist eine Sau, eine vermaledeite Sau. Dieser Gedanke taugt bei meiner Rückkehr nach Hause mindestens für zwei Pralinen.

Im übrigen wird Zandel auch für seine Freunde langsam zum Problem. Giano zum Beispiel, nach den unerfreulichen, wahnhaften Erinnerungen an die Nudisten, tut jetzt alles, um ihn nicht zu erwähnen. Ich denke, daß auch er peinlich berührt ist über diese An-/Abwesenheit seines Freundes, besser gesagt: seines Ex-Freundes. Welche Freundschaft kann man für einen Sterbenden hegen, der sich weigert, die Menschen, die ihn lieben, zu sehen?

Ich durchstreife Gianos Seiten wie eine Vagabundin und habe jetzt begonnen, den Text zu lesen, in dem noch einmal von der Nudistenkolonie auf Korsika die Rede ist. Es geht mir jetzt darum zu verstehen, ob meine Gegenwart bei den Nudisten auf Gianos krankhafter und wahnhafter Einbildung beruht oder ob er wirklich verstanden hatte, worum es ging. Nie werde ich schlau aus diesem Wirrwarr von Fiktion und Realität. Ich staune auch weiterhin, wie sehr in diesem Buch das Romanhafte sich mehr als einmal gefährlich der Wirklichkeit nähert. Und umgekehrt (egal wie die Lage ist, »und umgekehrt« zu sagen paßt immer). Mittlerweile ist Gianos Wahnvorstellung meine Wahnvorstellung geworden. Und umgekehrt.

Bekanntlich haben viele Schriftsteller sich für ihre Romane von wirklichen Personen anregen lassen. So kommt es auch, daß die erfundenen Personen sehr viel langlebiger sind als ihre leibhaftigen Modelle. Die menschlichen Modelle der Romane und Erzählungen etwa von Thomas Mann oder Italo Svevo – seit wievielen Jahren sind sie nun bereits tot, während ihre jeweiligen literarischen Figuren sich auf den Buchseiten noch immer bester Gesundheit erfreuen. Ich weiß nicht, wie lange es Gianos Roman geben wird, aber wenn er wirklich gedruckt wird, hat das gedruckte Papier eine längere Lebenszeit als Zandel (Kunststück!), aber vermutlich auch länger als wir, die wir eine normale Lebenserwartung haben.

Armer Zandel und auch wir Armen, die wir weder einen Thomas Mann noch Italo Svevo haben, die uns bequem und auf längere Dauer in irgendeinem schönen Buch unterbringen. Und du sollst ja nicht glauben, daß ich meinen Mann verachte, weil er nicht Thomas Mann oder Italo Svevo ist.

GIANO

Gewiß, ich war beinah entschlossen, meinen Roman mit Zandels Tod enden zu lassen, aber dann machte ich mir klar, daß ich das Risiko nicht eingehen durfte, den erfundenen Tod im Roman simultan mit dem wahren Tod des armen Zandel geschehen zu lassen. Wer würde mir dann je wieder den Ruf eines Unheilbringers vom Hals schaffen? Ich bin nicht der einzige abergläubische Mensch – die Welt ist voll davon. Und darum kann ich nur nach Zandels Tod über den Tod Zurlos schreiben. Aber kann ich denn den Tod einer Person meines Romans von ihrem Modell in Fleisch und Blut abhängig werden lassen? Dann müßte ich mich ans Warten machen, mit dem Risiko, daß ich an einem gewissen Punkt die Geduld verlieren und den Tod eines Freundes herbeiwünschen würde. Ich habe mich schon mehr als einmal dabei ertappt, daß ich mit Scham gedacht habe, wie schön es wäre, wenn er stürbe. Ist das nicht schon zuviel?

Wie dem auch sei, die Lage ist heikel. Schlimmstenfalls lasse ich die Sache vorläufig in der Schwebe und beende das Buch mit dem immer noch kranken und weiterhin kranken Zurlo.

Aber kann man denn einen Roman auch damit beenden, daß man das Leben einer der Figuren in der Schwebe läßt? Der Tod dieser Figur wäre zweifellos ein befriedigenderes Ende für die Leser, besonders wenn man die Sauereien bedenkt, die er das ganze Buch hindurch auf Bubis Kosten gemacht hat.

CLARISSA

Ich habe weitergemacht mit der Lektüre, wenn man das mühsame Entziffern dieses Textes, in dem es ab und zu Wörter gibt, die ich nicht verstehe, überhaupt als Lektüre bezeichnen kann, und im übrigen versuche ich auch weiterhin zu raten. Ich staune immer noch: Giano hat mein heimliches Verhältnis mit Zandel in allen besonderen Momenten erfaßt, als hätte er uns durchs Schlüsselloch beobachtet. Er irrt sich nur bei der Beschreibung des Ambientes, in dem wir uns trafen, eine Garçonnière im Jugendstil, so wie man sie früher zur Zeit der ausgehaltenen Huren hatte. Als er anfing, sich als Schriftsteller zu betätigen, der arme Giano, hat er sich um ein Jahrhundert zurückversetzt.

Wir werden nie wissen können, Giano und ich, an welchem Punkt wir mit unseren gegenseitigen Treuebrüchen sind, denn über dieses Thema gibt es keinen Dialog zwischen uns (von Luccio möchte ich nicht sprechen). Wir haben zwanzig Jahre in fester häuslicher Toleranz zusammengelebt und können nun nicht, nach so langer Zeit, damit beginnen, Selbstkritik zu üben und uns alles frei heraus ins Gesicht zu sagen, wie gewisse Freunde unserer Generation, die alle sehr schlecht geendet haben, mit Nervenkrisen und Rechtsanwälten. Auf Giano und mich weist man hin als auf ein vorbildliches Ehepaar und wir dürfen die Welt nicht enttäuschen.

Was mich betrifft, habe ich beschlossen, Luccio zu verlassen, solange Zandel noch am Leben ist (drei Pralinen), aber vor allem, und da hat Giano recht, weil er aussieht wie ein fürchterlicher anatolischer Turkmene. Ich weiß noch nicht, wie ich meine Flucht begründen soll. Natürlich kann ich ihm nicht die Wahrheit sagen: du mußt verstehen, es gibt da einen sehr kranken früheren Geliebten, und solange er noch am Leben ist, muß ich ihm treu sein, denn wir haben uns nie verlassen, nur seine Krankheit hat uns voneinander ferngehalten. Kurzum, bei uns ist alles in der Schwebe. Daß Luccio mich vor Langeweile umbringt, darf ich nur leise denken, erzählen werde ich es weder ihm noch anderen. Und ich kann ihm auch nicht verraten, daß ich ihn wegen eines Wortes verlasse, ich kann mit einem (noch dazu so furchtbar wortkargen) Turkmenen nichts mehr zu tun haben und noch viel weniger mit ihm ins Bett gehen. Von ihm möchte ich sogar die Erinnerung auslöschen. Ich bin aber sicher, daß sie sich von alleine löscht.

Es ist so, daß der kranke und abwesende Zandel noch immer mein Leben bestimmt und indirekt auch das von Bubi (jedes Mal, wenn ich Bubi sage, höre ich den üblichen Hund, der mir in die Ohren bellt, armer Giano). Es tut mir leid, daß ich den Tod einer liebevollen Person wie Zandel abwarten muß, um in meinen menschlichen Beziehungen endlich wieder frei zu sein.

Mir ist ein »endlich« herausgerutscht, weshalb man denken könnte, ich kann es nicht erwarten, daß er stirbt, armer Zandel. Ich bin eine Sau, aber nicht bis zu diesem Punkt.

Ich habe vier Pralinen gegessen – eine nach der anderen –, als Belohnung für vier gute Gedanken, um einen schlechten wiedergutzumachen. Ich bin es aber leid, Zandel zu gehorchen wie ein dummes Schaf, während er, auch wenn er noch so krank ist, mir einen Anruf gönnen könnte, oder nicht?

GIANO

Ich würde gern schreiben wie Cervantes, aber das versuche ich noch nicht einmal, denn ich weiß gut, daß es mir nie gelingen würde. Ich kann meine Erschütterung erklären, aber ich könnte auch beschließen, das Heft mit allem, was drin steht, zu verbrennen. Vielleicht hätte ich besser daran getan, mich an die zwei Initialbuchstaben zu halten, die ich auf den Deckel geschrieben hatte, und ein Buch über meine Urbanistische Dekonstruktion geschrieben (ein Thema, über das ich gut Bescheid weiß), statt mich in das Wespennest aus Wahrheit und Fiktion zu wagen, das sich in unsere bürgerliche Welt einwebt, aber vermutlich auch in alle Gesellschaften aller Zeiten, denn es gehört offenbar zu den Eigenheiten der Menschen, Wahrheit und Fiktion zu verbinden. Doch unter allen anderen Worten steht ein schreckliches Wort in meinem Buch, und so wie der Händler durch seine Frau die Gewißheit des Wunders Christi erhielt, werde ich mit unfehlbarer Gewißheit wissen, wenn Clarissa es gelesen hat, denn eine Reaktion wie bei einem Elektroschock bleibt dann nicht aus.

CLARISSA

Ich habe Luccio nicht mehr gesehen und ich habe auch keine Lust, ihn zu sehen. Ich dachte, ich könnte die Apothekerin besuchen, aber ich schäme mich, ihr zu erzählen, daß ich in eine so abgeschmackte Geschichte hineingeraten bin. Und ich weiß nicht mal, ob es überhaupt eine Geschichte ist. Wahrscheinlich ist es besser, ich gehe hin und erzähle ihr von meinen gesundheitlichen Problemen, meinen Schwindelanfällen und dem Knoten im Magen, vielleicht gibt sie mir dann etwas, das mir hilft, mich auf den Beinen zu halten, denn Xanax bewirkt nichts anderes als mich für den Rest des Tages in eine kataleptische Schläfrigkeit zu versenken. Seiner Meinung, der von Xanax, muß ich diesen vorläufigen Zustand hinnehmen und mich einen Dreck um die Verwirrung kümmern, die sich in meinem Kopf entwickelt hat. Es geht alles vorüber.

Luccio will ich nicht mehr wiedersehen. Liebe machen auf diesem Sofa, wo bestimmt schon Dutzende von Frauen gelegen haben, nein danke. Ich kann noch nicht einmal sagen, wie es gekommen ist, es muß ein Augenblick der Schwäche oder der Einsamkeit gewesen sein, wie Valeria sagt, um ihre Fünfminutenficks zu rechtfertigen. Ich jedenfalls habe gesagt, Schluß, ich will diesen Grobian mit seinem Turkmenengesicht nicht mehr sehen. Soll er sich doch eine andere suchen für seine Nachmittagsficks. Und wenn nicht, soll er zum Tor di Quinto oder auf Via Salaria gehen, da findet er Dutzende von Frauen, die zu ihm passen.

Schon zum vierten Mal hat Luccio mich auf meinem Handy angerufen und ich habe etwas mit ihm ausgemacht und ihn dann viermal versetzt. Jetzt hat er, glaube ich, kapiert, was los ist, denn er hat nicht mehr angerufen. Und nun? Was mache ich nun mit meinem sterblichen Leben, ganz allein und mit Giano, der so träge ist wie Sägemehl und auf nichts reagiert?

Und Dulcinea, was sagt Dulcinea?

GIANO

Ich kann nicht verstehen, wo diese schöne Schachtel Schweizer Pralinen herkommt, die Clarissa in ihrem Schrank unter den Wollschals versteckt hat. Zandel wäre imstande jemandem Pralinen zu schenken, aber ich glaube wirklich nicht, daß er jetzt in der seelischen Verfassung für eine so frivole und mondäne Geste ist. Aber wer sonst? Dieser Grobian von Lucci Nerissi, von dem Clarissa behauptet, sie hätte ihn zufällig (zufällig, Ausrufezeichen) in Barcelona wiedergetroffen? Ich kann mich irren, aber das ist keine Pose, die zu ihm paßt.

Pralinen können als Dank für eine Einladung die Blumen ersetzen oder können als Geste der Annäherung für die Eroberung einer Dame gelten, aber sie gehören nicht – da bin ich mir sicher – zur Sprache jenes Turkmenen. Es könnte also ein neuer Verehrer von Clarissa sein, angesichts der Tatsache, daß Zandel jetzt aus dem Spiel ist und Lucci Narissi kein Typ für Pralinen. Ich nehme eine Handvoll Pralinen heraus, dann merkt Clarissa, daß ich ihr Geheimnis entdeckt habe. Aber ich hoffe, sie erwähnt es nicht, denn ich möchte keine fünf Minuten vergeuden, um von Pralinen zu reden, die meine Gedanken schon zur Genüge beschäftigt haben. Man weiß ja, daß Denken die Ideen verwirrt, aber an die Herkunft dieser Pralinen zu denken, das wäre, als wolle man ein Fragezeichen wissenschaftlich analysieren, das von Clarissa – der Meisterin des Verschweigens – gezeichnet wurde.

Um das Ereignis zu bannen, will ich Clarissa eine Schachtel Baci Perugina schenken, da kann sie die kleinen Zettel mit den weisen Sprüchen der Schokoladenfabrikanten lesen. Ich bleibe bei Cervantes und seinem großmütigen Hidalgo.

Clarissa wird zweifellos merken, daß Pralinen fehlen, die nur ich weggenommen haben kann (das Hausmädchen kommt nicht in Frage), und wenn sie will, wird sie mit mir darüber reden. Andernfalls werden auch diese Botschaften von dunkler und frivoler Herkunft wie die vielen anderen unvollendeten Erörterungen in dem dichten Gitternetz bleiben, das unsere Leben umgibt. Angenommen, in jeder Botschaft, jedem Wort oder jeder Praline steckt ein Körnchen Wahrheit, dann können diese Wahrheiten mir gestohlen bleiben.

Ich sage etwas und gleich dann bereue ich, es gesagt zu haben. Auch ich habe meine Verzweiflungsmomente und von Zeit zu Zeit verstecke ich mich im Badezimmer und weine – ohne Tränen und ohne Worte. Die Worte dazu leiht mir ein alter italienischer Dichter in einem verblichenen Buch, das ich zufällig geöffnet habe, als ich die Bibliothek in Ordnung brachte. Der Dichter teilt seine Verzweiflung mit der ganzen Welt und sieht, wie die Sterne, der Mond und die nächtliche Luft den Tod seiner Liebsten beweinen.

Welch ein Tau
Oder Weinen in jenen
Vom hellen Antlitz der Sterne,
Vom Mantel der Nacht versprühten Tränen?
Und warum goß
Der weiße Mond
Ein reines Gewölk kristallener Tropfen
Dem feuchten Gras in den Schoß?
Warum in dunkeler Luft wie Klage
Tönte, tönte es rings
Vom Wehen der Winde bis hin zum Tage?
Zeichen vielleicht, daß du
Dich wegbegeben,
O meines Lebens Leben?

Armer Torquato, wie sehr muß er gelitten haben. Aber für ihn weinten die Sterne und weinte der weiße Mond, doch für mich weint niemand. Es ist wahr, Clarissa ist nicht tot, aber in mir ist sie jetzt schon mehr als tot, nach der Geschichte mit dem unwürdigen Turkmenen. Und ich mache mir mit ein paar einsamen Klagen Luft, dann breche ich auf zur Fahrt auf Sicht, o meines Lebens Leben.

CLARISSA

In der Schachtel fehlen sieben Pralinen, vielleicht noch ein paar mehr. Mit großer Vorsicht habe ich das Dienstmädchen ausgefragt, das aber nicht einmal wußte, daß ich eine Schachtel Pralinen im Schrank versteckt hatte. Also Giano, es war Giano. Ich bin nicht sicher, ich weiß nicht recht, was ich ihm sagen soll. Es gäbe immer noch die Lösung, die wir immer angewandt haben, um unsere gegenseitigen Peinlichkeiten aus dem Weg zu schaffen: so tun, als sei nichts.

Vergangene Nacht hatte ich zwei sehr merkwürdige, vermutlich auch interessante Träume, die ich Giano erzählen wollte.

Erster Traum: Vor mir erscheint – es gelingt mir nicht, die Umgebung zu bestimmen, in der wir uns befinden – ein Student, den ich noch nie gesehen habe, der aber mit Sicherheit ein Schüler meines Mannes ist. Der Student hält in seinen Händen eine schwere Marmorbüste, die eine Person mit Schnurrbart und niederer Stirn darstellt, und bittet mich, ihn Federico Zeri vorzustellen. Hier muß man wissen, daß ich den verstorbenen großen Kritiker kaum gekannt hatte, aber jedenfalls wußte, wo ich ihn finden könnte. Ich begleite den Studenten zu einem kleinen Museum am Corso Vittorio Emanuele, wo wir Zeri tatsächlich finden, der den Studenten kalt begrüßt, wortlos die Marmorbüste prüft, dann die Arme außtreckt und das schwere Gewicht an sich nimmt. Ein paar Augenblicke später läßt er die Büste fallen, die in Stücke zerbricht. Es ist nicht klar, ob Zeri sie mit Absicht fallen ließ – was bei seinem respektlosen Wesen möglich wäre – oder ob die schwere Büste ihm aus Versehen entglitt. Der Student beginnt verzweifelt zu weinen und ich suche das Weite. Ende des ersten Traums. Den zweiten habe ich vergessen.

Ich habe Giano diesen Traum erzählt, in dem eine so berühmte

Person wie Zeri vorkommt, um zu sehen, ob er ihn in sein Buch aufnimmt. Ich möchte einfach nicht mehr so gleichgültig gegenüber Gianos Roman sein, sondern vielleicht auch einmal ein eigenes Thema vorschlagen. Ich hoffe immer, daß Giano, vor allem wenn er durch irgendein neues Thema angeregt ist, auch einmal Ideen von mir in Betracht zieht und mich nicht nur vom sexuellen Gesichtspunkt aus betrachtet, den es im übrigen seit einigen Monaten nicht mehr zwischen uns gibt. Ausgerechnet jetzt, wo ich Luccio weggeschickt habe. Und Enthaltsamkeit ist nicht meine Sache.

Mir fehlt Zandel, und jetzt fehlt mir auch dieser Esel von Luccio. Es war aber richtig, daß ich ihn verlassen habe, denn Giano hat recht, wenn er sagt, daß er ein grober Kerl ist, und darum – sage ich – unwürdig, mein Liebhaber zu sein.

Oh mein Gott, mein Gott. Ich bin noch einmal zum Buch gegangen, um ein paar Zeilen über Luccio zu lesen, die ich wegen der mühsam zu entziffernden Handschrift übersprungen hatte. Auf nur zwei Zeilen sagt er – trocken wie ein Gewehrschuß – daß Lucci Nerissi bekanntermaßen seropositiv ist. Das bedeutet für mich den Tod, angekündigt von Giano in wenigen Worten. Das Leben, an sich schon so kurz wie ein Hauch, soll mir also durch eine Krankheit entzogen werden, die mich mit Schmerz und Scham davontragen wird.

Ich hatte nicht daran gedacht, ein Präservativ zu benützen, denn ich konnte mir nicht vorstellen, daß ein Mann seines Alters diese verfluchte Krankheit im Leib hat, seropositiv wie Giano schreibt, aber leider gibt es keinen Zweifel in Bezug auf die Bedeutung seiner Worte. Ich erkenne daran die Heuchelei Gianos, der beispielsweise niemals das Wort Krebs hinschreiben würde, das für ihn obszön ist. Ich erkenne ihn wieder. Auch wenn er von Sex spricht, sagt er Büschel und Traube, um nicht Fotze und Eier zu sagen. Ich will nicht lange grübeln. Luccio hat Aids und folglich habe ich auch Aids, oh Scheiße.

Verfluchter Luccio, hoffentlich stirbt er bald. Verflucht auch seine obszönen Bumsereien auf dem Sofa, wie bei den Zigeunern.

Ich weiß nicht, von wem Giano diese Nachricht hat, höchstwahrscheinlich aus der Universität, wo sich die Nachrichten blitzschnell verbreiten und jeder alles von allen weiß. Einen Moment lang hatte ich gehofft, es sei eine romanhafte Erfindung von Giano, aber sein gesamter Roman beruht auf absolut wahren Tatsachen (leider) und darum ist bestimmt auch diese grauenvolle Nachricht wahr.

Ich habe sofort den Arzt von der ASL angerufen und er hat mir gesagt, um sicher zu gehen, solle ich die Analyse erst in sechs Monaten machen, denn früher sei jedenfalls kein Resultat zu erwarten. Und ich, was tue ich in diesen sechs Monaten? Was tue ich – soll ich mich erschießen? Positiv oder nicht, hat der Arzt gesagt, er benachrichtigt mich in beiden Fällen vom Ergebnis der Analyse und erst dann kann ich entscheiden, was getan werden soll. »In jedem Fall«, hat er gesagt. Wie schwer sie doch wiegen, diese Worte, in gewissen Fällen. Es ist sein Beruf, und für ihn ist es gleich, ob die Analyse positiv ausfällt oder nicht, was geht ihn schon mein Leben an?

In den Straßen Roms tönen die Sirenen der Krankenwagen und laufen wie Eiswürfel über meinen Rücken. Meine Hände zittern und mein Kopf ist in einen Dunst der Verzweiflung gehüllt.

Ich verstehe jetzt, warum Giano seit einiger Zeit – seit der vermaledeiten Geschichte mit dem vermaledeiten Turkmenen – nicht mehr mit mir schläft. Aber wenn er von Luccios Aidskrankheit schon wußte, warum hat er mir das dann nicht gesagt? Das ist doch Mord! Ich bin von Giano ermordet worden! Schon seit dem Fest auf der Engelsburg hat er gewußt, daß ich mit Luccio ins Bett gehen würde und wollte sich rächen. Ich bin sicher, daß die biblische Drohung »Beim nächsten Mal das Feuer« sich auf mein Verhältnis mit Luccio bezog. Mich für ein bißchen Fickfack sterben zu lassen, ist schlimmer, als wenn die Ehemänner ihre Frauen mit dem Messer erstechen. Die riskieren wenigstens Gericht und Gefängnis. Er aber hat einen Weg gefunden, mich gratis und ohne jedes Risiko zu ermorden. Und ich habe es verdient, denn ich habe mich verhalten wie eine Hure: ich habe mich auf einem Sofa ficken lassen, einfach so, ohne Präservativ, gedankenlos und ohne Liebe, wie die letzte Hure am Turm von Quinto. Stimmt nicht – die Huren benutzen Präservative.

Ich weiß schon, was ich mache, wenn ich den Bescheid bekomme: ich gehe nach Afrika, nach Mosambik, und helfe den Aidskranken. Ich habe dann keine Angst vor Ansteckung, denn ich bin bereits angesteckt. Fünfundzwanzig Millionen Kranke in Afrika, ein untergehender Kontinent. Ich gehe nach Mosambik und dort gehe ich unter, zusammen mit dem afrikanischen Kontinent. Weit weg von Rom, weit weg von der Schande. Doch warum noch warten, wenn die Antwort nur positiv sein kann? Ich verkaufe die Aktien, die Giano mir übergeschrieben hat, und reise sofort ab. Sechs Monate Heucheln könnte ich nicht ertragen. So werden alle glauben, daß mich plötzlich ein Raptus für die »Ärzte ohne Grenzen« erfasst hat, die ich in Mosambik treffe. Da kann ich mein Gesicht bewahren, wenn auch nicht mein Leben.

Gianos Buch ist verschwunden, gerade jetzt wo ich mein Todesurteil noch einmal lesen möchte, um zu sehen, was Giano anschließend geschrieben hat, nachdem er gemerkt hat, daß er mich zum Tode verurteilt hat. Was hätte es sonst für einen Sinn gehabt, in das Buch zu schreiben, daß Lucci Nerissi Aids hat? Ich wußte bereits, daß sein Buch eine Kloake ist, in der alle Schweinereien unserer bürgerlichen Welt Platz haben – mit perversem Geschmack von ihm erzählt. Trotz allem war diese Lektüre – seit der Abwesenheit Zandels – für mich eine Möglichkeit der Kommunikation geworden. So gelang es mir, dem, was ich tat, einen Sinn zu verleihen, während ich jetzt nur noch eine im Ozean verlorene Frau bin – ohne einen Kompaß, der mir die richtige Richtung zeigen könnte. Unter meinen Füßen spüre ich die Leere, und zwar so sehr, daß ich an bestimmten Tagen reglos zu Hause bleibe und noch nicht einmal ans Telefon gehe. Wenn ich wenigstens mit Zandel reden könnte! Aber wenn ich ihm die Wahrheit sage, verzeiht er mir nie. Ich gehe nach Afrika, um dort zu sterben, gemeinsam mit den Elefanten.

Gianos Buch war zum parallelen Spiegel geworden, in dem ich mich manchmal als freundliche Figur, manchmal als eine mit schrecklichen Schandtaten beladene Person erkannte. Ein plötzlicher Blitz, das verfluchte verstümmelte Wort, und schon bin ich eine arme verblödete, dahinschwindende Frau, die nicht mehr weiß, wohin sie ihren Hintern setzen soll. Eine Hure wie Valeria, die urbis et orbis gefickt hat, ist gesund wie ein Hase, und ich bin dazu verdammt, einen grausigen Tod zu sterben. Die Ungerechtigkeit der Welt ist grenzenlos. Ich habe sehr viel Achtung vor Gott, aber warum hat er mich verraten?

Ich habe überall gesucht, in den Kleiderschränken und allen Möbeln, einschließlich der Geschirrschränke, ich habe die Leiter geholt und auch in den oberen Fächern über den Schränken gesucht. Nichts. Es ist klar, Gianos Buch befindet sich nicht mehr in unserer Wohnung. Hat er es zum Kopierladen gebracht, oder in die Universität, um es von einem Studenten digital erfassen zu lassen? Wohl das Wahrscheinlichste.

Gott möge verhindert haben, daß er es verbrannt oder in den Tiber geworfen hat, denn ich muß noch ein wenig mehr wissen, ich möchte diese verdammten Worte nochmals lesen und möchte verstehen, was sie enthüllen und was sie verbergen.

Giano kann ich nicht fragen, von wem er erfahren hat, daß Luccio Aids hat. Das wäre so, als würde ich gestehen, daß ich mit ihm ins Bett gegangen bin. Auch wenn Giano es weiß, möchte ich es ihm nicht beichten. Auch ich habe meinen vermaledeiten Stolz.

Ich würde gern glauben, alles sei eine Erfindung von Giano, der sich rächen will, nachdem er verstanden oder vermutet hat, daß ich mit Luccio schlafe, und zudem noch sein Buch las. Es ist aber leider nicht so, denn seit ich mit Luccio befreundet bin, hat er nicht mehr mit mir geschlafen. Er wußte, daß ich mich angesteckt hatte, alles klar.

GIANO

Ich versuche Clarissa dazu zu überreden, daß sie sich von einem Neurologen untersuchen läßt, denn sie hat – ohne jeden Zweifel – einen schlimmen Nervenzusammenbruch erlitten. Ich glaube nicht, daß der Grund Zandels Krankheit ist, auch wenn sie eins der Motive für ihre Depression sein könnte. Der Zusammenbruch kam vor einigen Tagen und beruht ganz sicher auf ihrer Lektüre der wenigen Zeilen, in denen ich die Information weitergebe, Lucci Nerissi sei seropositiv. Wenn sie so verzweifelt ist, dann bestätigt es mir das, was ich bereits wußte, nämlich daß sie eine Sexgeschichte mit ihm hatte. Sie hat – wie alle Nervenkranken – natürlich gesagt, sie brauche keinen Arzt. Dabei hat sie nachts Alpträume, und mehr als einmal, wenn sie nach Hause kam, hatte sie rote Augen vom Weinen. Es heißt, daß Weinen deprimierten Menschen gut tut. Einige Ärzte der Antike verschrieben das Weinen als Kur (Hippokrates? Galeno?).

Im Mülleimer in der Küche habe ich die Pralinen gefunden, die Clarissa im Schrank versteckt hatte. Der Karton mit Wut zerrissen und die Pralinen mit Wut zwischen die Kartoffelschalen und die Hühnerknochen geworfen. Ein weiteres Zeichen ihrer schweren Störungen.

Ich habe Angst, daß auch ich deprimiert sein werde, wenn der Kopist mir den Text meines Romans bringt, fein in Baskerville gesetzt, und ich werde ihn sofort von Anfang bis Ende lesen. Bis jetzt ist er für mich noch nicht fertig, aber bereits so weit gediehen, daß ich nun gezwungen bin, alles in Klartext wieder zu lesen, was ich, dem Faden des Gedächtnisses folgend, aufgeschrieben habe. Wenn ich der Ansicht bin, daß es sich lohnt, schreibe ich weiter, mit offenen Augen für das, was um mich herum geschieht, über das kontinuierliche Paradoxon des Lebens. Darum fürchte ich, daß mein Roman nie ein Ende haben wird, wenn es mir nicht gelingt, für eine Person wie Zandel, der seit vielen Monaten zwischen Leben und Tod steht, ein Ende zu finden.

Leider habe ich nicht den Mut, Zurlo-Zandel sterben zu lassen, und so schleppe ich ihn hinter mir her, wie eine Kugel am Bein. Clarissas Verzweiflung könnte mein Buch auf dramatische Weise beenden, aber wo fände ich den Mut, die Verzweiflung meiner Frau zu benutzen, um ein paar effektvolle Seiten zu schreiben? Mein kraftloses Geschreibe ist nicht imstande, mit einer so verzweiflungsvollen Wirklichkeit Schritt zu halten.

CLARISSA

Ich habe jegliches Interesse an diesem Trauerroman von Giano verloren und auch wenn ich ihn vor Augen hätte, würde ich nie wieder versuchen, jene Seiten zu lesen, die meine Verurteilung enthalten. Giano hat gut daran getan, das Heft zu verstecken, das nur das Feuer verdient oder das Wasser des Tibers. Ich lebe in der Verzweiflung und in der Scham, denn ich werde meinen Zustand nicht lange verbergen können. Was werde ich Giano sagen und was unseren Freunden? Daß ich Aids habe, vielmehr seropositiv bin, wie Giano sich ausdrückt, der eine starke Abneigung gegen bestimmte allzu Schmerzliche oder beschämende Wörter hat. Besser wegfahren, besser sofort nach Afrika.

Nach Meinung des Arztes ist es nicht hundertprozentig sicher, daß ich mich angesteckt habe, denn das Leben und die menschlichen Beziehungen sind keine Mathematik, aber ich bin sicher, daß er das nur sagt, weil er meine Verzweiflung gespürt hat. Nicht einer, sondern fünfzig, hundert heftige und tiefe Ficks. Und jedes Mal hat er mir die Viren des Todes eingespritzt, dieser verfluchte Turkmene. Und er wußte es, natürlich wußte er es, er wird aber auch verrecken, ganz sicher wird er verrecken. Wieviel Verzweiflung sie mich jetzt kosten, diese Orgasmen ohne Glück, ohne Liebe.

Um mich zu trösten hat der Arzt gesagt, daß sie sehr zahlreich sind, auch in Rom, die HIV-Positiven, viel zahlreicher als man denkt, und daß ich auch weiterhin mein normales Leben führen könne, freilich immer mit Präservativ. »Aber jetzt, wo ich mich bereits angesteckt habe, was nützt mir da das Präservativ?« »Und an die anderen denken Sie nicht?« hat der Arzt gesagt.

Da habe ich mich geschämt.

Dann hat er mir zu verstehen gegeben, der tüchtige Arzt, daß es ihm nicht mißfallen würde mit mir ins Bett zu gehen, um mir zu zeigen, daß meine Lage eine annehmbare ist – immer mit Präservativ, das versteht sich von selbst. Hätte ich nur den Mut dazu, aber es ist gewiß nicht der Moment für diese Dinge, armes unglückliches Säugetier. Ich spüre, wie mir mein Leben in alle Richtungen entflieht. Wieviele Jahre oder wieviele Monate Leben liegen noch vor mir? Die HIV-Kranken sterben nicht sofort, manchmal leben sie noch zehn Jahre weiter und in diesen zehn Jahren wird mit Sicherheit das rettende Medikament entdeckt. Nein, nein, ich will den Tod bitten, daß er schnell eintritt, daß er sofort eintrifft, um mich vom Schmerz und der Scham zu befreien. Letzter und unmöglicher Wunsch: ich würde gerne zusammen mit Zandel sterben. Im selben Bett.

Ich habe Giano von meiner Absicht unterrichtet, nach Afrika zu gehen und zusammen mit »Ärzte ohne Grenzen« die Aidskranken zu pflegen. Giano hat nicht mit der Wimper gezuckt und damit bestätigt, was er in sein Buch geschrieben hat. Wenn das nur eine Erfindung von ihm gewesen wäre, würde er mich bestimmt nicht abreisen lassen.

Einen Flug nach Maputo, der Hauptstadt von Mosambik, habe ich bereits gebucht.

GIANO

»Zuerst die Ethik, dann die Wissenschaft.« Ist das der Weg, dem ich folgen muß, seit ich beschlossen habe, einen Roman zu schreiben? Die Ethik rät mir, Zandels Krankheit zu respektieren, während die Regeln des Erzählens mir sagen, daß sein Leben nur ein Hindernis und darum nichts Respektables ist.

Jetzt hat auch Clarissa sich in die Arme des Todes begeben, und ich kann keine Zeile mehr über sie schreiben, außer die, die das Buch beenden. Meine Urbanistische Dekonstruktion lebt allein von der in weiter Ferne liegenden Aussicht, daß die Weltzeit vergeht, während mein Roman sich in einer eher kurzen Zeitspanne abspielt und an einem bestimmten Punkt ein Ende finden muß. Die Zeit der Wirklichkeit ist fast unendlich, aber die einer Erzählung ist begrenzt. Und da ist nun das Problem von Zurlo, mit Zandel, der sich nicht entschließt zu sterben, und das von Marozia mit Clarissa, die mich fast keines Wortes mehr würdigt und auf meine Fragen nicht antwortet. Sie hat mir nur gesagt, daß sie beschlossen hat nach Afrika zu gehen, um dort mit »Ärzte ohne Grenzen« die Aidskranken zu pflegen, und daß sie auf der Stelle abreisen will. Dann hat sie die Augen geschlossen und hat etwas Furchtbares gesagt.

»Und jetzt bitte ich dich, mich zu vergessen.«

Afrika mag die gerechte Sühne für ihre geistigen und sexuellen Verirrungen sein, doch vor allem für einen gemeinen, ihrer nicht würdigen und für mich unendlich schmerzlichen Verrat.

Ein weicher und lichter September, wie immer der September in Rom, die Blätter der Linden und der Kastanien werden gelb, bleiben für eine kurze Zeit hängen und dann, beim ersten leichten Windhauch, fallen sie herunter. Die Luft scheint sauber. Ich atme, und das ist gut, denn es bedeutet, daß ich lebendig bin und noch immer Wünsche habe. Ich ginge so gern zur Casina Valadier, wo ich mich hinsetzen und einen Tee trinken würde, zusammen mit einer Frau, die mich liebt, ich brauche Liebe, aber Clarissa, krank, traurig, zornig und im Begriff, nach Afrika zu reisen, kann sie mir nicht geben, und Valeria, seit geraumer Zeit dazu bestimmt, mir allenfalls leichte kondominiale Sexschauer zu bieten, kann mir auch keine geben.

Zandel. Wenn ich wenigstens mit Zandel reden könnte, aber die Krankheit hat ihn so traurig gemacht und so weit von allem und allen entfernt, daß er unter keinen Umständen jemanden sehen will. Ich weiß, daß das Problem Zandel sich auf eine Weise lösen wird, die leicht vorhersehbar ist und die meinem Roman einen Schluß bescheren wird, einen sehr traurigen Schluß, es ist jedoch das Leben, das meinem Buch das Totensiegel aufdrückt, nicht ich.

Es ist ganz sicher Clarissas Depression (diesmal handelt es sich nicht um Melancholie, es ist jetzt wirklich eine schwarze Depression oder besser: eine echte tiefe Verzweiflung), die sie zu dem Entschluß gebracht hat, nach Afrika zu gehen, um die Aidskranken zu pflegen – das Vernünftigste, was sie in ihrer Lage tun kann. Da sie mit diesem vulgären Individuum eine Sexgeschichte hatte, ist sie selbst für ihr Schicksal verantwortlich und ich kann ihr nicht helfen. Und wenn ich ihr helfen könnte, würde ich es denn tun?

Ich weiß es nicht und möchte auch nicht darüber nachdenken.

Ich habe viele Seiten literarischer Fiktion in mein Heft geschrieben, doch leider ist dies keine Fiktion, es ist die Realität, die wieder einmal die Imagination übertroffen und zerstört hat, und die jetzt ihre Bedingungen stellt, ihre Rhythmen und Fälligkeiten diktiert, wie ein Freibeuterwind, der alles mit sich nimmt.

Nach Zandels Tod werde ich auf den Tod der Frau, die ich liebe, warten, auch wenn sie mich in so unwürdiger Weise betrogen hat. Ich habe gemerkt, daß man auch schmerzlich lieben kann, aber das ändert nichts, denn wir sind jetzt alle Besiegte.

Offengestanden, ich würde mir wünschen, daß mein Roman nie ein Ende fände, statt dessen hat er in Kürze zwei gefunden, eines in Rom, das andere in Mosambik.

Es gibt auch ein anderes mögliches Ende für dieses Buch. Es könnte geschehen, daß ein Autor Reue empfindet, wenn die Geschichte ihn veranlaßt, einer seiner Personen ein schlechtes Ende zuzumessen. Es geschieht auch im Leben, daß liebenswerte Personen von einem bösen Schicksal überwältigt werden, aber in einem Roman befindet sich der Autor in der glücklichen Lage, mit Hilfe weniger Worte einer Person zu Hilfe zu eilen, zumal einer Person wie Clarissa, die ihm jetzt, nach so vielen Seiten, teuer geworden ist, ungeachtet ihrer Entgleisungen und ihres äußerst schlechten Betragens. In der korrigierten Fassung bleibt zu ihren Lasten zwar eine temporäre afrikanische Buße, aber ich habe ihr das Leben gerettet.

GIANO

»Zuerst die Ethik, dann die Wissenschaft.« Ist das der Weg, dem ich folgen muß, seit ich beschlossen habe, einen Roman zu schreiben? Die Ethik rät mir, Zandels Krankheit zu respektieren, während die Regeln des Erzählens mir sagen, daß sein Leben nur ein Hindernis und darum nichts Respektables ist.

Clarissa glaubt, in die Arme des Todes geraten zu sein, und spielt nicht mehr das übliche Ehetheater, sondern fühlt sich ganz und gar von der Tragödie erfasst. An diesem Punkt will ich keine Zeile mehr über sie schreiben, außer denen, die dieses Buch beenden. Sie verdient nicht soviel Beachtung. Vor allem möchte ich ihr nicht enthüllen, daß die Krankheit von L. N. eine Erfindung von mir ist.

Meine Urbanistische Dekonstruktion lebt allein von der Aussicht auf eine langfristige Perspektive, während mein Roman sich in einer eher kurzen Zeitspanne abspielt und an einem bestimmten Punkt ein Ende finden muß. Die Zeit der Wirklichkeit ist quasi unendlich, aber die Zeit einer Erzählung ist begrenzt. Also besteht das Problem von Zurlo mit Zandel darin, daß er sich nicht entscheidet zu sterben, und das von Marozia mit Clarissa, daß sie mich keines Wortes würdigt, außer um mir anzukündigen, daß sie beschlossen hat nach Afrika zu gehen, um dort bei »Ärzte ohne Grenzen« die Aidskranken zu pflegen. Und daß sie sofort abreisen will.

Dann hat sie die Augen geschlossen und hat mir etwas Fürchterliches gesagt.

»Und jetzt bitte ich dich, mich zu vergessen!«

Afrika mag die gerechte Sühne sein für ihre Verirrungen, ihre Buße für einen gemeinen Verrat, ihrer nicht würdig und für mich ein unsagbarer Schmerz. Und wenn sie merkt, daß sie nicht krank ist, wird sie entscheiden, was sie aus ihrem Leben machen will.

Ein weicher und lichter September, wie immer der September in Rom, die Blätter der Linden und der Kastanien werden gelb, bleiben eine kurze Zeit hängen, und dann, beim ersten leichten Windhauch, fallen sie herunter. Die Luft scheint sauber. Ich atme, und das ist gut, denn es bedeutet, daß ich lebendig bin und noch immer Wünsche habe. Ich ginge so gerne zur Casina Valadier, wo ich mich hinsetzen und einen Tee trinken würde, zusammen mit einer Frau, die mich liebt, ich brauche Liebe, aber Clarissa, krank, traurig und zornig, kann mir keine geben, so daß es mir nicht gelingt, sie zu berühren, seit sie mir bestätigt hat, was ich schon wußte, als Luccio angerufen hat, dieses üble Individuum, seit der Rückkehr von ihrer Lustreise nach Barcelona. Unsere Beziehung ist zuende, weil, obschon ich ihre Intimität mit Zandel akzeptiert hatte, ihre sexuelle Beziehung zu L. N. zwischen uns eine Barriere errichtet hat, die ich niemals überwinden kann. Seit ich den ersten leisen Verdacht hatte, habe ich nicht mehr mit Clarissa geschlafen, weil mein Körper sich weigerte, dort einzudringen, wo dieses schreckliche Individuum eingedrungen war. Einstweilen begnüge ich mich mit Valeria, seit einiger Zeit dazu bestimmt, mir allenfalls leichte kondominale Sexschauer zu bieten. Aber noch habe ich ein wenig Zukunft zu meiner Verfügung.

Zandel, wenn ich doch wenigstens mit Zandel reden könnte, aber die Krankheit hat ihn so traurig gemacht und so weit von allem und allen entfernt, daß er unter keinen Umständen jemanden sehen will.

Ich weiß, daß Zandel, wie sich leicht voraussehen läßt, meinem Roman ein Ende verschaffen wird, ein sehr trauriges Ende, aber es ist das Leben, das meinem Buch das Totensiegel aufprägt, nicht ich.

Es ist ganz sicher, daß Clarissas Depression (diesmal handelt es sich nicht um Melancholie, es ist jetzt wirklich eine schwarze Depression, oder besser: eine echte tiefe Verzweiflung) von einer

Notiz herrührt, die sie in meinem Buch gelesen hat, nämlich daß Lucci Nerissi seropositiv ist. Wenn sie so beunruhigt ist, dann ist das eine weitere (im übrigen nicht notwendige Bestätigung), daß die mit ihm eine Sexgeschichte hatte und also allein für ihr Schicksal verantwortlich ist und ich ihr nicht helfen kann. Und wenn ich ihr helfen könnte? Müßte ich ihr die Wahrheit sagen, daß es sich nur um eine Erfindung meinerseits handelt? Aber nein, sie muß diese dramatische Erfahrung leben, bis sie selbst merkt, daß sie nicht krank ist.

Clarissa redet nicht mehr, weil sie mich für ihr Unglück verantwortlich hält. Hätte ich sie denn über eine nichtexistente Ansteckung benachrichtigen sollen? Sie wollte sich nicht einmal vergewissern, ob die Notiz wahr ist. Wie hätte sie auch? Wen fragen, ob Lucci Nerissi seropositiv ist? Die Notiz ist an sich glaubhaft, wie auch alle in meinem Buch erzählten Fakten klar und glaubhaft sind.

Clarissa hat eine Entscheidung gefällt, die ich für vernünftig halte für den Fall, daß sie sich die Ansteckung zugezogen hat, aber die ich auch ohne Ansteckung vernünftig finde. Wie sie mir angekündigt hat, geht sie nach Afrika, offenbar nach Mosambik, um dort zusammen mit den Ärzten Aidskranke zu pflegen. Sie hat mir diese Entscheidung mitgeteilt, zusammen mit der, eine vernünftige Summe aus unserem Aktienpaket und den Bankobligationen abzuheben. Ich habe ihr Vorhaben gebilligt und wir hoffen, daß sie sich in Afrika nicht die Krankheit zuzieht, von der sie glaubt, daß sie sie sich in Rom zugezogen hat. Aber was geht mich das noch an? Für mich gehört Clarissa zur Vergangenheit und ich bin für sie ein Mörder.

Ich habe viele Seiten literarischer Fiktion geschrieben, aber dieses Mal ist die Fiktion in der Realität gelandet, und bestimmt jetzt ihre Bedingungen, ihre Rhythmen, ihre Verfallsdaten – wie ein Piratenwind, der alles mitreißt. Nach Zandels Tod werde ich noch viele Gedanken der Frau widmen, die ich liebe, auch wenn sie mich in so vulgärer Weise verraten hat und auch wenn sie mich gebeten hat, sie zu vergessen. Ich habe verstanden, daß man auch mit Schmerz lieben kann, aber das ändert die Dinge nicht, denn wir sind alle Besiegte.

Offengestanden hätte ich mir gewünscht, daß mein Roman nie ein Ende fände, statt dessen hat er in Kürze zwei gefunden: eines in Rom und eines in Mosambik.

Luigi Malerba im Verlag Klaus Wagenbach

DER GEHEIME ZIRKEL VON GRANADA Roman

Ein Wanderhändler und die schöne Mariana, ein Schatz, ein Mordverdacht: Der neueste Roman Malerbas ist voller Abenteuer, setzt einen Schelm auf einen anderthalben und schickt uns auf eine weite Reise.

»Malerbas Roman knistert vor Spannung, auch vor erotischer, und nimmt ein ganz und gar unerwartetes und dramatisches Ende.« Brigitte

Aus dem Italienischen von Iris Schnebel-Kaschnitz
Quart*buch*. Leinen. 200 Seiten

KÖNIG OHNESCHUH Roman

Nach zwanzig Jahren kommt er zurück, der große Abenteurer und Lügner Odysseus. Glaubt, er könne sich einfach einschleichen. Aber alles ist anders, auch seine Frau Penelope.

»Kurzweilig und voller Ironie: die Rückeroberung einer großen Liebe.« Der Spiegel

Aus dem Italienischen von Iris Schnebel-Kaschnitz
Quart*buch*. Leinen. 224 Seiten

DAS GRIECHISCHE FEUER Roman

Malerbas erfolgreicher Roman spielt zur Blütezeit von Byzanz. Er handelt von der Macht und ihren Intrigen, einer männersüchtigen Kaiserin und einer Geheimwaffe, die »über das Wasser laufen« kann.

»Eine locker und elegant geschriebene spannende Geschichte über die Verführung der Macht.« Alice Vollenweider, Neue Zürcher Zeitung

Aus dem Italienischen von Iris Schnebel-Kaschnitz
WAT 437. 216 Seiten

DER PROTAGONIST Roman

Malerba bringt das männlichste Körperteil zum Sprechen: Der Protagonist berichtet von seinen unglaublichen Abenteuern in Rom.

»Malerba ist ein beispielloser Fabulierer von verwegener und immer überlegener Originalität.« Ute Stempel, Süddeutsche Zeitung

Aus dem Italienischen von Alice Vollenweider
WAT 429. 160 Seiten

PATAFFIO Roman

Pataffio ist Malerbas heiterstes Buch. Es erzählt von vertrauten Gewohnheiten in alten Zeiten: dem Hunger und dem Fressen, der Anarchie und dem Gottvertrauen, der Lust und der Moral.
»Ein Spaß von rabelaisschen Ausmaßen und zugleich ein erotisches Sprach-Abenteuer ...« Frankfurter Rundschau

Aus dem Italienischen von Moshe Kahn
WAT 548. 240 Seiten

ELIANES GLANZ Roman

Wie soll der moderne Mann von Welt es anstellen, die schöne Eliane zu erobern?
»Man muß dieses Buch lesen, damit man wieder weiß, warum die Literatur so schön, warum sie traurig, warum sie so intelligent und so höchst unterhaltsam ist.« Ijoma Mangold, Berliner Zeitung

Aus dem Italienischen von Moshe Kahn
Quart*buch*. Gebunden. 192 Seiten

DIE NACHDENKLICHEN HÜHNER

»Die endliche Entdeckung der menschlichen Seele in all ihren hühnerhaften Aspekten.« (Italo Calvino)
»Malerba zeigt uns mit Blick auf den Hühnerhof die menschliche Seele mit all ihren Unzulänglichkeiten und die Bandbreite seines komischen Talents.«
Iris Denneler, Der Tagesspiegel

Aus dem Italienischen von Elke Wehr und Iris Schnebel-Kaschnitz
SVLTO. Rotes Leinen. Fadengeheftet. 80 S. mit Zeichnungen von Matthias Koeppel

DER TRAUM ALS KUNSTWERK

Ein kleines Traumlexikon der ganz besonderen Art, eine in einem sehr persönlichen Stil geschriebene Annäherung an den Stoff, aus dem die Träume sind.
»Ein unterhaltsames Trauminventar, weit entfernt von der umständlichen Langeweile mancher literarischer Träume.« Alice Vollenweider, Neue Zürcher Zeitung

Aus dem Italienischen von Moshe Kahn
SVLTO. Rotes Leinen. Fadengeheftet. 112 Seiten

»LIBRI AL DENTE« Italienische Literatur bei Wagenbach

KLAUS WAGENBACH Mein Italien, kreuz und quer

Klaus Wagenbach, ein großer Kenner und *appassionato* Italiens seit über 50 Jahren, hat das Land und seine Literatur besichtigt. Entstanden ist eine vielseitige Liebeserklärung: Italienische Schriftsteller erzählen von ihrem Land, seinen Städten und Landschaften, Sitten und Gebräuchen und immer wieder von seinen Bewohnern.

»Italien ist in Deutschland ohne Wagenbach nicht denkbar.« NZZ

WAT 559. 384 Seiten

ITALO CALVINO Herr Palomar Roman

Herrn Palomars Leidenschaft ist das Betrachten: die Wellen, die Vögel, die Sterne, die Dächer Roms – je genauer er hinsieht, desto mehr tun sich neue Welten auf. Seine Phantasie und diskrete Neugier treiben ihn zu abenteuerlichen Denkspiralen und Selbstgesprächen. Schwindelerregende Perspektiven eröffnen sich, als enthielte jeder Punkt die Unendlichkeit.

Aus dem Italienischen von Burkhart Kroeber
WAT 560. 160 Seiten

ANDREA CAMILLERI Der unschickliche Antrag Roman

Wozu braucht der Mensch ein Telefon?
Der heiterste Roman des sizilianischen Bestsellerautors – über zahllose Wirren, Entlassungen und Beförderungen, Morde und Liebesdramen, die ein einfacher Antrag auf ein Telefon auslöst, bis am Ende halb Sizilien in den Fall verwickelt ist.

»Camilleri ist geistreich, weise und absolut unterhaltsam. Ein Könner!« aspekte

Aus dem Italienischen von Moshe Kahn
WAT 561. 256 Seiten

ALBERTO MORAVIA La Noia Roman

In einer Ehe stellt sich oft die Frage: Wer langweilt sich zuerst? Der große Menschenkenner Moravia läßt die Frage im großen und ganzen offen, beantwortet sie aber im erotischen Detail.
Der wegen seiner Freizügigkeit umstrittene Roman wurde mit Horst Buchholz verfilmt.

»Niemand hat die Verwirrungen der Ehe so meisterhaft aufgeschrieben wie Moravia.« Salzburger Nachrichten

Deutsch von Percy Eckstein und Wendla Lipsius
WAT 562. 336 Seiten

NATALIA GINZBURG Familienlexikon

Das mit dem Premio Strega ausgezeichnete Hauptwerk Ginzburgs ist nicht nur das komische Portrait einer denkwürdigen Familie (voran der donnernde Vater, Freund entschiedener Urteile und Verächter von Simpeln, und die unverwüstliche Mutter, listenreiche Beschützerin ihrer Kinder und des eigenen Kleiderschranks), sondern zugleich ein großartiges Portrait Italiens.

»Ein literarisches Wunder!« Rainer Stephan, SZ

Aus dem Italienischen von Alice Vollenweider
WAT 563. 192 Seiten

GIORGIO BASSANI Ferrareser Geschichten

Mit den berühmten fünf Geschichten aus Ferrara setzt Bassani seiner Heimatstadt und ihren Bewohnern ein liebevolles Denkmal: Es ist das kleine Glück in einer bescheidenen Ehe oder das große, unerreichbare; es ist die tiefe menschliche Zuneigung, die auch unter widrigen Umständen gedeiht und das Versagen des Bürgertums in eben jenen Zeiten, die Bassani in seinem Buch präzise zeichnet, für das er den Premio Strega erhielt.

Aus dem Italienischen von Herbert Schlüter
WAT 564. 256 Seiten

LUIGI MALERBA Die nackten Masken Roman

Spiele der Macht und Leidenschaft in Rom: Zerstrittene Kardinäle wählen nach dem Tod des Medici-Papstes Leo X. einen asketischen Flamen zum Nachfolger. Die freizügige, lebenslustige römische Gesellschaft stürzt ins Chaos.
Dieser historische Roman hat Malerba in Deutschland bekannt gemacht.

»Komisch, witzig, spannend – ein starkes Stück italienischer Gegenwartsliteratur.«
Martin Lüdke, Focus

Aus dem Italienischen von Iris Schnebel-Kaschnitz
WAT 565. 256 Seiten

ELIO VITTORINI Gespräch in Sizilien Roman

Dieser Roman hat Vittorinis Weltruhm begründet. Ein Mann kehrt in seine Heimat Sizilien zurück. Nach fünfzehn Jahren sieht er seine Mutter zum ersten Mal wieder, fährt mit dem Zug durch die Orangenhaine und Dörfer. Er träumt seine Kindheit: die Melonenmamma, die Schlucht der heimlichen Liebschaften, die kargen Gerichte: Peperoni, Zichorie, Hering.

»Das schönste Buch aus Italien.« Ernest Hemingway

Aus dem Italienischen von Trude Fein
WAT 566. 192 Seiten

Die italienische Originalausgabe erschien 2006 unter dem Titel *Fantasmi romani* bei Arnoldo Mondadori Editore in Mailand.

Die Übersetzung des Gedichtes von Torquato Tasso (Seite 215) stammt von Emil Staiger (aus: *Torquato Tasso. Werke und Briefe,* München: Winkler 1978) © Patmos Verlag GmbH & CoKG, Artemis & Winkler, Düsseldorf.
Umschlaggestaltung: Julie August unter Verwendung des Gemäldes »couple« von Alex Katz © VG Bild-Kunst, Bonn, 2007.
Gesetzt aus der Baskerville von der Offizin Götz Gorissen, gedruckt auf chlor- und säurefreiem Werkdruckpapier von Schleipen, Einbandmaterial und Vorsatzpapier: Peyer, Leonberg.
Gedruckt und gebunden bei Pustet, Regensburg. Printed in Germany.

ISBN: 978-3-8031-3211-6